외톨이

흡혈 공주의 고뇌

7

[Hikikomari
the Vampire Countess
no
Monmon]

"나와 결혼해 줘."

"동석해도 될까?"

검은 옷의 여성—

군기대신

로샤네르잔피

"각오해라! 네르잔피!"

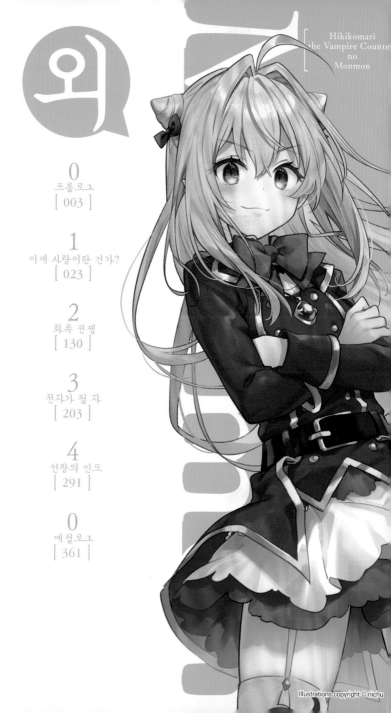

외전

Hikikomari
the Vampire Countess
no
Monmon

외톨이

흡혈 공주의

고뇌

7

[Hikikomari
the Vampire Countess
no
Monmon]

커버, 삽화, 본문 일러스트
리이츄

"린즈. 저기 봐라. 눈꽃이 피었구나."

요선향 · 경사(京師).

신선이 산다는 화려한 도원향 안쪽. 천자(天子) 아이란 이쥬는 백극연방에서 가져왔다는 '설화석'을 가리키며 아이처럼 웃고 있었다.

"요선향에서는 볼 수 없는 귀한 것이다. 저리 두면 흰색 마력을 뿌려 눈꽃이 핀 것처럼 보인다는구나. 하지만 아직 부족해──. 핵 영역에는 좀 더 희귀한 돌이 있다고 들었거든."

나이는 200에 육박한다. 하지만 그 행동거지에서는 애처로운 앳된 기가 엿보이는 듯했다. 린즈는 그만 참지 못하고 입을 열었다.

"폐하. 자연을 사랑하는 건 훌륭한 일이지만……. 조금 더 조정에 눈을 돌리시는 건."

천자는 뜻밖의 말이라는 듯 딸을 바라봤다.

"도대체 뭘 어쩌란 말이냐."

"곧 조의(朝儀)가 시작될 거예요. 꼭 참석해 주세요."

"필요 없다."

하늘에서 눈송이가 살랑살랑 떨어졌다.

그는 그걸 손안에서 가지고 놀며 천진난만한 미소를 띠었다.

"승상에게 맡기면 되지. 그게 가장 요선향에 도움이 되니까."

무슨 말을 해도 안 통한다.

전에는 기세가 넘치는 요선이었다나 보다. 대체 무엇이 그를 이 지경으로 만들었는지 린즈로서는 모르겠다. 그러나 이렇게 됨으로써 아이란조(朝)는 600년 역사에 막을 내리려 하고 있다. 그걸 막는 것이 공주(公主)인 자신의 역할임이 분명했다.

"한 말씀 올리자면, 그 승상이야말로 아이란조를 기울게 한 장본인 아닌가요."

"그런 말 하면 못쓴다. 시카이는 잘해주고 있잖느냐."

"폐하는 정세를 너무 모르세요. 승상이 얼마나 많은 악행을 저질렀는지——."

"——호오! 제가 무슨 짓을 했다는 거죠?!"

어느새 뒤에 관복을 입은 남자가 서 있었다.

요선향 승상 구도 시카이.

만월처럼 동그란 눈을 번뜩이는 신선이다. 린즈는 묘한 시선에 꼼짝도 못 한 채 굳어 버렸다. 꼭 황야를 떠도는 어릿광대 같은 눈매였다.

"오오, 시카이!" 천자가 얼빠진 목소리를 냈다. "괜찮으면 내 돌 정원을 보지 않겠나."

"아아! 화조풍월의 극치라고 할 만한 훌륭한 정원이군요! 항간에서 '풍아천자'라 할 만합니다! 정말 트레비앙, 트레비앙이에요."

"그렇지? 자, 저 의자에 앉게. 차라도 내옴세."

"거부하겠습니다!"

린즈는 깜짝 놀랐다. 아무리 그래도 신하가 천자에게 할 말은 아니다.

하지만 이런 태도야말로 승상 구도 시카이의 권위를 여실히 대변했다.

"감사한 제안이지만 저는 공주님을 모시러 왔습니다──. 자, 린즈 전하! 저와 함께 장밋빛에 둘러싸인 미래를 이야기하시죠!"

"어……."

"조의 말입니다, 조, 의! 나라의 방향을 정하는 회의!"

승상은 린즈의 팔을 붙들더니 억지로 안뜰을 벗어났다.

천자의 "잠깐"이라는 목소리도 무시하고 복도를 척척 걷는다.

지나가는 관리는 이쪽을 보고는 거품을 물며 납작 엎드린다. 다들 승상을 두려워하는 것이다. 그 심정은 린즈도 잘 이해한다──. 자신도 이 남자가 못 견디게 무서우니까.

"──린즈! 정말 놀랐어! 네가 나를 뒤에서 그렇게 말하고 있을 줄이야. 꼭 가슴에 가시나무의 가시가 박힌 기분이야. 혹시 내가 싫은 거야? 그런 건가?"

승상이 걸음을 멈추더니 소란스레 떠든다.

조금 전보다 편한 말투다. 천자가 없기 때문이다.

"정말 의외로군. 내 앞에서는 아기처럼 순수하고 아름다운 공주를 연기했던 건가?"

"……죄송해요."

"아아! 정말 전형적인 '형식뿐인 사과'로군! 네르잔피 경이 들으면 언짢아하겠어. 인간관계에는 신뢰가 필수 불가결이니 뭐니

할걸."

"아뇨. 그건……."

"말대답하지 마."

험악한 목소리에 사고가 무너진다. 정신을 차리고 보니 눈앞에 승상의 얼굴이 있었다.

"그래, 네 눈에는 내가 왕조를 쥐락펴락하는 것처럼 보인단 말이지──. 하지만 똑똑히 듣도록 해. 나뭇잎 소리와 함께 들려오지? 나를 칭송하는 인민의 소리가!"

시카이는 자신에게 도취한 것처럼 양팔을 벌리며 소리쳤다.

"즉! 아아! 아이란조는 내가 있기에 명맥을 유지할 수 있는 거야!"

"네……."

"천자는 운치 있는 분이지만 현실을 보려 하지 않으셔. 너는 아름답지만 현실을 보지 못하지. 군주 일족이 이런 식이니 내가 숨 가쁘게 일하는 거야! 너는 부군과 마찬가지로 꽃이나 가꾸면 돼. 이제 체리블라섬이 아름다운 계절이 오지 않나?""하지만. 저는 삼룡성이니까……."

"훗." 비웃는 듯한 소리가 새어 나온다. "……이런 실례를! 농담을 참 잘하는군! 문관 지상주의인 요선향에 군인이 할 일이 어디 있다고. 너는 소꿉놀이 같은 전쟁에 나가면서 혼례를 기다리면 돼. 금방 내가 행복하게 해 주지."

불끈 쥔 양쪽 주먹이 파들파들 떨린다.

역시 이 남자는 요선향을 가로채려고 책략을 꾸미는 게 분명

했다.

천자가 정치에 무관심하다는 걸 이용해 순 제멋대로다.

법률을 어지럽히고. 윤리를 어지럽히고. 나라의 재화를 독점하고.

이 세상의 영화를 모두 가진 사람이 다음에 원하는 게 과연 무엇일까.

그건 아마 수명이나 건강 같은 것이리라.

아직 확증은 없다. 그러나 구도 시카이가 뭔지 모를 야망을 위해 인체실험 중이라는 소문이 있었다. 경사에서는 사람이 홀연히 사라지는 사건이 다발 중이다——. 종자 메이파의 조사에 따르면 승상이 관여했다는 의혹이 있나 보다.

"——자, 린즈! 천하를 평화롭게 하기 위한 회의를 시작하자!"

정신을 차리고 보니 조의가 있는 강당에 있었다.

애초에 조의란 아침에 있는 회의일 텐데. 그러나 태양은 이미 남쪽 하늘을 지나 있었다. 시카이가 승상에 오른 이후, 조정의 풍기가 어지러워졌다. 문 너머에서 천박한 웃음소리가 들린다. 늘장 부리며 출근한 대신들이 떠드는 거겠지.

희망을 찾아볼 수 없는 어둠이다.

본인의 힘만으로는 어찌할 수 없다.

그렇기에—— 세계를 뒤엎을 구세주가 필요한 것이다.

테라코마리 건데스블러드.

뮬나이트 제국을 방문한 지 벌써 1달 정도가 지났다.

그녀는 아이란 린즈를 어둠 속에서 끌어낼 수 있을까.

☆

3월도 중순에 돌입했다.

세계는 봄을 향해 가고 있다. 제7부대의 흡혈귀들도 요즘은 한층 기운과 살의가 넘치는 듯하다. 뭐, 변태는 따뜻해질수록 활동이 활발해진다고 하니 말이다.

그러나 희대의 현자는 별개다.

나는 계절과 무관하게 방에 틀어박혀 이야기를 짓는 생물.

그렇기에 나는 오늘 역시 책상에 앉아 펜을 들고——.

"…………."

들어도 소설을 쓸 수 없었다.

슬럼프는 아니다. 슬럼프는 온천 여행 때 해결했을 것이다. 그럼 무슨 일이 벌어지고 있느냐면——. 내 마음속에 터무니없는 마물이 자리 잡았다.

떠오르는 것은 지난달의 만남.

요선향의 삼룡성 아이란 린즈. 그녀의 나라는 나쁜 사람에 의해 멸망하기 직전이라나 보다. 린즈는 그 상황을 어떻게든 해보려 나에게 도움을 요청했다.

——지금 당장 해 달라는 건 아니야. 때가 오면 도와줘.

그녀는 그렇게 말을 맺고는 떠났다.

부탁받은 이상 전력으로 도울 생각이다. 그렇게 절실한 눈빛을 보내면 '힘내'라는 말로 끝낼 수 없다. 그래서 나는 린즈의 힘이 돼 주기로 결의한 것이다──, 그런데.

왜인지 린즈의 얼굴이 머릿속에서 떠나가질 않는다.

고민스러운 표정. 차분한 분위기. 공작 같은 녹색 의상.

최근에는 수많은 린즈 얼굴이 만화경처럼 회전하는 꿈을 꿨다. 말기다.

"뭐지, 이건……. 역시 사랑인가……? 아니, 진정하자, 코마리……. 그냥 착각일 수도 있잖아. 그 아이를 떠올리면 두근두근하는 건 심장이 SOS를 보내기 때문이야. 하긴 린즈는 심장을 폭발시키는 능력자니까……. 그 심정은 잘 이해해, 심장……."

어쨌든 지금은 소설을 쓰자. 이야기의 세계에 몸을 내던지면 속세의 근심을 잊을 수 있을 테니까──. 그런 식으로 원고용지를 내려다본다.

어째서인지 수많은 글자가 적혀 있는 느낌이 들었다.

응? 이게 뭐지? 무의식중에 손이 움직인 건가?

내가 대체 뭘──.

린즈, 린즈.

"우와아아아아아아아아아아아?!"

무심코 의자에서 벌떡 일어났다.

완전히 뇌를 침식당했다. 내 오른손은 자동 필기 기능을 얻은 모양이다. 아하하. 편리하네.

"아니……, 아니야! 이건 글자 연습을 했을 뿐이야! 다른 사람들 이름을 순서대로 써 보자! 다음은 빌이야. 빌, 빌, 빌, 빌, 빌, 빌, 빌——."

"부르셨나요? 코마리 님."

"우와아아아아아아아아아아아?!"

무심코 의자에서 벌떡 일어났다(오늘만 두 번째).

어느새 뒤에 변태 메이드가 서 있었다.

"왜…… 왜 그래?! 나한테 무슨 볼일 있어?! 과자라면 찬장에 있어."

"과자는 됐습니다. 조금 전 코마리 님은 제 이름을 사랑스럽다는 듯 연호하셨죠."

"오해야! 그건 빨리 말하기 선수권에서 우승하기 위한 발성 연습이지……."

"숨기셔도 소용없어요. 코마리 님의 사랑은 충분할 만큼 전해졌거든요. 이번에는 제가 사랑을 전해드리죠. 코마리 님, 코마리 님, 코마리 님, 코마리 님, 코마리 님, 코마리 님……."

"아아아아아아아아아!! 들러붙지 마아아아아아!!"

사정을 설명하기도 귀찮았다. 아니, 설명할 수도 없었다.

한동안 공방을 주고받으니 빌이 곧 얌전해졌다.

발작이 잠잠해진 모양이다. 그 틈을 타 나는 가능한 한 진지한 표정을 지었다.

"……저기, 빌. 상담하고 싶은 게 있는데."

"뭔가요? 측근인 메이드를 함락하기 위한 연애 상담이라면 대환영인데요."

"예를 들어 말이야. 예를 들어…… 좋아하는 사람이 생기면 빌은 어쩔래?"

"……네?"

빌이 진지한 톤으로 놀라고 있다.

"아니, 이상한 뜻이 아니라. 소설에 쓰려고. 빌 의견을 듣고 싶어."

"뻔하죠. 좋아하는 사람이 생기면 엉겨 붙으며 애정을 표현할 거예요, 이렇게요."

빌이 어부바 요괴처럼 들러붙었다. 그러나 이건 특수한 사례일 듯했다.

예를 들어 내가 린즈에게 갑자기 들러붙으면 어떻게 될까?

아마 싫어하겠지. 아……, 거부당하는 장면이 떠올라서 살짝 상처를……. 아니, 아니. 무슨 생각을 하는 거야. 나는?! 린즈로 상상할 필요는 없을 텐데!!

"제길……. 고민되네……."

"소설이니까 망상으로 쓰면 되지 않을——, 응??"

빌이 원고용지를 살폈다. 거기 적힌 것은 대량의 '린즈'다.

이런, 들켰다! ——라고 생각했을 때는 이미 늦은 후였다.

"……코마리 님? 이건 뭔가요?"

"아무것도 아니야! 서도 전국대회에 대비해 글쓰기 연습을 하려고 했을 뿐이야."

"조금 전 말씀하신 빨리 말하기 어쩌고도 거짓말이죠? 게다가 이 '린즈'는——."

"이건…… 그…… 그거야! 아이란 린즈 씨를 생각한 거지! 중대한 부탁을 받았으니까……."

의심스러워하는 빌의 시선이 날카롭게 꽂힌다.

이 녀석은 변태지만 그렇기에 예리한 직감을 가졌다. 바로 얼마 전에 '뭐 필요한 거 없어?'라고 자연스럽게 물었을 때도 순식간에 자기 생일 이야기라는 걸 알고 '코마리 님'이라고 답했고 말이야. 참고로 빌의 생일은 3월 12일. 지난주 다 같이 축하해 주었다.

"……코마리 님만은 그럴 리 없어요."

"그럴 리? 무슨 뜻이야……?"

"그거야말로 아무것도 아니에요. 하지만 아이란 린즈 님도 상당히 절박했나 보네요. 거의 면식이 없는 저희에게 도움을 요청했으니까요."

"그래. 힘이 되어 줄 수 있으면 좋겠는데……."

"린즈 님 말에 따르면 요선향은 극악한 승상에게 지배당하고 있댔죠. 승상 구도 시카이는 왕조를 탈취할 계획을 세우고 있다나 뭐라나……. 꼭 알카 왕국의 재탕을 보는 기분이네요."

"린즈가 네리아 같은 처지라는 거야?"

"그건 모르죠. 하지만 풍문에 따르면 구도 시카이는 매드할트보다 더 음습한 인간인가 봐요. 예를 들어 이걸 봐 주세요."

빌이 종잇조각을 건넸다.

"……뭐야. 이건 육국 신문이잖아."

"네. 건데스블러드가에서는 정기 구독 중이에요."

"당장 해약해!!"

"그게 문제가 아니에요. 이쪽을 봐 주세요."

"그게 문제거든! 어디 보자……. '오늘의 코마리 각하' 코너에 내가 하품하는 사진이 실려 있잖아! 당장 회수 명령을——, 응?"

빌이 지목한 부분이 눈에 들어온다.

그곳에는 이런 기사가 실려 있었다.

[요선향 아이란 린즈 전하 전격 결혼?! 상대는 승상 구도 시카이 씨.]

"……이게 뭐야."

"린즈 님은 승상 구도 시카이와 결혼하나 봐요."

"왜?!"

"모르죠. 아마 승상의 음모 같은 거 아닐까요. 구도 시카이는 요선향 정부를 내부부터 서서히 파멸시킬 셈인가 봐요."

나는 손이 떨리는 것을 자각하면서 기사를 눈으로 훑었다.

결혼. 피로연. 만남—— 자극적인 단어들이 시야에 들어온다.

그리고 린즈와 구도 시카이(인 듯한 사람)가 나란히 찍힌 사진도 실려 있었다.

그녀는 화사한 미소를 띠고 있었다.

기뻐 보인다. 승상과 손을 잡았다. 기뻐 보인다. 승상에게 웃어 보이고 있다.

"이건 늦었을지도 모르겠네요. 변명은 아니지만……. 그 이후 그쪽에서 연락이 없어서 저희도 움직이지 못했어요."

"아……, 아아……."

"하지만 사진을 보아 아이란 린즈 님은 기뻐 보이네요. 강요당했을 가능성도 크지만요."

떠올린다. 린즈는 처음 만났을 때 '혼례가 있다'라고 했다.

그 시점에서 정해진 일이었을까?

"게다가 사실 구도 시카이는 꽤 평이 좋아요. 요선향을 다시 세울 희대의 명재상이라고 불리는 모양입니다. 정부의 낭비를 줄여 국민의 조세를 줄임으로써 지지율이 급상승했다나요. 그런 점에서 린즈 님의 견해와 조금 어긋나네요."

좀 더 일찍 나와 린즈가 가까워졌더라면……. 아니, 하지만 린즈는 웃고 있잖아.

이 미소는 진짜일까? 아니면 빌처럼 강요당한 걸까?

모르겠어……. 갑자기 춤을 추고 싶어질 만큼 영문을 모르겠어…….

"으……, 으으……, 으……."

"일단 린즈 님께 연락해 볼까요? 실태를 확인해 볼 필요가 있으니까——, 코마리 님?"

"으아아아아아아아아아아아아아아아아아아아아아아아아
아아!!"

나는 신문을 마구 구기며 절규했다.

뭐야. 뭐냐고, 이건. 심장이 터질 것 같은 기분이다.

린즈가 극악(하다는 듯)한 승상의 손아귀에 넘어가는 게 마음
에 안 든다.

하지만—— 그와 동시에 '린즈가 결혼한다'라는 사실이 내 뇌
를 뒤흔들었다.

게다가 사진 속의 그녀가 기쁜 듯 웃는 것이 결정타였다.

이런 미소는 나한테도 보인 적 없는데……!

"——빌! 지금 당장 린즈에게 가자!"

"네? 갑자기 왜 그러시죠?"

"이런 걸 보고 어떻게 가만히 있겠어! 린즈가…… 린즈가 승
상과 결혼할지도 모르잖아!"

"아뇨, 뭐, 그건 그렇지만 코마리 님답지 않다고나 할까요."

"연락이 없다는 건 통신 수단을 빼앗긴 거야! 지금 당장 가야
해……!"

나는 빌의 팔을 잡아끌며 방을 나가려 했다.

그러나 말도 능가하는 메이드의 무식한 힘에 붙들렸다.

"잠시만요, 코마리 님! 움직이는 건 시기상조일 것 같아요."

"이미 늦었을 정도야! 움—직—여!"

"아뇨, 못 움직여요! 우선 제 가슴을 주무르며 진정하세요!"

"주무를 거 같아!! 그런 건 관심 없어!!"

"너무하세요! 자는 사이에는 절조 없이 주무르시면서……."

"내 기억에 없다고 해서 사실을 날조하지 마! 됐으니까 나가자, 빌!"

"대체 왜 그러세요! 평소의 코마리 님이라면 '죽어도 나가기 싫어!'라고 선언하고 저에게 납치당하는 딱한 운명을 따라가실 텐데! 이러면 반대잖아요!"

"딱한 운명인 줄 알면서 한 거야?! 어쨌든 난 요선향으로 갈 거야—!"

그런 식으로 메이드와 격렬한 투쟁을 반복하던 그때.

갑자기 창문으로 비치는 햇빛이 어두워졌다.

자연스레 시선을 밖으로 돌리는데——.

쨍그라아아아아아앙!!

유리창이 산산이 부서지며 뭔가가 방으로 뛰어 들어왔다.

"코마리 님, 위험해요!"

"와아아아아아아?!"

빌의 몸통 박치기에 "끄헉" 하는 소리를 냈다. 아니, 네 태클이 더 위험해——. 그렇게 생각했지만, 지켜 준 것이니 불평은 하지 말아야겠다.

나는 빌 아래 깔린 채로 주변을 열심히 살폈다.

제7부대 녀석들이 밖에서 야구라도 하고 있나……?

"큭……, 실례. 실패했어……."

그곳에 있는 것은 낯이 익은 소녀였다.

그렇게 인상에 남진 않았지만—— 린즈와 함께 있던 종자 요선이다.

그녀는 유리 때문에 온몸을 다친 채로 바닥을 뒹굴었다.

"괘…… 괜찮아?! 아니, 근데 왜 여기 있는 거야……?!"

일으키려다가 깨닫는다.

깨진 유리 때문에 나는 출혈만이 아니다. 자세히 보니 그녀의 몸 곳곳에 공격을 받은 듯한 흔적이 있었다. 그때——, 문득 기척을 느끼고 창밖을 바라본다.

푸른 하늘 너머에 누가 둥실둥실 떠 있다.

그들은 내 시선을 느끼고는 허둥지둥 어디로 날아가 버렸다.

"저건 복장을 보아 요선향의 군대네요." 쌍안경으로 살피면서 빌이 말한다. "대체 뭐 하러 온 걸까요. 코마리 님 얼굴을 보자마자 무서워서 도망친 것 같은데요……."

"……저 녀석들은 나를 노리고 있어."

린즈의 종자—— 란 메이파가 비틀거리며 일어났다.

피가 뚝뚝 떨어진다. 무심코 "히익" 하고 비명을 지를 뻔했다.

"테라코마리……, 부탁이 있어. 린즈를 구해줘……."

"그 전에 자기 걱정부터 하지?! 이봐, 빌! 어디 붕대 같은 건 없어?!"

"우선 쓸 만한 건 전부 가져올게요."

빌이 전력으로 달려 방을 나갔다. 나는 메이파를 챙기려—— 했지만, 뭘 해야 할지 모르겠다. 여기에는 요선향의 마핵이 없어서 상처가 나을 기색도 없다. 쿠야 선생 같은 의사는 흔히 있

Illustrations copyright ©riichu

는 게 아니다.

"린즈가…… 승상의 것이 되겠어. 그렇게 되면 아이란조는 끝이야……. 나는 그걸 막기 위해 싸웠어……. 하지만 승상의 수하에게는 상대가 못 됐어……."

"말 안 해도 돼! 심장 마사지 같은 건 필요 없어?!"

"됐어. 크게 다친 것도 아니고……."

그 눈동자 속에 깃든 것은 강한 사명감. 그리고 누군가를 구하고 싶다는 순수한 '의지'.

그녀는 나를 똑바로 응시하며 애원했다.

"테라코마리 건데스블러드. 실례인 건 알지만 부탁하고 싶어. 부디 린즈를 구——."

말은 중간에 끊겨 버렸다.

왜냐하면 메이파가 바닥에 굴러다니던 빌의 속옷(?!)에 미끄러졌기 때문이다.

왜 이런 곳에 팬티가 떨어져 있는 거지?! ——그런 한탄은 할 수 없었다.

그러나 역시 삼룡성의 종자다. 바로 중심을 잡으며 무릎으로 서는 데 성공했다.

다행이야. 안도하며 가슴을 쓸어내린 직후였다.

메이파가 넘어질 뻔한 덕에 피가 이쪽으로 다 튀었다.

새빨간 액체는 그대로 내 무방비한 입속으로 들어갔다.

끈적한 피 맛을 느낀 순간——.

두근.

심장이 크게 뛰었다.

그리고 세상은 무지갯빛으로 물들어 갔다.

☆

"코마리 님. 갑자기 든 생각인데 핵 영역으로 【전이】하면 돼요. 그걸 위한 마법석을 가져왔습니다──. 코마리 님? 왜 그러세요?"

빌이 돌아왔다.

내가 고개를 가로저으며 일어난다.

메이파가 신기하다는 듯 이쪽을 올려다보고 있었다.

피가 입에 들어간 건 착각이었을지도 모르겠다. 순간 이상한 마력이 퍼진 듯한 느낌이 들었지만, 지금의 나는 쿨하고 냉정하며 침착한 희대의 현자니까.

나는 빌의 손을 움켜쥐며 뒤를 돌아봤다.

"──고마워, 빌! 지금 당장 마핵이 있는 곳으로 가자."

"네. 랸 메이파 님도 동의하시죠?"

"? ──그래. 미안……."

빌이 다가와 【전이】 마법석을 발동시켰다.

내 방이 눈 부신 빛으로 가득 찬다. 몇 번을 맛봐도 적응되지 않는 부유감이 온몸을 감싼다.

요선향에서 무슨 일이 벌어지는지는 모르겠다. 하지만 린즈나 메이파를 돕고 싶다.

우선 핵 영역에서 이야기를 들어보기로 하자.

　또 속옷을 방치한 빌은 나중에 혼내도록 하자——, 이런저런 생각을 하는 사이 내 몸은 어딘가 먼 곳으로 날아가 버렸다.

[1] 이게 사랑이란 건가?

핵 영역 프레질 온천 마을.

얼마 전 살인 사건 및 생일 파티 등이 있었던 홍설암——, 그 휴식실에서 우리는 서로를 마주 보고 있었다. 차분하게 있을 만한 곳으로 떠오르는 게 이 여관 정도밖에 없었다.

"……고마워. 덕분에 살았어."

메이파는 따뜻한 코코아를 마시는 사이 평정을 되찾은 듯했다. 참고로 그녀의 부상은 마핵 덕에 완전히 나았다.

"메이파 님. 대체 무슨 일이 벌어지고 있나요? 조금 전 건데스 블러드 저택에 온 건 요선향 병사들 같아 보이던데요."

빌이 '초코 만주'를 먹으면서 말한다. 아니, 너…… 진지한 얘기 중인데 온천 명물 먹지 마. 나도 먹고 싶어지잖아.

"……그건 요선향 군의 병사야. 구도 시카이는 반항적인 나를 제거하려 하고 있지. 아니, 정확히 말하자면 '린즈의 아군'을 모두 무력으로 없애려 하고 있어."

"왜 그래야 하죠?"

"뻔하지. 녀석은 린즈에게서 힘을 뺏고 싶은 거야. 린즈는 차기 천자니까……. 린즈만 무력화하면 자기가 그 지위를 얻을 수 있을 줄 아나 봐."

"하지만 구도 시카이는 국민들 사이에서 큰 인기를 끈다던데요? 세금을 줄이고 복지 제도를 충실히 해서 유능함을 발휘하고 있다나요. 육국 신문에도 똑똑히 나와 있어요——. '국민은 승상의 위업을 기리며 각지에 비석이니 석상을 세워 떠받들고 있다'라고요."

"승상의 인기는 무고한 피를 흘려가며 이룬 거야. 그만한 희생을 치르면서 얻은 지지율에 가치가 있을까?"

"그게 무슨 뜻이죠?"

"그 녀석은 자기가 권력을 얻기 위해서라면 어떤 희생도 마다하지 않아. 그것 때문에 린즈의 지지자들은……, 그리고 린즈 자신은……! 어쨌든 그냥 둘 수 없어!"

메이파가 일어나려 한다.

나는 황급히 만류했다.

"이봐, 잠시만! 대책 없이 돌진하면 또 다칠 뿐인데?!"

"다치는 건 아무래도 상관없어! 당신들이 돕지 않겠다면 난 혼자 갈 거야! ——앗, 왁, 잠깐. 갑자기 들러붙지 마?!"

메이파가 얼굴을 새빨갛게 붉히며 나를 떼어냈다.

응? 왠지 반응이 묘했던 것 같은데.

뭐 됐나——. 그렇게 생각하는데 "코마리 말이 맞아"라고 조용히 나무라는 목소리가 들렸다.

"서둘러 봤자 아무 소용도 없어. 정보를 정리하는 게 우선이겠지?"

네리아 커닝엄. 내 친구이자 알카 공화국의 대통령이었다.

메이파가 당황하며 다시 의자에 앉았다.

"실례. ······그런데 왜 알카의 커닝엄 대통령이 여기에?"

"원래 코마리를 만나려고 했어. 하지만 긴급 사태라길래 다음 기회에—— 하려다가 만나러 와 버렸지. 마침 요선향 이야기를 하려던 차였거든."

그렇다. 메이파와 함께 프레질까지 이동한 차에 네리아가 '오늘 만날 수 있을까?! 만날 수 있지?! 고마워, 지금 바로 갈게!!'라고 무리하게 연락해 왔다.

그리고 정신을 차리고 보니 '월도희'가 홍설암까지 와 있었다.

네리아는 아까부터 내 머리를 쓰다듬고 있다. 게다가 자기 초코 만주를 절반 나눠 주었다. 이 녀석, 나를 여동생 같은 걸로 착각하는 거 아닐까? 정말 유감——이지만 그건 그렇고 초코 만주는 맛있다.

네리아는 내 입에 묻은 초콜릿을 천으로 닦으면서 "저기, 메이파" 하고 말을 잇는다.

"요선향의 승상은 국민에게 인기가 많아. 하지만 뒤에서는 말로 하기조차 꺼려질 만한 악행을 저질렀다——, 그게 당신 견해지?"

"그래."

"아마 맞을 거야."

빌이 어이없다는 듯 "무슨 말씀이세요" 하고 어깨를 으쓱했다.

"억측으로 발언하시는 건 삼가는 게 좋아요. 그리고 코마리 님에게서 떨어져 주세요."

"억측이 아니야. ——요즘 매드할트 시대의 기밀문서 같은 걸 정리 중인데. 아무래도 그 녀석은 요선향의 구도 시카이와 위법적인 거래를 하고 있었나 봐."

네리아가 무슨 자료를 꺼냈다.

"구체적으로는 죄인 수용 시설 몽상낙원에서 키운 기술 제공. 위법적인 신구 밀수. 그리고 수많은 위법 약물 매매. 즉 매드할트와 구도 시카이는 뒤에서 결탁하고 있었던 셈이지."

"그게 사실이야?!" 메이파가 경악하며 몸을 들이밀었다. "그렇다면…… 역시 그냥 둘 수 없어! 실은 구도 시카이가 사람을 납치해 인체실험을 한다는 소문이 있어. 어쩌면 몽상낙원의 연장일지도 몰라……."

"그러게. 그러니까 나는 요선향을 그냥 둘 수 없어."

네리아가 진지한 얼굴로 내 어깨를 주무르면서 말한다. 그만해. 기분 좋잖아.

"이건 알카의 전 정권이 저지른 짓이기도 해. 나에게도 책임이 아예 없다고는 할 수 없어──. 그러니까 승상에 관해 좀 더 자세히 조사해야겠어."

"커닝엄 대통령이 도와준다면 정말 고맙지……."

왠지 내가 없는 데서 동맹이 성립할 듯한 분위기다.

어쨌든 이야기를 정리해 보자. 우선 요선향에는 국민에게 인기를 끄는 승상이 있다. 하지만 실제로는 뒤에서 엄청나게 나쁜 짓을 벌이고 있다. 그러니까 이대로 두면 나라의 미래가 위험하다. 그리고── 그에 말려든 가엾은 소녀가 있다.

"린즈는…… 린즈는 어떻게 되는 거야?"

"린즈는 지금 궁전에 유폐되어 있어. 강제로 어떻게 해 보려는 거지."

"강제로?!"

"얄궂은 일이지. ……시카이가 천자 일족과 결합하면 더는 막을 수가 없어. 선양을 강제해 왕조를 교체하겠지. 그렇게 되면 린즈의 자유는 영원히 사라져."

두근, 심장이 뛰었다.

그건. 그건 간과할 수 없다.

린즈가 승상과 결혼하는 것을 상상하면 가슴이 아파 온다. 아니, 내가 린즈와 결혼하고 싶다는 기분이 든다. 아니, 아니. 역시 이상해. 린즈는 걱정된다. 승상도 용서할 수 없다. 여기까진 좋다. 하지만 내 마음은 정의감 하나로 움직이는 것도 아닌 듯하다.

역시 이건…… 사랑일까? 말도 안 돼.

"……미안, 테라코마리."

"뭐?"

뭔가를 깨달은 메이파가 벌레라도 씹은 표정을 짓는다.

잘 이해가 안 된다. 갑자기 네리아가 "정해진 거네!"라고 즐거운 듯 말했다.

"알카&뮬나이트&요선향의 구도 시카이 토벌 동맹 결성이야. 우선 행동 방침은 내가 정할게. 이번에는 신중하게 행동해야 할 것 같거든."

"모르겠네요. 코마리 님이 열핵해방으로 한번 쓸어주면 단숨에 정리될 것 같은데요."

"그래선 안 돼. 구도 시카이는 절대적인 지지를 얻고 있어. 무력으로 어떻게 했다가는 우리가 빈축을 살 거야. 즉 상대가 악행을 저질렀다는 증거를 잡아서 폭로해야 해."

즉 매드할트 때처럼은 안 된다는 건가.

"코마리도 알겠지? 선생님도 메시지를 보냈잖아? ——'요선향 사람들을 도우라'라고."

"음……. 그러게."

린즈를 뺏기기 싫다는 사적인 감정. 요선향이 유린당하는 것을 두고 볼 수 없다는 사소한 정의감. 그리고 온천 여관에서 만난 그림자 키르티가 전해준 엄마의 말——. 모든 게 겹쳐지며 목적의식이 형성된다. 이번에는 '방에만 있고 싶어~!'라고 할 수 없다는 것이다.

"좋아! 린즈를 위해 힘내 보자고! 우선 요선향으로——."

"——이야기는 다 들었습니다!!"

나는 내 귀를 의심했다.

메이파나 빌도 깜짝 놀라서 돌아봤다.

그곳에 있는 것은—— 육국 신문의 파파라치들이다.

"아무래도 각하는 장대한 싸움에 나서시려나 보군요?! 훌륭합니다!! 너무 훌륭해요!! 기왕이면 밀착 취재해도 될까요?!"

"밀착 취재 같은 건 성가셔요. 분명 잔업 수당도 안 나올걸요. 그만 집에 가고 싶어요."

"조용히 해, 티오! 우리는 돈이 아니라 보람을 위해 일하는 거야! ——실례했습니다, 건데스블러드 각하! 우선 사진 좀 찍을

게요!"

메르카는 거침없이 찰칵찰칵 셔터 음을 냈다.

나는 당황해서 네리아 뒤에 숨는다. 그러나 네리아에 의해 앞으로 밀려났다.

"이봐, 네리아! 침입자가 있는데?! 내쫓지 않아도 되겠어?!"

"내가 부른 거야. 이 녀석들은 쓸 만하거든."

"어디 써먹게?! 뭐, 육국 신문은 수박을 먹을 때 유용하긴 하지만."

"맞아요, 저희는 유용한 육국 신문이에요!"

쑥! 창옥 소녀가 몸을 들이밀었다.

여느 때와 같이 거리가 이상하다. 사회적 거리라는 개념이 없다.

"세간에서 유능한 재상이라고 불리는 구도 시카이에게 이면이 있다니 놀랍네요! 방금 커닝엄 대통령은 '기밀문서'라고 하셨는데, 그걸 공개해 주실 수 있을까요?! 그리고 아이란 린즈 전하는 어떻게 되는 걸까요?! 방금 막 알카&뮬나이트&요선향 동맹이 성립된 것 같은데 앞으로의 방침은요?! 건데스블러드 각하가 앞으로 요선향에 쳐들어가는 걸로 봐도 되죠?!"

"됩니다."

"되긴 뭐가 돼. 무슨 소리 하는 거야, 빌!! 얘기는 듣고 있는 거지?!"

"잘 못 들었는데요! 그러니까 자세히 설명해 주세요!"

"좀, 가깝다니까──."

"잠깐 기다려 봐, 파파라치. 그렇게 들이대면 코마리가 싫어할걸?"

네리아가 도움을 주었다. 하지만 나는 안다. 그 정도 말로 날조 신문기자가 순순히 물러날 리 없다. 그렇기에 나는 맛있는 과자를 뇌물로 대접해 거래하고자 먹던 초코 만주를 준비──.

"──이런! 이거 실례했습니다! 강압적인 취재는 싫으시겠죠!"

메르카가 싱긋 웃으며 한 발짝 물러났다.

어라? 이 녀석이 이렇게 고분고분했던가? 아니면 대통령의 위력인가? 그게 뭐야, 나도 대통령 할래.

"후후. 그렇게 서두를 거 없어. 당신들에게는 최고의 정보를 줄 테니까. 그 대신 나중에 이용하겠지만."

"호오, 호오! 그거 기대되는군요! 즉 이건 거래란 말이죠."

"메르카 씨, 그만두는 게 좋겠어요. 뼈까지 발린 후에 끽소리도 못 한 채 죽을 게 뻔해요. 뭐, 메르카 씨가 꼭 그러겠다면 말리진 않겠지만요. 그 대신 전 온천물에 몸을 담그고 바로 갈 거니까 뒷일은 잘 부탁드려옷?!"

"조용히 해, 멍청아!! 특종을 독점할 기회를 놓치다니 너는 뇌까지 고양이냐?!"

"고양이인데요?!"

티오가 메르카에게 헤드록을 당하며 "냐냐?!" 하고 비명을 지르고 있었다.

잘은 모르겠지만 네리아와 메르카 사이에 무슨 탐색전이 있었나 보다.

"……저기, 빌. 이 녀석들 무슨 생각인 걸까?"

"분명 코마리 님의 므흣한 신을 도촬하기 위한 동맹이겠죠."

"그래?! 뭐 저런 녀석들이……!"

전전긍긍했다. 이 세상에는 변태밖에 없다는 걸 다시 인식했다.

네리아가 "뭐, 어쨌든" 하고 화제를 바꾼다.

"우리 목적은 하나——. 승상의 악행을 세상에 밝히고 탄핵하는 것. 그러면 린즈의 결혼도 없었던 게 될 테니 해피엔딩이야."

"신문기자는 승상의 악행을 세상에 알리기 위한 스피커라는 건가요?"

"그런 거지. 그러니까 작전이 끝날 때까지 무분별한 날조 보도는 삼가면 좋겠는데——. 메르카 티아노랬나? 당신은 그래도 괜찮겠어?"

"괜찮고말고요!"

메르카가 만면의 미소를 띠었다.

티오가 "납득할 수 없어요"라고 중얼거리다 머리를 한 대 맞았다.

"이렇게 동하는 이야기를 들은 이상 조금 숨을 죽이는 수밖에요! 한동안 대통령님 말을 따르죠. 세상을 보다 낫게 만들 비즈니스를 위해."

"뭐야——. 의외로 말이 잘 통하잖아."

이봐, 네리아. 이 녀석을 믿어선 안 돼. 까딱 잘못하다간 너도 '대통령의 취미는 메이드 소녀?!' 같은 기사가 날걸. 그렇게 되면 피해자 모임을 결정해서 항의하자.

"——자. 우선 구도 시카이의 인성을 폭로하고 싶은데."

"녀석은 의심할 여지 없이 악인이야." 메이파가 내뱉는다. "천자 폐하도 조종당하고 있어. 그 녀석 때문에 조정은 엉망이야……. 무사할까, 린즈는……."

가슴속이 뭉클했다.

린즈는 갇혀 있는 것이다. 혼자 울고 있는 건 아닐까.

"메이파는 린즈를 만날 수 있어……?"

"벌써 보름은 못 봤어. 나는 국외추방 당했으니까."

"제길. 린즈가 걱정돼……."

"그러게. 그럼 잠깐 물어볼까?"

"……? 누구한테? 뭘?"

"승상에게. 린즈에 관해."

그렇게 말한 네리아는 품에서 마법석을 꺼냈다.

녹색으로 빛나는 고급스러워 보이는 것이다. 빌이 "설마" 하고 놀란 듯 입을 열었다.

"그건…… 핫라인인가요? 각국의 정상들이 가지고 있다는."

"응. 그래서 직접 물어보려고."

네리아가 통신용 광석에 마력을 담았다.

엥? 정말 직접 물어보려고? 정말 연결되는 거야? ——그렇게 모두가 어안이 벙벙해서 몇 초간 침묵한다. 곧 광석 너머에서 쾌활한 목소리가 들렸다.

[네! 요선향 승상 겸 성진(星辰)대신 구도 시카이입니다!]

……

……본인이 받았는데? 이거 괜찮은 거야?

[무슨 일이시죠, 커닝엄 대통령?! 친히 연락을 주시다니 영광입니다! 이렇게 이야기할 수 있는 것도 천녀들이 저희 운명을 이끌어 준 덕이겠죠?!]

"아무래도 상관없어. 그냥 확인하고 싶은 게 있어서."

[――나하하핫! 그렇군요, 란 메이파 말인가요!]

시카이가 재미있다는 듯 웃는다.

[뮬나이트로 도망쳤다고 들었습니다! 이야, 무사해서 정말 다행입니다! 귀한 생명을 잃지 않아서 정말 다행입니다! 그렇게 결국 알카에 기대었군요?!]

"승상……! 네놈……!"

[아아! 맹수의 포효가 들리는군요. 대체 누구한테 이빨을 드러내려는 건지. 그나저나 대통령님은 제게 무엇을 묻고 싶으신 거죠? 요선향의 경승지라면 얼마든지 알려드릴 수 있습니다.]

"당신이 악행을 저지르고 있다고 들었어."

사양이라는 말을 모르나 보다. 네리아는 기탄없이 말을 잇는다.

"아이란조를 가로채려 하고 있다는 게 사실이야? 국민을 유괴해 몽상낙원에서 했던 짓을 똑같이 하고 있다는 게 사실이야? 전국에 비석을 세워서 자신을 숭상하게 하고 있다는 게 사실이야?"

[정말 가차 없군요. 그나저나 다 사실무근한 중상모략입니다! 저는 요선향을 보다 좋은 곳으로 만들고자 애쓰고 있을 뿐인데!]

"흐음……. 그럼 잠깐 바꿔줄게. 코마리가 당신에게 불만이 있대."

네리아는 통신용 광석을 나에게 들이밀었다.

엥? 왜? ——곤혹스러워하는 사이 광석 너머에서 목소리가 들렸다.

[코마리? 혹시 건데스블러드 장군입니까?]

"그—— 그래!"

주저할 때가 아니었다. 나는 불끈 쥔 주먹에 힘을 실으며 외쳤다.

"린즈는 무사해?! 네가 린즈에게 심한 짓을 하고 있다던데?!"

[조금 전에 사실무근이라고 했지 않나? 내가 린즈 전하를 해쳤다는 증거는 없을 텐데! 전하를 가둬두고 있다니? 아아! 내가 그런 무서운 짓을 할 리가 없지!]

"하지만 실제로 린즈는 밖에 나오지 않고 있잖아!"

[정말 안타까운 일이지! 린즈 전하는 몸이 안 좋으셔서……. 애초에 린즈 전하는 나의 약혼녀! 자기 신부를 부당하게 괴롭히는 인간은 인간성을 의심받아야 하지 않을까!]

메이파가 이를 갈았다. 네리아가 싸늘한 눈으로 통신용 광석을 바라본다.

시카이의 태도는 도발적이다. 그의 말에서 린즈를 향한 배려는 느낄 수가 없다.

"린즈가 결혼하고 싶다고 언제 그랬어?! 그냥 강요하는 거 아니야?!"

[설마! 린즈 전하는 자기 뜻으로 미래를 선택했어! 넌 신문을 안 보나? 뭐, 안 본다고? 행복하게 웃는 전하의 사진이 실려 있

으니 확인해 보시지! 아아! 정말 아름다운 미소야! 트레비앙!]

심장을 쥐어뜯기는 기분이다. 트레비앙은 또 뭐야, 바보 아냐?

하지만…… 듣고 보니 분명 린즈는 시카이 옆에서 웃고 있었다.

[린즈 전하는 나와 평생을 함께할 계획이야. 그게 나라를 위한 길이라고 생각하시는 것 같던데. 그리고 무엇보다 전하는 나를 나쁘지 않게 봐! 이건 틀림없는 현실이야!]

"네…… 네가 그냥 그렇게 믿는 걸 수도 있잖아?!"

[아니! 린즈 전하는 나에게 '사랑해'라고 해 주셨어!]

"뭐?! 거짓말!! 망상이야, 망상!!"

[마법석으로 녹음도 했어. 들어보시지——. 새의 지저귐처럼 아름다운 목소리를!]

[사랑해.]

통신용 광석을 통해 린즈의 목소리가 들렸다. 그런 녹음을 왜 해, 변태냐? 같은 태클은 목구멍에 맺힌 채 나오지 않았다.

사랑해. 사랑해. 사랑해——. 뇌가 녹아 버리는 줄 알았다. 린즈 목소리로 그런 말을 하면 미쳐버릴 것이다. 심장이 폭발할 것이다. 아니, 그게 아니지.

린즈는. 린즈는 정말 결혼을 원하는 건가……?

[어제는 린즈가 수제 요리를 대접해 줬지!]

"뭐라고오오오오?!"

[공무 때문에 지친 내 머리를 쓰다듬어도 줬고!]

"뭐야아아아아아아아아아아?!"

[뭐, 망상이지? 라고? 이런! 반은 정답이야! 이건 망상이 아니

라 농담이다. 결혼 전에 그런 짓을 할 리가 있나. 너는 꽤 재미있는 반응을 하는군.]

"장난하나!! 괜히 끙끙 앓게 하지 마!!"

"저기……, 코마리 님?"

"왠지 느낌이 이상하지 않아? 승상의 페이스에 말려든 것 아니야?"

사적인 정과 정의감이 뒤섞여 내 마음에 불을 붙인다.

역시 린즈를 이런 남자에게 뺏기기는 싫다. 결혼 따위 말도 안 된다──. 그리고 구도 시카이는 나에게 결정적인 도전장을 던졌다.

[그러고 보니! 결혼 피로연은 다음 주에 치를 예정이야! 그쪽 사람들도 초대하도록 하지.]

"뭐──."

[기왕이면 각국의 요인들을 초대해 성대하게 축하받아야겠지. 실로 트레비앙하군, 트레비앙!]

"트레비앙은 무슨!! 이혼해!!"

[훗. 아직 결혼도 안 했으니 이혼도 없지. 하지만 나와 결혼하면 린즈는 안정된 장래를 얻을 수 있어──. 즉, 이건 그녀를 위한 결혼이야! 아아! 난 정말 다정한 남편이라니까!]

안정된 장래는 무슨. 결혼 따위를 했다간 린즈는 돌이킬 수 없는 길을 가게 된다. 그리고 요선향과 함께 승상의 손아귀에 들어가겠지. 그렇게 되면 겔라 알카 공화국 같은 잔혹한 사태가 발생할지 모른다. 왜냐하면 이 녀석은 몽상낙원에서 하던 짓을 똑같이 하고 있으니까.

"용서 못 해……. 용서 못 해……!"

[용서하고 말고는 하늘이 정할 일. 당신에게 결정권은 없어.]

나는 인내의 한계를 맞았다.

타앙!! 의자를 뒤엎을 기세로 벌떡 일어난다.

그리고 머리에 떠오르는 말을 음미조차 하지 않고 내뱉었다.

"――린즈는 너랑 결혼하지 않을 거야! 그 녀석은 나한테 부탁했어! 승상에게 지독한 일을 당하고 있으니 도와 달라고! 그 눈은 진짜였어! 신문에 실린 미소는 거짓이었고! 린즈는 내 거야! 준비하고 기다려! 결혼 피로연 따위 내가――."

[이런, 화장실이 급하군! 그럼 건데스블러드 장군! 아듀.]

"이봐?! 아직 얘기는――."

뚜욱. 주저 없이 끊어버렸다.

갑자기 손등에 따끔한 통증이 퍼진다. 희미한 까마귀 모양 반점은 아직 지워질 기미가 없다. 린즈가 뮬나이트 궁전에 온 직후쯤에 생긴 듯하니, 꽤 시간이 지났는데――. 하지만 그걸 신경 쓸 때가 아니다. 나는 통신용 광석을 네리아에게 들이밀며 소리쳤다.

"――반드시! 린즈를 되찾아 올 거야!"

"아니, 뭐. 승상의 태도가 화난다는 건 알겠는데. 이번에는 유달리 기합이 들어갔네."

"들어간 정도가 아니에요. 조금 전 코마리 님은 '린즈는 내 것'이라고 귀를 의심할 만한 발언을 하셨어요. 그건 제 환청이었나요?"

"다…… 당연히 환청이지!"

빌이 "뭐야—, 그렇군요" 하고 한숨을 내쉬었다.

"어쨌든! 요선향을 그냥 둘 수는 없어!"

"그래! 알겠어!" 네리아가 기쁜 듯이 웃으며 일어났다. "왠지 이쪽의 의도가 승상에게 전해진 감이 있긴 하지만——, 바로 요선향으로 가자!"

메이파가 눈물을 글썽이며 "고마워"라고 중얼거렸다.

"건데스블러드 각하를 찾아오길 잘했어……. 역시 린즈의 눈은 잘못되지 않았어."

"안심해, 메이파. 빌이나 네리아가 있으면 든든하니까."

"그래. 여차하면 각하가 적을 날려버릴 테고 말이지……."

"………………."

아니, 뭐. 나는 어디까지나 평화롭게 사건을 해결하고 싶은데.

가능하다면 얘기나 돈으로 해결하고 싶은데——. 그런 식으로 미묘한 감정을 느끼는데 다시 카메라 셔터음이 들렸다. 메르카가 흥분해서 마구 촬영 중이었다.

"정말 늠름하네요! 간신에게 유린당하려 하는 외국을 위해 일어나는 의협심! 이게 바로 세계를 오므라이스로 만들 테라코마리 건데스블러드로군요!"

"그래, 맞아. 하지만 세계를 오므라이스로 만들겠다고 한 적은 없어."

"어쨌든 알카&뮬나이트&요선향 동맹은 구도 시카이에게 선전포고하는 거죠?! 이야, 이것만으로도 대형 특종이네요! 신문이 불티나게 팔리겠어요!"

"기사는 알카 정부에서 검열할 거야. 이상한 내용은 쓰지 마?"

"알겠습니다!"

메르카는 사기꾼 같은 표정으로 말했다.

이렇게 해서 요선향을 둘러싼 새로운 전쟁이 막을 올렸다.

"저희는 청렴결백한 신문사예요! 사실만을 전합니다!"

※

육국 신문 3월 18일 조간

[코마링 각하 "린즈는 내 것이다"

【제도—메르카 티아노】 뮬나이트 제국 칠홍천 장군 테라코마리 건데스블러드 씨와 요선향 승상 겸 성진대신 구도 시카이 씨의 회담이 치러졌다. 구도 승상은 요선향의 삼룡성 아이란 린즈 전하와의 결혼 소식을 전했지만, 건데스블러드 장군이 이에 이의를 주장했다. 장군은 "린즈는 내 것이다. 너한테는 절대 못 준다"라는 약탈의 의사를 표명했다. 또 다음 주 21일에 예정된 결혼 피로연에 쳐들어가 신부를 뺏어오겠다고도 선언했다. 건데스블러드 장군의 커플링은 여전히 전문가들 사이에서 의견이 갈리고 있지만, 이 타이밍에 뜻밖의 다크호스가 부상한 셈이다. 그보다 장군에게는 아이란 린즈 전하야말로 진짜 사랑일지 모른다. 국가가 얽힌 수렁 같은 러브 코미디를 기대해 보고 싶다.]

☆

"뭐…… 뭐………… 뭐죠, 이건?!?!?!"

박박박박!! ──신문을 찢으면서 빌이 절규 중이었다.

요선향 경사 · 빛의 수도.

나는 한숨을 내쉬면서 창밖을 봤다.

거기 펼쳐진 것은 호화찬란한 전통풍 대도시의 풍경이다.

붉게 칠한 건물이 좌르륵 늘어선 광경을 보다 보면 이세계로 온 듯한 착각이 든다. 나는 분명 동도(東都) 같은 거리일 줄 알았는데, 꽤 달랐다.

천조낙토의 '꽃의 수도'가 낮은 전통식 건축물이 늘어선 우아하고 아름다운 거리라면, 요선향의 '빛의 수도'는 화려하고 아름다운 누각이나 고층 건축물이 줄지어 늘어선 웅장한 거리다. 게다가 그것들이 각각 아치형 가교에 의해 종횡무진하게 이어진 입체 중화 도시이기도 하다.

현재 우리는 요선향 경사에 침입해 기회를 엿보고 있었다.

아니, 침입이라는 표현은 적절하지 않을지도 모르겠다. 놀랍게도 시카이가 피로연 초대장을 보내준 것이다. 게다가 호텔까지 잡아주며 극진히 대접했다.

우리에게 아무런 위협도 느끼지 못하나 보다──, 아니, 뭐. 그보다.

"용서 못 해요, 용서 못 해요!! 지금 당장 육국 신문 본사에 자폭 테러를 걸고 항의하죠! 그리고 불판 들판에 저와 코마리 님이 뽀뽀하는 동상을 세워 사랑과 무력을 과시하자고요!"

"아니, 좀 진정해?! 넌 왜 그렇게 날뛰는 거야?!"

"이 기사가 날조라서요!!"

"늘 있는 일이잖아."

그렇게 태클을 날리고 나서야 깨달았다. 빌이 너무 혼란스러워해서 오히려 내 마음이 잔잔하네. 육국 신문에 분개해야 하는데.

아니──, 정말 그럴까?

왠지 이 신문을 읽다 보면 가슴이 두근두근한다. 날조당했다는 불쾌감보다 '부끄럽다'라는 감정만이 비대해진다. 지금까지 기사를 봤을 때와는 미묘하게 다른 감정이었다.

"얼른 그 신문기자들을 불러내서 팽형에 처하죠. 세상의 질서를 지키기 위해서는 꼭 필요한 희생입니다. 또 이 기사를 통과시킨 커닝엄 님께도 항의하죠."

"오버하지 마. 지금은 그럴 때가 아니잖아."

"저걸 보고도 아직 그런 말이 나오세요?"

빌이 가리키는 곳──, 그곳에는 무릎을 끌어안은 사쿠나가 있었다.

오려낸 신문에 푹푹 하고 못을 박고 있다. 온몸에서 정체를 알 수 없는 우중충한 아우라를 내뿜고 있다. 새로운 못을 집을 때마다 "이상해. 이상해. 세상은 잘못됐어" 하고 의미를 알 수 없는 말을 중얼거린다. 저게 대체 뭐지?

"사쿠나는 악몽이라도 꿨어?"

"비슷하지만 달라요. 꿈이 아니라 현실이니까요."

의미를 모르겠다. 갑자기 "저기!" 하고 누군가 조심스레 말했다.

적갈색 머리카락이 특징적인 소녀── 에스텔 클레르다.

"빌 씨와 메모아 각하 모두 너무 걱정하실 거 없지 않을까요."

"무슨 뜻이죠? 이걸 걱정하지 않으면 코마리 오타쿠의 이름이 무슨 소용이죠."

"맞아요……. 그냥 두면 점점 돌이킬 수 없게 될 거예요……. 역시 지금 당장 죽여서 기억을 개찬해야……."

"괘, 괜찮아요! 커닝엄 대통령님은 나름대로 생각이 있어서 이 기사를 허가하신 거겠죠. 아마── 대통령님은 승상 대 각하의 구도를 명확히 하고 싶었을 거예요."

사쿠나가 고개를 든다. 빌이 "그 생각은 못 했는데"라고 눈을 동그랗게 뜬다.

"이번에는 마법이나 열핵해방으로 정리될 만한 문제가 아니에요. 승상의 외양은 명재상이죠. 힘으로 굴복시키면 저희가 악당이 되어 버려요. 이렇게 되면 중요한 건 국민의 목소리. 이건 대통령님이 여론을 조작하기 위해 깐 포석일 거예요……. 앗! 아뇨! 어디까지나 부족한 제 억측에 불과하지만……!"

"에스텔 말이 맞네요." 빌이 침착함을 되찾고 말했다. "애초에 코마리 님께는 결혼 예정이 없어요. 신문에 세상 사람들이 놀아나더라도 저희와는 상관없는 일이죠. 메모아 님도 저주의 의식은 관두고 다시 일어나세요."

"네……. 잠깐 이성을 잃었네요."

사쿠나가 멋쩍은 듯 웃으며 신문을 얼려버렸다.

역시 에스텔은 대단해. 한 집당 하나씩 보급하고 싶다.

"그러고 보니 네리아 씨는 어디 있나요?"

"메이드를 데리고 살금살금 경사를 돌고 계세요. 승상이 저지른 악행의 증거를 모으시나 본데요——. 저희는 연락이 올 때까지 대기해야 합니다."

"아무리 봐도 대통령이 할 일이 아닌데. 그럼 우리는 뭘 하면 돼?"

"각하! 저희는 실행 부대예요."

에스텔 왈, 다음과 같은 포진이라나 보다——. 네리아, 게르트루드, 메이파, 제7부대 대원들(이 녀석들은 초대받지 않아서 완벽한 스파이다)은 밀정으로 경사를 분주히 오갈 것이다. 나, 빌, 에스텔, 사쿠나 이렇게 넷은 실행 부대로서 호텔에 대기. 네리아 일행이 승상의 부정을 폭로한 후에 힘으로 린즈를 탈환하는 역할이다.

무심코 한숨을 내쉬고 싶어졌다.

결국 중요한 건 힘으로 해결하려나 보다. 가능하다면 다치지 않는 쪽으로 원만하게 수습하고 싶은데. 그 운석 같은 초능력은 여러 번 발동하기 싫다.

갑자기 어디선가 노래가 들렸다. 악단이 린즈의 결혼을 축복하는 것이겠지.

"축제 분위기네요. 이곳저곳이 공주의 결혼 이야기로 시끌벅적해요."

"결혼식은 모레랬지? 어떻게든 되려나?"

"저……, 결혼식장을 폭파하면 어떨까요……?"

"엥? 무슨 소리야, 사쿠나?"

"명안이지만 불가능해요. 결혼 피로연에는 각국의 중요인물도 초대되었어요. 다치게 하기라도 했다가는 뮬나이트 제국의 위기니까요. 참고로 리오나 플랫 장군이나 스타즈타 님도 와 계신가 봐요."

"그 녀석은 어딜 가나 있네……. 그리고 보니 카루라는 초대를 못 받았어?"

"글쎄요? 아마츠 님은 아무래도 바쁘신 것 같은데……."

어쨌든 경사는 세계의 주목을 받고 있나 보다. 이런 상황에서 결혼식을 치르면 '역시 이혼할래요'라는 말도 못 하겠지——.

꼬륵.

배에서 소리가 났다. 무심코 얼굴이 화끈거린다. 빌이 "하는 수 없죠" 하고 어깨를 으쓱했다.

"코마리 님 배가 '고기를 달라'라고 주장하고 있네요. 고기를 먹으러 가죠."

"주장한 적 없어! 그보다 멋대로 나가도 돼……?"

사쿠나가 "괜찮을 거예요" 하고 웃었다.

"저희는 승상님께 초대받은 손님이니까요. 성도에 침입했을 때처럼 숨어다닐 필요는 없어요. 설마 갑자기 습격해 올 리도 없을 테고……."

"그렇게 말하면 복선이 될 것 같으니까 그만하지 않을래?"

"걱정하실 거 없어요! 여러분은 제가 책임지고 호위할 테니까요——. 앗, 저보다 각하가 천억 배는 더 강하시죠……! 죄송합니다……!"

"그렇다네요. 경사에는 다양한 진미가 있다는데 기대되네요."

"흠. 그래. 그렇다면 가줘야지……."

그렇게 해서 우리는 경사를 산책하게 되었다.

☆

요선향 경사에 자리한 천자의 거처, '자금궁(紫禁宮)'.

그 별채에 거대한 탑이 우뚝 솟아 있다. 왕조에 반항하는 자를 가둬두기 위해 과거의 천자가 세운 시설이라나 보다. 그러나 지금은 그곳에 왕조의 요인 린즈 자신이 유폐되어 있었다.

"어째서……."

린즈는 창문의 격자를 움켜쥐며 이를 갈았다.

아래로는 잡다한 경사의 풍경이 펼쳐져 있다.

곳곳이 축복하는 분위기다. 승상 구도 시카이의 선정을 칭송하는 목소리도 있었다. 자금궁 정문에는 그를 칭송하는 칠언율시 액자마저 걸려 있으니 기가 막힐 노릇이다.

구도 시카이는 인면수심의 간신이다.

린즈를 지지하는 동료들은 그에 의해 투옥당하고 말았다.

자기 때문에 상처 입어 가는 사람들을 생각하면 마음이 아파 견딜 수가 없었다.

"구도 시카이. 나는 안 져."

"아아! 내 이름을 불러주다니 영광이로군!"

어느새 뒤에 본인이 서 있어서 움찔하고 말았다. 이 탑에는 일 방통행으로 문이 설치되어 있다는 걸 떠올린다. 갑자기 【전이】 해도 이상할 게 없다.

"탑의 생활은 어때? 의외로 쾌적하지?"

"……어딜 봐서? 여긴 죄인을 가두는 곳이잖아."

"이야, 너무하군. 난 너를 발칙한 천명으로부터 지켜주려는 건데. 세 끼 식사에 티타임 간식까지 주고 있는데 뭐가 불만이지?"

불만은 수없이 많았다.

메이파. 왕조. 그리고 결혼. 그러나 그걸 언급해 봤자 '트레비앙!' 같은 말을 나불거리며 얼버무릴 게 뻔히 보인다. 이 남자는 린즈를 보고 있지 않다. 린즈의 몸에 깃든 '가치'에만 관심이 있다.

"흐음." 시카이가 팔짱을 끼며 웃는다. "아무래도 랸 메이파는 도움을 청한 모양이군."

"?! ——메이파는 무사해?!"

"무사하지. 애초에 내가 요선을 해칠 것 같아? 그렇다면 너무 하군. 조금은 신뢰해도 될 텐데. 넌 내가 남을 상처 입히는 걸 본 적 없잖아?"

"…………."

"뭐, 됐다. 랸 메이파는 뮬나이트 제국과 알카 공화국에 도움을 청한 모양이야. 육국 신문에도 그렇게 나와 있었고, 무엇보다 실제로 선전포고를 당했으니 틀림없지."

"선전포고……?"

"테라코마리 건데스블러드는 너를 빼앗을 생각인가 봐."

가슴에 충격이 퍼졌다.

희망. 환희. 그리고 동시에 죄책감이 샘솟는다.

안다——. 그녀는 메이파의 열핵해방 덕에 '린즈를 사랑하는 사람'이 되어 있다.

"나하하핫! 너는 정말 축복받았구나. 테라코마리 건데스블러드는 세계를 구한 대영웅인데. 그런 사람이 '신부를 뺏겠다!'라고 하면 평범한 사람은 위축되겠지."

"당신은…… 다르다는 거야?"

"당연하지! 나는 승상으로서 확실한 실적이 있는데! 그리고 국민의 절대적인 지지도 있고!"

"하지만…… 다들 당신이 뒤에서 무슨 짓을 하는지는 몰라……."

"그건 상관없어. 실질적으로 그들이 기뻐하면 되는 거야——. 이게 겔라 군과 다른 점이지. 그는 좀 지나치게 폭력적이었어. '국민은 무엇보다 중요하다', '무엇이든 양날의 검이 될 수 있다'. 다양한 격언을 들려주었는데 잘 써먹질 못했거든."

'겔라 군'이라면 알카의 전 대통령 매드할트겠지.

역시 이 남자는 겔라 알카와 공모해 나쁜 짓을 한 것이다.

"……무슨 말을 하고 싶은 거야?"

"즉 테라코마리 건데스블러드가 협박해도 내가 동요할 이유가 없단 거야. 뭐, 린즈를 뺏겠다고? 힘으로? 그랬다간! 아무리 대영웅이라도 요선향의 신선종들이 야유를 보내는 장면이 쉽게 상상이 되는걸!"

역시 이 남자는 용의주도했다.

전투 능력은 전혀 없다. 하지만 사람의 감정을 장악하는 데 뛰어나다.

"린즈. 그만 포기하지 그래? 공주나 삼룡성의 지위에 의미는 없어. 너를 속박하는 쇠사슬 같은 것이지. 아이란조가 너에게 뭘 해 줬지? 아무것도 해 준 게 없지? 아니──, 네 몸에는 흉악한 저주가 걸려 있잖아. 그건 모두 왕조 때문이야."

"그렇다고……, 남을 상처 입혀도 되는 건 아니야."

"나하하핫! 너는 순수하고 아름답구나."

원통함에 이를 갈았다.

자신은 이대로 감옥 안에서 생을 마치게 될까──?

"──응? 네르잔피 경인가."

시카이가 통신용 광석을 꺼냈다. 대신에게 연락이 온 모양이다.

갑자기 경사의 거리가 소란스러워진 듯했다.

린즈는 아무 생각 없이 창밖으로 눈길을 돌렸다. 곳곳에서 뭔가 폭발하고 있었다. 축포 같은 게 아니다. 누군가와 누군가가 싸우고 있는 듯하다. 폭동이라도 벌어졌나? ──그렇게 의아해한 직후.

오싹 소름이 돋았다.

강력한 마력. 모든 것을 감싸는 강렬한 살의.

뭔가가 이쪽으로 다가온다.

"뭐라고?! 테라코마리가……."

웬일로 초조한 목소리를 낸다.

린즈는 마음이 들뜨는 걸 느꼈다. 육국 대전 때 느낀 막대한 힘과 같았다. 짚이는 것은 하나뿐이다. 이건—— 테라코마리 건데스블러드의 열핵해방.

"호오! 소문처럼 과격한 분인가 보군! 무력으로는 근본적인 해결이 되지 않는다는 걸 알 텐데! ——린즈! 아무래도 널 마중 온 모양이야."

다음 순간.

황금빛 돌풍이 감옥을 훑고 지나갔다.

☆(조금 거슬러 올라가)

경사는 제도에 비해 꽤 떠들썩한 분위기였다. 하늘을 찌를 듯한 고층 건물. 공중, 지상을 가리지 않고 오가는 요선들. 점심때라서 그런지 사방팔방에서 좋은 냄새가 풍긴다.

"코마리 씨. 가고 싶은 가게는 있나요?"

"으음~? 망설여지네. 오므라이스도 먹고 싶지만 역시 이번엔 아닌 것 같고……."

"코마리 님. 저기 자라의 생피를 팔고 있어요."

"관두자."

"키가 큰다고 적혀 있네요."

"그런 수에는 안 넘어가."

속이려고 해도 소용없다. 나는 이제 우유 말고는 믿지 않기로 했다.

"그런데 네리아를 두고 관광해도 되나? 그 녀석들도 여러모로 애쓰고 있잖아?"

"조금 전 커닝엄 님의 연락이 있었어요. 그쪽도 경사 일등지 고급 얌차 가게에서 점심 식사 중이라나요. 맛있는 교자에 입 안이 녹을 것 같다고 자랑하셨어요."

"그게 뭐야. 치사해! 나도 먹고 싶어!"

"저희는 짐승 요리로 가죠——, 응? 저 가게에서는 곰의 손이 나 닭발을 팔고 있나 봐요. 바로 들어가 볼까요?"

"빌헤이즈 씨……. 코마리 씨가 싫어하는 표정을 짓고 있는 데……."

"송구하지만 제안 하나 할게요!"

에스텔이 조심스레 손을 든다. 아직 딱딱한 면이 빠지지 않은 모양이다.

"가이드북에 따르면 '천축찬점'이라는 가게를 택하면 실패하 지 않는다나 봐요. 딱 저기 보이는데 어떠세요……?"

"그 책은 어디서 났어? 메모지가 많이도 붙어 있네."

"여행 가이드예요! 경사에 침입한다길래 사전 조사를 했죠!"

역시 에스텔이다. 다른 제7부대 녀석들과 다르게 센스가 좋 네. 빌 녀석도 감탄한 듯 "그럼 저기로 할까요?" 하고 고개를 끄 덕인다. 이 메이드는 에스텔의 의견에는 순순히 따르는 경우가 많다. 내 의견에도 순순히 따라주면 좋을 텐데.

이론이 없었기에 우리는 '천축찬점'에 발을 들였다.

점원에게 자리를 안내받고 바로 메뉴판을 펼쳤다.

교자. 만주. 냉채. 수프에 다양한 면류──, 다 맛있어 보여서 고를 수 없다.

"보세요, 코마리 님. '마그마 풍미의 아주 매운 마파두부'라는 게 있네요. 먹으면 입안에서 폭발해서 이가 있던 곳이 휑해진다나 봐요."

"먹고 싶으면 먹든지."

"저……, 가이드북에 따르면 추천 코스 요리가 있다나 봐요. 망설여지면 그걸로 해도 될까요?"

"음. 에스텔 선택이라면 틀림없지."

"꼭 제 선택이 잘못됐다는 듯한 말투시네요."

빌의 불평은 무시하고 에스텔 말을 따라 주문하기로 했다.

잠시 기다리는데 색색의 요리가 나왔다.

아주 뜨거운 빠오즈를 젓가락으로 집어 깨물었다. 입 안에서 육즙이 왈칵 터져 나온다. 정말 행복하다. 이게 바로 여행의 묘미라고 해도 과언이 아니지. 아니, 여행은 아니지만.

"너무 맛있어……. 보통이 아닌데, 요선향……."

"코마리 님. 입에서 즙이 흘러넘치고 있으니 제가 핥아드릴게요."

"핥지 마!!"

"코마리 씨. 이 교자도 먹어보지 않을래요?"

"뭐? 응. 먹을래, 먹을래."

사쿠나가 자기가 먹던 젓가락으로 내밀었다. 그대로 덥석 받아먹기로 했다.

우물우물. 맛있다. 뭐가 이렇게 맛있지. 나중에 네리아에게 자랑하자——. 그렇게 생각하는데 빌이 뺨을 부풀리며 "코마리 님" 하고 노려봤다.

"전부터 늘 생각한 건데 왜 메모아 님이 주시는 음식은 저항감 없이 드시는 거죠? 전에 제가 피망을 드리려고 했을 땐 통곡을 하며 발광하셨으면서."

"너는 모르는 것 같은데 이 세상에는 두 종류의 인간이 있어."

"각하! 이쪽 칠리 새우도 달고 매콤한 게 맛있어요."

"그래?! 어디 보자……."

"잠시만요, 코마리 님. 두 종류의 인간이 뭔가요?"

"아아——. 즉 변태냐 아니냐의 두 종이야. 내 체감으론 전 인류의 90%는 변태야. 하지만 사쿠나와 에스텔은 남은 10%에 들어가는 희소종. 그러니까 안심하고 먹을 수 있는 거지."

"에스텔은 둘째 치고 메모아 님의 본성을 모르시나요? 이 전 테러리스트는 코마리 님을 마구 도촬해서——."

"이제 그런 짓 안 하거든요?! 중상모략이에요!"

사쿠나가 얼굴을 새빨갛게 붉히며 부정했다. 화를 내는 것도 당연하다.

분명 전에는 방에 사진을 덕지덕지 붙여놨지만 지금은 떼어냈겠지. 저번에 사쿠나 방에 놀러 갔다는 에스텔의 표정이 굳어 있지만 기분 탓이리라.

빌이 "불공평해요!" 하고 툴툴거린다.

그렇게 생각한다면 네 행동을 돌아봐. 내 침대에 무단으로 침입하지 마.

내심 투덜거리면서 요선향 요리에 입맛을 다신다.

사쿠나나 에스텔이나 빌 다 즐거워 보였다. 우선 이 순간만은 행복을 만끽하도록 하자──, 그렇게 여유를 부리는데 누가 말을 걸어왔다.

"──실례. 동석해도 될까?"

새카만 옷을 입은 여자가 서 있었다.

나는 주변을 두리번거렸다. 달리 자리가 비지 않은 모양이다.

"미안. 6인석을 4명이 쓰는 건 사치겠지……. 앉아."

"그거 고맙군. 당신의 인덕에 마음이 표백될 것 같아."

어려운 말을 하면서 내 옆에 앉는다.

의외로 거리가 가까워서 깜짝 놀랐다. 흡연자일까? ──살짝 담배 비슷한 냄새가 났다. 그나저나 옷이 검다. 요선인 듯한 분위기를 느낄 수 없다. 하지만 그 밖의 어떤 종족도 아닌 듯한 느낌이 든다.

"여기 마그마 풍미의 아주 매운 마파두부 세트로 주세요."

진심인가, 이 사람. 매운 걸 잘 먹는 사람은 존경스럽다.

놀라면서도 식사를 이어간다. 힐끗힐끗 곁눈질로 살피는데 점원이 정말 마그마 같은 마파두부를 가지고 왔다. 사쿠나나 에스텔도 눈이 동그래져서 지켜보고 있다.

여자가 스푼을 들었다. 정중하게 "잘 먹겠습니다"라고 합장하고 나서 부글부글 끓고(?) 있는 새빨간 마파두부를 뜬다. 그대로 천천히 입으로 가져가──.

덥석. 깨물었다.

직후.

"──푸우우우웁?!"

요란하게 뿜기 시작했다. 검은 여자는 "콜록콜록, 우웨에에에에에에에에엑!" 하고 여러 번 구역질하며 컵으로 손을 뻗으려 했다. 하지만 컵이 쓰러져 안에 든 물이 테이블 위에 엎어지고 말았다. 나는 황급히 일어났다.

"괜찮아?!"

"아…… 안 괜찮아……. 매워. 너무 매워. 역시 마그마……. 우웨에엑!"

"와아아아아아아아아! 내 물을 줄게!"

컵을 건넨다. 그러나 그녀는 사막에 쓰러져 있던 여행자처럼 벌컥벌컥 물을 들이켰다. 여러 번 "고맙다"라고 하면서 컵을 돌려준다.

"생명수야……. 이거 미안하군. 난 사실 매운 걸 잘 못 먹어서."

"그럼 왜 시킨 거야?"

"'실력 없는 자는 도중에 포기한다'라는 말이 있지. 나는 도중에 포기하고 싶지 않아. 여러 번 도전해서 마그마 풍미의 아주 매운 마파두부를 극복하려고 하는데……."

"코마리 님. 역시 전 인류의 90%가 변태라는 건 사실이었나 보네요."

"무례한 소리 하지 마! ──하지만 괜찮다면 다행이야."

"당신 덕분에 살았어. 죄송한데 이분들에게 포도 주스 좀 주세요."

"어?! 안 그래도 되는데. 그냥 물 좀 준 거고……."

"친절에는 친절로 보답하는 법이야. 당신은 내 은인이니까──, 테라코마리 건데스블러드 칠홍천 대장군."

깜짝 놀라고야 말았다.

점원이 바로 포도 주스를 가져왔다. 겸사겸사 축축해진 테이블을 수건으로 닦아 주었다. 갑자기 에스텔이 "앗" 하고 목소리를 높였다.

"이분은……! 요선향 군기대신인."

"만나서 반가워. 나는 로샤 네르잔피. 삼룡성을 총괄하는 아이란조의 군기대신으로 일하고 있지. 뭐, 말하자면 승상 구도시카이의 수하 같은 거야."

긴장감이 퍼졌다. 즉 이 사람은 린즈를 괴롭히는 쪽 사람이라는 거다. 그러나 그녀는 "이봐, 무서운 표정 짓지 마"라고 웃으며 말했다.

"딱히 정부의 모든 수뇌진이 린즈 전하를 괴롭히는 건 아니니까. 나는 오히려 전하의 처우를 동정하고 있어."

"수상하네요. 마파두부를 입에 넣어 버리죠."

"그만해, 빌. ──무슨 뜻이야?"

"왜냐하면 가엾잖아? 아무도 전하의 말을 듣지 않아. 친아버지인 천자는 정원에 정신이 팔린 얼간이. 국정을 담당하는 승상은 왕조를 찬탈하려 하는 악인이고."

여자── 네르잔피의 본심을 잘 모르겠다.

말이나 행동에 감정이 담기지 않았기 때문이다. 꼭 죽은 사람 같은 분위기다.

"랸 메이파를 놓아준 건 나야." 네르잔피는 아무렇지 않게 말한다. "린즈 일파의 추적을 담당한 건 다른 삼룡성이야. 하지만 난 '적당히 해라'라고 명령해 뒀지. 아니면 그녀는 뮬나이트 제국에 도착하지 못했을 테니까."

"그래⋯⋯? 그럼 네르잔피는 린즈 편이야?"

"그렇고말고. 나는 악당이지만 도리를 아는 악당이야. 구도 시카이처럼 쪼잔한 방식은 좋아하지 않거든."

"끄으응⋯⋯."

"코마리 씨. 일단 죽여서 기억을 확인해 볼까요?"

사쿠나가 귓가에 대고 속삭였다. 아니, 죽인다니 너. 그랬다간 살인 사건이 되잖아. 분명 네르잔피를 믿을 수 없다는 건 알겠는데.

"이거 참. 아무래도 '신용'이 부족한가 보군. 그럼 이런 걸 주지."

네르잔피는 품을 뒤지더니 한 장의 사진을 꺼냈다.

거기 찍혀 있는 건──.

"린즈?!"

"그래, 아이란 린즈야. 그녀가 궁정 탑에 유폐되어 있는 사진이지."

뒤에서 빌을 비롯한 일행이 사진을 살핀다. 나는 뚫어져라 사진을 바라봤다. 린즈가 철로 된 격자 너머에 앉아 있다. 몸에 눈에 띄는 외상은 없다——. 그러니 그 표정은 절망으로 물들어 있다.

"정부는 공주가 공석에 나타나지 않는 이유를 '요양 중이다'라고 설명하고 있어. 하지만 이건 물론 거짓이야. 구도 시카이는 린즈 전하가 괜한 짓을 못 하게 하려는 거야."

사진 속 소녀는 누가 봐도 도움을 청하고 있었다.

심장이 두근두근한다. 무슨 일이 있어도 그녀를 만나고 싶었다.

"외상이 없다고 해서 안심하면 안 돼. 여기에는 요선향의 마핵이 있으니까. 뭐, 구도 시카이는 교활하니까 아무 의미 없는 폭력은 휘두르지 않겠지만."

"그렇게 말해도……."

"하지만 소문에 따르면 강제로 사랑을 속삭이고 있다던데."

"사랑?!"

"린즈 전하의 온몸을 마구 주무르고 있다고도 들었어."

"뭐야아아아아아아아?!"

"자, 진정해. 포도 주스라도 마셔."

"끄으으……. 그래……."

"네르잔피 님. 군기대신으로서 구도 시카이를 막을 수는 없나요?"

빌이 경계하는 기색을 띠며 묻는다. 네르잔피는 "어렵지" 하고 탄식했다.

"구도 시카이는 요선향에서 절대적인 권력을 자랑해. 게다가 저항하는 자는 가차 없이 죽여서 감옥에 가두는 성급한 남자야. 그야말로 망국의 재상 느낌이지만——, 그렇기에 나도 알랑거리는 간신처럼 행동하는 수밖에 없지. 내 몸이 소중하니까."

경사 곳곳에 승상을 기리는 포스터가 붙어 있었다.

저 변태는 정말 시민들에게도 인기인 모양이다. 표면의 얼굴과 이면의 얼굴을 잘 나눠 쓰고 있는 것이겠지——. 나는 암담한 심정을 느끼며 포도 주스에 입을 댔다.

그리고 마신다.

"그럼 어떻게 하는 게 좋을까요? 꼭 의견을 듣고 싶은데요."

"내가 생각하기에 방법은 두 개 정도 있어. 하나는 승상의 스캔들을 터뜨려 실각을 노리는 것. 다른 하나는——."

두근.

심장이 경종을 울린다.

포도 주스에는 소량의 뭔가가 섞여 있었다.

나는 이 맛을 안다. 이 도저히 좋아할 수 없는 비릿한 맛은——.

"——또 하나는 실력 행사. 남들의 비난을 각오하고 무력으로 제압하면 돼."

"그건 힘들어요. 코마리 님을 비난의 대상으로 만들 수는 없어요. 착한 코마리 님은 그것 때문에 힘들어하실 테니까——, 코마리 님? 왜 그러세요?"

빌의 말이 귀에 들어오지 않는다.

그다음 순간—— 쿠궁!! 마력의 폭풍이 휘몰아쳤다.

가게 안에서 비명이 터져 나왔다. 어디선가 접시 깨지는 소리도 난다. 내가 만진 의자나 테이블이 반짝반짝한 황금으로 변해 간다.

그래. 이건 열핵해방【고홍의 애도】. 모든 마력의 근원은 나다.

"나는. 나는……."

아직 의식이 있다. 그러나 나도 모르는 사이 황금빛 검이 주변을 맴돌기 시작한다.

"각하?! 뭐 마음에 안 드는 일이라도 있으셨나요?! 혹시 제 가게 선정이 최악이었나요?! 죄송합니다, 죄송합니다, 죄송합니다!!"

"아니에요, 에스텔 씨! 요리에 피가 들어 있었어요……!"

"진정하세요, 코마리 님!! 일상 신에서 갑자기 각성이라니, 말도 안 돼요!! 우선 저와 키스해서 정신을 차리세요!!"

괜찮다. 나는 16살이 돼서 성장했으니까.

운석만 한 힘을 억누르는 것쯤이야 일도 아닐 터.

"──번쩍번쩍하네.【고홍의 애도】중엔 이게 가장 좋아."

네르잔피가 '금연' 벽보를 무시하고 담배에 불을 붙였다.

연기를 토해내면서 쿨럭쿨럭 죽을 사람처럼 기침을 토한다.

"구도 시카이는 점심이 되면 린즈를 만나러 간다더군. 감옥에서 뭘 하는지는 모르지만, 입에 담기도 꺼림칙한 대우를 받고 있을지 모르지."

"윽!"

"궁전 22층이야. 린즈 전하가 있는 곳은."

"…………."

"모르겠어? 벽에 이런 문자가 쓰여 있는 건물인데."

네르잔피가 종잇조각에 술술 뭔가를 써 내려갔다. 그곳에는 막대 인간이 체조하는 듯한 글자로 '격공탑'이라고 적혀 있었다.

감정이 폭발했다. 그 이상 참을 수가 없었다.

내 의식이 흐려지면서── 곧 세상은 황금빛 마력에 침식되어 갔다.

☆

"경비가 엄중하네요. 게다가 마법 같은 장벽도 쳐져 있어요."

"내가【진류의 검화】로 박살 내면 어떨까?"

"네리아 님이라면 가능하겠지만……, 그러다 실패하면 요선 향 정부와의 사이에 균열이 생길걸요? 또 요선 경비들을 저희끼 리 상대하긴 물리적으로 무리가 있을 듯해요."

요선향 경사 교외.

네리아와 게르트루드, 메이파 셋은 수풀에 숨어 한 구조물을 관찰 중이었다.

메이파가 '승상의 악행을 폭로할 열쇠'라고 주장하는 수상한 건물이다.

"저기, 메이파. 승상은 기본적으로 무엇을 꾸미는 거야?"

"의지력 조사라나 봐. 녀석은 마음의 구조를 연구하고 있어. 아마 몽상낙원에서 하던 것과 비슷하게 인공적으로 열핵해방을 발현하려 하고 있겠지."

"흐음. 매드할트의 실패를 통해 배운 게 없군."

"내 동료의 조사에 따르면 경사 사람을 납치해다가 시험하고 있다나 봐. 그게 사실이라면 매드할트와 같아. 아직 결정적인 증거는 잡지 못했지만……."

즉 네리아 눈앞에 있는 건물을 실험장인 모양이다.

전혀 특별할 게 없는 요선향풍 건물이다.

다만 이상하게 크다. 궁전에 뒤처지지 않을 만한 위용이었다.

그리고 무시무시할 만큼 경비가 엄중하다. 밖에서 보지 못하게 인식 방해 마법까지 쳐져 있다. 게다가 보통 사람은 다루지 못하는 황급 클래스의 환영 마법이니, 네리아의 【진류의 검화】로 베지 않는다면 아무도 눈치 못 채겠지.

"나와 린즈는 기밀문서를 훔쳐보고 이 시설에 대해 알았어. 하지만 안에서 구체적으로 무슨일이 벌어지는지는 몰라──. 그 부분만 자료가 말소되어 있었거든."

"그럼 돌입해서 확인해 보는 수밖에 없겠네."

네리아의 목적은 매드할트 시대의 유물을 일소하는 것. 그리고 승상의 악행을 폭로해 아이란 린즈를 구하는 것. 그걸 위해서는 눈앞에 있는 실험장을 어떻게든 해야 하는데.

"코마리에게 시킬까? 열핵해방으로 뒤집어엎는 거지."

"증거까지 날아갈 가능성이 있어요."

"게다가 여론을 적으로 돌리게 돼. 결혼식에 초대받았는데 폭주하면 큰 문제니까──."

메이파가 거기까지 말했을 때.

문득 네리아는 막대한 마력을 느끼고 뒤를 돌아봤다.

"어?"

눈을 의심했다.

먼 하늘. 경사의 메인 거리 부근부터 황금빛 기둥이 하늘을 향해 뻗어 있다. 어디선가 긴급 사이렌이 울리고 있었다. 당황한 게르트루드가 "저건 뭐죠?!"라고 소리친다.

뭐냐고 물어도. 그 답은 하나뿐이다.

그리고 네리아는 봤다——. 황금빛으로 빛나는 흡혈 공주가 하늘을 날아가는 바보 같은 광경을.

[이쪽은 애버크롬비. 큰일입니다, 대통령님. 건데스블러드 장군이 아이란 린즈 탈환에 나섰습니다. 시가지에서 요선향군과 교전 상태에 돌입했어요. 그리고 몰래 조사 중이던 제국군 제7부대도 어째서인지 날뛰기 시작했습니다. 코마링 콜을 외치면서요.]

정찰로 풀어둔 부하에게 연락이 왔다.

보고받을 것까지도 없었다. 사태는 더 성가신 쪽으로 폭주하고 있다.

"——코마리?! 뭐 하는 거야아아아아?!"

열핵해방【고홍의 애도】——검산도수. 전류의 피에 의해 초래되는 황금의 비기다.

네리아는 새파랗게 질려 경사 중앙부로 돌아갔다.

☆

쇠 격자가 단숨에 끊어지고 말았다.

그뿐만 아니라 탑 외벽마저 산산이 조각났다.

휘몰아치는 황금빛 선풍에 무심코 고개를 돌린다. 그러나 누군가가 뒤에 서 있는 느낌에 뒤를 돌아봤다. 그곳에는 황금빛 마력과 살의를 띤 흡혈 공주가 있었다. 꼭 사로잡힌 공주를 구하러 온 왕자님 같다——. 린즈는 열기에 들뜬 심정으로 엉뚱한 생각을 했다.

"린즈를. 돌려받겠어."

그녀는 날카로운 시선을 시카이에게 보냈다.

그걸 본 승상은——.

"——나하하하핫! 다이내믹한 등장이군, 건데스블러드 장군!"

우습다는 듯이 웃었다.

그래. 이 남자의 우위는 변함이 없다.

"하지만 여기서 난동을 부리면 어떻게 될까? 나는 '침입자에게 무력으로 신부를 빼앗긴 가엾은 명재상'으로 탈바꿈할걸! 그 사실을 선전하면 민중은 너를 비난하겠지? 지금까지 너의 무식한 폭력 행위가 정당화되어 온 건 사람들의 지지 덕분이야. 미움받으며 힘을 쓰면 새로운 폭군이 탄생할 뿐! 겔라 매드할트와 다를 게 전혀 없지!"

테라코마리 건데스블러드는 다수의 문제를 의지력으로 해결해 왔다. 그리고 그건 사람들이 바랐기에 이룰 수 있었던 위업. 뒤집어 말하면—— 사람들이 바라지 않는 일은 할 수 없다. 명재상 구도 시카이를 대의명분 없이 실각시킬 수는 없었다.

"자, 알겠어? 그 아름답고도 뒤숭숭한 황금빛 창을 치우시길!"

코마리는 따르는 수밖에 없었다.

황금빛 마력이 서서히 약해진다. 게다가 주변을 맴돌고 있던 수많은 무기도 빛의 입자가 되어 사라져 갔다. 남은 것은 어리둥절한 표정의 흡혈귀뿐이다.

"어라? 으음…………."

코마리는 주변을 두리번거렸다.

산산조각 난 창문. 무너진 벽. 린즈와 시카이를 번갈아 확인하고——.

"——결국 이렇게 된 거야?!"

머리를 싸매며 소리쳤다. 시카이가 "나하하핫" 하고 웃는다.

"완전히 제어되는 게 아니었군! 이야, 그나저나 엄청난 파괴력이야! 내 부하로 삼고 싶을 정도인걸. 잠깐 일해 볼 생각 없나?"

"누가 네 부하로 일한다고! 그보다 린즈! 괜찮아?!"

코마리가 황급히 달려갔다. 린즈는 구원받은 기분에 그녀의 얼굴을 올려다봤다.

뭐 저렇게 예쁜 눈이 다 있을까. 아이란조의 요선처럼 탁한 빛이 아니다. 빨려들 듯하다——, 말없이 바라보는데 그녀의 얼굴이 토마토처럼 빨개졌다.

"저기……, 무슨 말이라도 해 주면 좋겠는데……."

"앗. 미안해……."

"사과할 거 없어! 그런데 다친 곳은 없어?"

"괜찮아. 고마워."

입꼬리를 움직여 미소를 짓는다. 제대로 웃고 있을까? 메이파에게 '린즈는 표정 변화가 적다'라는 말을 자주 듣는다. 미소에는 자신이 없다.

팟! 코마리가 고개를 돌렸다.

"……미안. 웃는 게 서툴러서."

"그렇지 않아! 근사한 미소라고…… 생각해……."

마음이 두근거렸다. 그런 말은 처음 듣는다.

"……응. 고마워. ……왜 이쪽을 안 보는 거야?"

"뭐?! 그건…… 그거지! 조금 불편 사항이 있거든! 네 얼굴을 보다 보면 어째서인지 심장이 터질 것 같아서──."

"──아까부터 너희는 뭘 하는 거지?"

시카이가 노려봤다. 분명 원수를 눈앞에 두고 나눌 만한 대화는 아니었다.

코마리가 "아무것도 아냐!" 하고 고개를 저으며 그를 돌아본다.

"구도 시카이! 린즈에게 심한 짓 하지 마!"

"심한 짓을 하는 게 누구지? 보고에 따르면 네가 데려온 제7부대 멤버들이 경사에서 크게 날뛰고 있는 것 같은데?"

"그 녀석들, 대체 뭘 하는 거야아아아아아아아아아아아아아아아아아아아?!"

코마리가 파괴된 창문 쪽으로 달려갔다. 그리고 "이봐─! 다들 얌전히 있어─! 코마링 콜 하지 마─!"라고 소리친다. 시카이가 어이가 없다는 듯 어깨를 으쓱한다.

"이거 원! 재미있는 분이로군! 그나저나 흥이 깨졌는걸. 너는 요선들의 반감을 산 모양이야. 제국군을 향한 항의가 시작된 것 같거든."

"으윽……. 미안……."

"너는 지금까지 요선향과 관계가 없었지. 다른 나라에서는 영웅 대접을 받을지 몰라도── 신선종들은 너에게 아무 감흥도 없어. 그들에게 영웅은 이국에서 온 흡혈귀가 아니라 자국의 승상이지. 지원금을 여러 번 뿌린 게 효과를 보이나 보군."

"그렇게 말해도…… 애초에! 네가 린즈를 유폐하는 게 잘못이잖아?! 요양은 무슨! 린즈는 건강하잖아! 오히려 유폐당해서 건강을 해쳤는데?!"

"그걸 나무라도 얼마든지 변명은 할 수 있어──, 흐음? 설마 싶지만 너는 린즈를 좋아하나?"

쩌적.

분위기에 균열이 갔다. 코마리가 한 박자 늦게 소리쳤다.

"좋아하는 거 아니야! 린즈가 가엾어서! 그래서 난 요선향에 온 거야."

"하지만 아까 반응을 보고 알았는데? 너에게는 린즈를 향한 순수하디 순수한 연심이 싹트고 있어. 아아! 정말 애처롭고 순수하군!"

"ㄱㄱㄱㄱㄱㄱㄱㄱㄱ, 그럴 리가! 망상도 정도껏 해?!"

"그도 그런가! 신문에 따르면 넌 자기 메이드와 금단의 사랑 중이라는 것 같으니."

"그딴 건 날조야!!"

"그럼 린즈를 좋아하는 거지?! 그래서 열핵해방을 발동해 가며 나를 찾아온 거고. 이야, 아름다워! 훌륭하군! 이것만으로도 연애 소설 한 권은 낼 수 있겠어."

시카이는 배우처럼 두 팔을 벌리며 코마리에게 다가갔다.

그의 말이 맞았다. 코마리는 린즈에게 빠져 있다.

그러나 그건 정상적인 마음이 아니다. 외부에서 강제로 조작한 연심이다.

휘익! 시카이가 코마리의 멱살을 움켜쥐며 나지막이 속삭인다.

"──하지만 린즈는 못 줘. 린즈는 내 야망을 이룰 초석이 되어줘야겠어."

익살스러운 언행 뒤에 숨겨진 잔학한 이빨. 저렇게 위협하면 린즈는 몸이 떨려서 꼼짝도 할 수 없다. 자신의 약한 마음이 부각되는 듯해 싫었다.

하지만 코마리는 달랐다. 린즈와는 전혀 달랐던 것이다.

"할 수 있으면 해 봐."

그녀는 오히려 시카이를 도발했다.

"나야말로 린즈는 못 줘! 너와 함께 있으면 린즈는 분명 상처 입어! 슬퍼하게 될 거야! 너는 린즈를 전혀 생각하지 않아!"

승상의 눈썹이 꿈틀했다.

코마리는 아무렇지 않다는 듯 선전포고를 내뱉었다.

"그러니까── 내가 린즈를 구하겠어!"

찌잉.

심장이 터질 듯했다.

코마리의 진지한 말이 린즈의 심장을 제대로 때렸다. 악랄한 승상을 상대로 당차게 소리치는 용맹한 모습——, 바라보기만 해도 심장이 시끄러울 정도로 존재감을 주장한다. 의식이 날아갈 뻔했다. 아아. 이게 테라코마리 건데스블러드.

"——아아! 그렇군! 네가 너는 정말 파토스가 넘치는 흡혈귀로군!"

"으읔?!"

코마리의 멱살을 붙든 채로 그녀의 몸을 들어 올린다.

시카이는 천천히 무너진 벽 쪽으로 걸음을 옮겼다.

"승상……! 잠깐! 뭘 하려고?!"

"나도 감동했어! 네가 그렇게 린즈를 생각하고 있다니 놀라운걸! 그 정열을 봐서 기회를 주지."

시카이는 린즈의 목소리에는 귀를 기울이지 않았다. 버둥거리는 코마리 발밑에는—— 이미 아무것도 없었다. 아득히 먼 아래에 막연히 땅이 펼쳐져 있을 뿐이다.

"역시 사람의 마음은 소중히 여기고 싶거든! 특히 연심이라면 더더욱! 생각해보면 일방적으로 약혼을 정하는 건 도리를 벗어난 일일지도 모르겠군! 그런 이유로 너와는 정정당당히 승부로 끝을 보도록 하지! 듀얼이야, 듀얼!"

"그만해……, 이거 놔……!"

"자, 싸움의 시작이다. 아듀."

시카이는 웃으면서 손을 놓았다.

코마리는 비명을 지를 새도 없이 떨어졌다.

린즈는 크게 놀라서 땅을 박찼다. 의외로 시카이는 만류하지 않았다.

용기를 쥐어 짜내어 탑에서 뛰어내린다. 고속으로 떨어지는 코마리에게 손을 내민다. 땅이 점점 가까워진다. 코마리의 공포에 물든 표정이 린즈의 심장을 움켜쥔다.

그리고── 린즈의 손이 그녀에게 닿는 일은 없었다.

※

◆3월 19일 승상부 성명

테라코마리 건데스블러드 칠홍천 대장군은 요양 중인 공주 아이란 린즈를 홀려 약탈했다. 경사 중앙 가도에서 벌어진 난투 및 소동도 모두 건데스블러드 장군의 지시에 따른 것으로 보인다. 그러나 그녀를 너무 나무라지 말기를. 왜냐하면 그녀는 공주 아이란 린즈의 결혼이 마음에 들지 않았을 뿐이니까. 물론 정치적인 이유가 아니다. 공주를 다른 누군가에게 뺏기기 싫었기 때문이다──. 그런 아련한 연심에서 시작된 범행이다. 그에 승상부는 이에 관대한 대처를 내리기로 했다. 21일에 예정된 승상 구도 시카이와 공주 아이란 린즈의 결혼식은 일시정지한다. 그 대신 승상 구도 시카이와 테라코마리 건데스블러드 칠홍천 대장군의 '화촉(華燭) 전쟁'을 개최하고자 한다. 승리한 자가 그대로 공주와 결혼식을 올리는 단순 명쾌한 룰이다. 승패를 가릴 방법은 고안 중이지만, 백 년 전에 있었던 일을 답습해 '국민투

표'를 예정하고 있다. 또 이상의 결정은 천자의 승인을 받았음을 명기한다. 이의를 제기하는 자는 아이란조에 맞서는 역적으로 간주할 터이니 주의하도록.

※

"'화촉 전쟁'······? 뭐야, 이 바보 같은 이벤트는."

경사의 뒷골목. 프로헤리야는 노점의 꼬치구이를 먹으면서 승상의 성명문을 읽고 있었다.

아이란조가 배부하고 있는 기관지(機關紙)다. 평소 같으면 딱딱한 정치 얘기만 실리는 것 같은데, 오늘만은 매우 센세이셔널한 내용을 전하고 있다.

"테라코마리가 린즈를 좋아했구나. 깜짝이야~."

태평한 목소리로 그렇게 말한 건 고양이 귀 소녀── 리오나 플랫이다.

숙소에서 우연히 마주쳤다. 그녀가 '기왕이면 관광하자! 천조낙토 때처럼!'이라고 권해서 하는 수 없이 맞춰주기로 한 것이다.

"엉뚱한 것도 정도가 있어야지, 리오나. 그 흡혈귀가 아이란 린즈를 연애의 의미로 좋아할 리가 있나. 그런 감정의 흐름은 말이 안 돼."

"무슨 소리야? 입에 소스 묻었는데?"

"즉 이 성명은 엉터리라는 거야──. '테라코마리가 아이란 린즈에게 아련한 연심을 품고 있다'라는 부분이 말이지. 화촉 전쟁

Illustrations copyright © riichu

인지 뭔지는 실제로 있겠지만."

프로헤리야는 손수건으로 입가를 닦으면서 기관지를 군복 안쪽에 넣는다.

서기장에게 '린즈 전하의 혼례식에 참석하도록'이라고 지시받은 건 좋지만——, 아직 상황을 잘 모르겠다. 테라코마리는 어떤 책략을 짜고 있는 거지.

"그나저나 경사는 평화롭네."

"응?"

"뒷골목에서도 살의를 못 느끼겠어. 백극연방 총괄부 같은 곳이라면 공갈을 목적으로 불량배들이 모여드는데."

"그건 선전포고인가? 좋아, 조국 아이들의 미래를 지키기 위해 싸워보지. 우선 총괄부의 장점을 백 개 거론할까."

"농담이야. 싸우기보다 맛집을 도는 게 더 재미있어."

"나도 농담이야. ——확실히 요선향은 온화한 국가인 것 같군. 어딘지 모르게 천조낙토와 비슷해. 하지만 본질적으로는 달라. 이 나라는 뭔가 붕 뜬 느낌이야."

"뭐——, 그야 그렇지. 요선들은 둥실둥실 떠다니니까."

프로헤리야는 마지막 고기 조각을 깨물며 뒷골목의 벽을 바라봤다.

그곳에는 민간단체가 붙인 듯한 사진이 여럿 줄지어 있었다.

이른바—— '행방불명자를 찾습니다'.

경사에서는 얼마 전부터 사람이 홀연히 증발하는 사건이 발생하고 있다나 보다.

언뜻 보기엔 평화로운 도시에도 어둠은 숨어들어 있다. 테라코마리 일행은 뭔가를 눈치챈 걸지도 모른다——. 그렇게 생각하며 프로헤리야는 지참한 쓰레기봉투에 꼬치를 던져넣었다.

☆

깨어나 보니 호텔에 있었다.

창문으로 석양이 비쳐 들고 있다. 꽤 오랫동안 잠들어 있었나보다——. 나는 황급히 내 몸을 내려다봤다.

"엥? 죽은 거야?"

상처는 없다. 고통도 없다. 나는 시카이에 의해 탑에서 떨어졌을 텐데.

뮬나이트의 마핵이 없는 요선향에서는 찰과상도 쉽게는 낫지 않을 텐데.

"——아아, 코마리 님! 코마리 님, 깨셨군요! 다행이다!"

"빌? 내가 대체——, 꾸오혹?!"

메이트가 투우처럼 달려들었다. 게다가 내 옷을 들추고 고개를 들이밀면서 "아아, 코마리 님. 다행이다. 아아, 코마리 님. 다행이다"라고 변태처럼 환희에 떨고 있다.

"다행은 무슨! 넌 뭐 하는 거야?!"

"몸에 이상이 없는지 확인하고 있어요. 온몸을 조사할 테니 옷을 벗어 주세요. 아니, 오히려 제가 벗겨드릴 테니 천장의 얼룩이라도 세면서 해삼처럼 가만히 계세요."

"아아아아아아아아아아아아아아아아아!!"

"그만해, 빌헤이즈. 코마리가 난감해하잖아."

누가 빌의 어깨를 잡으며 만류했다.

분홍빛 전류——, 네리아가 어이없다는 표정을 짓고 있다.

"네리아! 내가 어떻게 된 거야?! 죽은 건 아니지……?"

"이거 놓으세요, 커닝엄 님! 성희롱이에요!"

"성희롱하는 건 너고——, 물론 코마리는 죽지 않았어. 너는 탑에서 내던져졌지. 하지만 아래 운 좋게 매트가 있어서 산 모양이야."

"뭐? 매트……?"

"궁전에 드나드는 매트 업자가 우연히 떨어뜨리고 갔다나 봐. 그리고 우연히 코마리가 그 위에 떨어진 거지. 게다가 우연히 코마리의 몸이 완벽한 착지법을 취해서 충격을 흡수했대."

"우연이 너무 많잖아."

평생 치 운을 다 쓴 기분이다. 하지만 역시 너무 상황이 너무 잘 풀린 거 아닌가? 신이 나를 살리려 하는 건가? 이거 대신 내일 운석이 떨어지는 건 아니겠지?

"……다들 어디 갔어? 사쿠나나 에스텔 말이야."

"뭘 좀 사러 갔어. 게르트루드는 바깥을 경비 중이야."

"코마리 님. 그보다 과자를 드시지 않을래요? 먹여드릴게요."

"마을의 상황은? 소란이 발생하지 않았다면 좋겠는데."

"코마리 님. 목마르지 않으세요? 입으로 물을 먹여드릴게요."

"소란도 이런 소란이 없어. 당신 때문에 경사가 발칵 뒤집혔거든."

"코마리 님. 저는 코마리 님과 가장 가까운 측근이니까 맥락
도 없이 끌어안아도 될까요? 되죠? 그럼 사양하지 않고 실례하
겠습니다."

"발칵 뒤집혀? 대체 무슨——, 근데 아까부터 빌은 뭐 하는
거야?!"

메이드가 갑자기 내 가슴에 고개를 파묻었다.

부비부비 뺨을 문질러대서 간지러워 참을 수가 없었다. 여전
히 이 녀석은 구제할 길 없는 변태네! ——그렇게 생각했지만
평소랑 분위기가 조금 달랐다.

"너 왜 그래?"

빌은 뾰로통한 표정이었다.

"코마리 님과 결혼할 사람은 저예요."

"요약하자면 토라진 거야, 이 애는." 네리아가 우습다는 듯 웃
는다. "아무리 코마리의 본심이 아니라지만 신부 쟁탈전을 벌이
게 됐으니까. 신부 역할이 자기가 아니라 린즈인 게 속상한 거
아닐까?"

"린즈……?! 맞다, 린즈! 그 녀석은 무사해?!"

"무사하지. ——순서대로 설명할게."

네리아는 테이블 위에 있는 월병을 집어서 입에 물었다.

그러고 보니 점심 식사 도중에 (강제적으로) 일어선 거라 공복
이다. 나도 먹을까——, 했지만 네리아의 폭탄 발언에 사고회로
가 폭발하고 말았다.

"코마리는 린즈와 결혼할 권리를 걸고 승상과 전쟁하게 됐어."

무슨 뜻인지 모르겠다. 말뜻은 이해했지만 그 이외의 것을 다 모르겠다.

"우선 너희가 천축찬점에서 만난 로샤 네르잔피 군기대신. 이 사람은 린즈 편이 아니야. 어엿한 승상 일파의 악덕 관료지."

"그랬어……?!"

"녀석은 코마리에게 강제로 피를 먹였어. 그리고 린즈가 있는 곳을 암시해 구출하도록 보냈지——. 그러면 코마리는 무력으로 신부를 빼앗으려 한 악당이 되니까. 실제로 요선향에서는 코마리나 제7부대를 비난하는 목소리가 나오고 있어."

"으윽……. 하지만 왜 제7부대까지……?"

"대장이 날뛰기 시작하니까 그에 호응한 거지. 아주 신났을 거야."

신나하지 마. 경보에 짖는 개도 아니고.

"걱정하실 거 없습니다. 본격적으로 날뛰기 전에 저나 에스텔이나 케르베로 중위가 어떻게든 막았거든요. 그 주변의 가게가 두세 곳 폭발한 게 다예요."

"완전 민폐잖아?!"

"배상금을 1억 량 청구당했어요."

"1억 량이 얼만데?"

"오므라이스 백만 그릇 치예요."

"어떡할 거야, 빌?! 그렇게 많은 오므라이스를 어떻게 만들어?!"

이게 시카이의 노림수인가. 정말 고식적인 수단을 쓰는군, 그

녀석은.

네리아가 "하지만" 하고 난감하다는 듯 천장을 보며 말한다.

"승상은 내가 상상했던 것과 다른 수를 뒀어. 틀림없이 코마리를 이대로 죄인 취급할 줄 알았는데——, 어째서인지 린즈를 둘러싼 '화촉 전쟁'을 제안했거든. 아마 육전희 최강의 흡혈귀를 무너뜨림으로써 자기 명성을 높이고 싶은 거겠지."

"살육전은 싫어."

"살육전이 아닌 모양이에요." 빌이 내 뱃살을 주물럭거리면서 말했다. "구도 시카이 왈, '누가 린즈에게 어울리는지를 정하는 전쟁'이라나 봐요. 단순히 전투 능력을 가리는 게 아닌 것 같네요."

"그 남자는 무관이 아니라 문관이야. 코마리와 정정당당하게 붙으면 죽는 건 자기라는 것 정도는 알겠지."

"지혜 겨루기가 될 가능성이 짙나. 나는 희대의 현자니까 두뇌에는 자신이 있어."

"뭐, 승상에게서 린즈를 구하려면 이 싸움에 응하는 게 가장 빠를 것 같아."

그때 나는 문득 깨달았다. 화촉 전쟁은 신부 쟁탈전. 그렇다면——.

"혹시…… 이기면 린즈랑 결혼할 수 있는 거야?"

"어디까지나 '결혼할 권리'를 얻을 수 있을 뿐이에요. 코마리 님이 저 이외의 사람과 결혼할 리 없으니 이건 승상을 파멸시키기 위한 싸움에 지나지 않겠죠."

"……뭐, 그렇지. 응."

"그러니까 코마리 님은 이기든 지든 저와 결혼하는 게 좋지 않을까요."

"린즈는 지금 어쩌고 있어? 화촉 전쟁이 열린다는 건 무사하다는 거지?"

"위에." 네리아가 천장을 가리켰다. "승상은 어째서인지 린즈를 방치하고 있어. 메이파도 추적하지 않고 있나 봐. 우선 우리와 함께 행동하게 됐어."

"너무 수상하지 않아? 지금까지 계속 린즈를 속박하고 있었는데."

"뭐, 그렇지. 화촉 전쟁에서 짓밟아 버리면 그만이다 하고 있겠지만——."

네리아는 "그보다도" 하고 기막혀하면서 말했다.

"왠지 옥상에서 생각에 빠져 있는 것 같던데? 만나고 오지 그래?"

☆

호텔 옥상은 석양에 새빨갛게 물들어 있었다.

아니, 경사 그 자체가 피를 뒤집어쓴 것처럼 빛나고 있다. 수 없이 늘어선 고층 건물 사이를 요선이 날고 있었다. 그 환상적인 광경을 올려다보면서 똑바로 걸음을 옮긴다.

아이란 린즈는 낙하 방지 울타리 앞에 우두커니 서 있었다.

기척을 느끼지 못한 모양이다. 그녀는 공작 같은 옷을 나부끼며 뒤를 돌아봤다.

"테라코마리 씨……, 깼구나."

그 자세가 너무 아름다워서 현기증을 느끼고야 말았다. 이런. 역시 상태가 이상하다. 린즈를 앞에 두면 쿨한 코마리가 핫한 코마리가 되어 버린다.

"으, 응. 린즈야말로 다친 곳은 없어?"

"괜찮아. 당신 덕분이지."

"──한 건 했던데, 각하. 덕분에 계획을 처음부터 다시 짜야 해."

갑자기 어이없어하는 목소리가 들렸다.

어느새 린즈 옆에 메이파가 서 있었다.

"어? 언제부터 있었어?"

"처음부터 있었잖아?! 너는 린즈밖에 안 보고 있었냐?!"

"미안."

분명 내 눈에는 린즈밖에 안 보였다. 그녀의 오라가 너무 눈부신 게 잘못이다. 보기만 해도 가슴이 답답하다. 하지만 시선을 피할 수 없는 신비한 기분이다.

메이파는 "뭐, 하는 수 없나"라고 체념한 듯 중얼거린다.

"손등을 보아 【옥오애염(屋烏愛染)】이 기능하고 있는 것 같으니까."

"무슨 소리야?"

"아니. 신경 쓰지 마──. 어쨌든 네가 린즈를 도와준 덕에 일이 성가셔졌어. 아직 승상의 악행을 폭로할 수단도 없는데 말이지. 이렇게 된 이상 어떻게든 화촉 전쟁에서 이겨줘야 해."

"메이파. 너무 강요하는 건 좋지 않아."

"……그렇지. 미안해."

메이파가 고개를 숙인다. 이 두 사람은 '남은 10%'에 드는 희귀한 사람일지도 모르겠다.

"뻔뻔스러운 부탁이라는 건 알아. 하지만 네가 린즈를 구해줬으면 해. 나는 불가능해……. 테라코마리 건데스블러드 각하만이 할 수 있는 일이거든."

힘들어하는 이를 돕는 것. 세상을 하나로 만드는 것.

그게 엄마가 맡긴 내 임무다.

요선향을 찾아들려 하는 재앙을 무시할 수는 없었다.

"알아. 나는 린즈를 돕고 싶어."

"고마워. 당신은 참 착하네."

린즈는 수줍은 듯 웃었다. 붉게 물든 경사의 거리를 내려다보면서 말한다.

"내 주변에 있는 건 나쁜 사람들뿐이거든. 테라코마리 씨 같은 사람은 처음이야."

"린즈는 장군 맞지? 권력의 힘으로 시카이에게 맞설 수는 없어……?"

"삼룡성은 칠홍천과는 달라." 메이파가 무력감이 묻어나는 표정을 지었다. "요선향에서는 무보다 문이 중시돼. 장군에게는 변변한 권한이 없어. 삼룡성을 총괄하는 건 문관인 군기대신이니까. 린즈가 통솔하는 부대에도 군기대신의 입김이 들어가 있어. 적 같은 거지."

"그래──. 아이란조는 적만 안고 있어. 천자인 아바마마는 무기력해. 요선향이 서서히 침식되어 가는 걸 두고 보고 있지. 그 가장 큰 예가 '제2의 몽상낙원'. 승상은 경사 사람을 남몰래 데려다가 열핵해방 발현을 위한 실험대로 쓰고 있대. 그래서 내가 움직일 수밖에 없었는데⋯⋯. 하지만 승상은 우리에게서 힘을 빼앗으려 하고 있어."

붉은 거리에 거대한 풍선 같은 것이 떠다니고 있었다.

저건 승상의 권력을 선전하기 위한 것이다. 왜냐하면 표면에 큼직하게 시카이의 얼굴이 그려져 있으니까. 뭐 저렇게 자기주장 강한 사람이 다 있지.

"그는 내게 찬동하는 사람을 모두 잡아 가뒀어. 그리고 나의 '공주'나 '삼룡성' 같은 지위까지 빼앗으려 하고 있어. 승상이 나와 결혼하려는 건 자기 정당성을 드러내기 위함이야. 천자의 후계자에 적합하다는 걸 내외에 알리기 위함이지⋯⋯. 나에게서 모든 걸 빼앗기 위함이고. 새로운 왕조가 생기면 난 궁전 안에 갇히게 돼⋯⋯."

원래부터 말재주가 없는 것이겠지. 린즈는 말을 더듬거렸다.

그러나 곳곳에서 린즈의 강한 감정이 엿보였다. 슬픔. 분노. 안타까움. 그리고 희미한 희망──, 그녀는 "그러니까" 하고 민망하다는 듯 중얼거리며 고개를 돌렸다.

"테라코마리 씨가 도와줬으면 해."

녹색 머리카락이 봄바람에 흔들린다. 나는 답하는 것도 잊고 멀거니 서 있었다.

"나와 결혼해 줘."

뭐 이렇게 아름다운 아이가 있을까. 내가 그녀를 홀린 듯이 바라보는 건 용모가 아름답기 때문이 아니다──. 그러나 린즈는 마치 옥처럼 아름다웠다. 이야기 속에서 빠져나온 요정 같다.

"저기……, 답을 주면 좋겠는데……."

"어?"

"그러니까. 나와 결혼해 줘……."

린즈는 머뭇머뭇하면서 갈라진 목소리로 말했다.

얼굴은 새빨갛다. 아마 석양 때문이 아니겠지. 내가 대체 무슨 말을 들은 거지? ──생각이 큰 파도에 휩쓸려 하늘로 날아갈 뻔했다. 린즈는 한 번 더 말했다.

"나와…… 결혼해 주세요!"

"뭐야아아아아아아아아아아아아아아아아아아아?!"

뭐? 결혼? 얘가 방금 결혼이라고 했나?

분명 린즈와 결혼할 수 있다면 매일이 설레는 하루하루일 게 뻔하니 환영해야 하겠지만──, 어쩌지. 내 머리가 고장 나 있다. 누가 의무병을 좀 불러와 줘.

"이봐, 린즈. 넌 늘 설명이 부족해."

"미, 미안해! 결혼해 달라는 건 그냥 표현이고……! 화촉 전쟁에서 이겨 달라는 뜻이야! 나를 승상에게서 빼앗아 가 달라는 뜻이지……!"

"아…… 아아, 그런 뜻이구나! 뭐야, 깜짝이야!"

"응. 정말 미안해. 그러니까……."

린즈는 심호흡하며 마음을 가라앉혔다.

그리고 나를 똑바로 응시하며 말했다.

"나와 결혼해 주세요."

아니, 아니. 그러니까 그 표현은 뭐냐고. 심장에 해롭잖아. 듣는 내 심정도 생각해 봐──, 라고는 생각했지만 상관없는 일이다. 내가 해야 할 일은 단 하나. 린즈를 위해 열심히 노력하는 것뿐이다.

"응. 알겠어."

가능한 한 안심시키기 위한 미소를 띠며 나는 답했다.

"린즈와 결혼할 수 있게 힘낼게!"

"──코마리 님."

순간 죽은 줄 알았다.

꼭 지옥의 망자 같은 목소리가 내 귓가를 울렸다.

"코마리 님. 코마리 님. 결혼이라니 뭐죠? 왜 린즈 님의 프러포즈를 받아들이신 거예요? 저라는 사람이 있는데 한눈파시는 건가요?"

"잠깐……, 빌?!"

변태 메이드가 망령처럼 뒤에 우뚝 서 있었다. 나는 신변의 위험을 느끼고 피하려 했다. 그러나 갑자기 허리에 매달리는 바람에 헛발을 디뎠다.

"서로 피를 나눠 마신 사이인데. 늘 오므라이스를 만들어 드리고 있는데. 매일 밤 함께 자고 있는데. 장래 결혼하자고 약속도 했는데. 결혼식 답례품으로 저와 코마리 님의 러브러브 사진

집도 준비 중인데. 그런데 왜 시리즈 중반에서야 겨우 출연권을 얻어 튀어나온 여자에게 한눈을 파시는 거죠?"

"뒷부분은 네 망상이잖아?! 이거 놔!!"

"——코마리 씨."

다시 죽은 줄 알았다.

발밑에서 살의의 싹을 느꼈다. 나는 머뭇거리며 시선을 내렸다.

"와아아아아아아?!"

네 발로 기는 사쿠나가 내 발목을 붙들면서 이쪽을 올려다보고 있었다.

뭐야, 이 녀석?! 땅에서 솟아난 거야……?!

"안 되죠, 코마리 씨. 결혼은 아직 이르다고 봐요. 코마리 씨도 결혼할 생각은 없었죠? 저기 있는 사람에게 속아 넘어간 거죠?"

"엥? 사쿠나? 너 정말 사쿠나 맞아……?"

"그렇군요. 알겠어요. 그럼 저 사람만 없으면 되겠군요. 코마리 씨는 가만히 계세요. 제가 정신을 차리게 해 드릴 테니까……."

"이봐, 그만해! 그 파리채는 어디서 가져온 거야?!"

"이거 놓으세요! 저 녀석을 죽ㅇ 수 없잖아요!"

"진정해, 사쿠나아아아아!! 너는 상식인에 들어가잖아아아아아아!!"

린즈를 공격하려는 사쿠나. 사쿠나의 허리에 매달리는 나. 내 허리에 매달린 빌. 뒤늦게 옥상으로 온 네리아가 "뭐 하는 거야?!" 하고 재미있다는 듯 손뼉을 쳤다. 크게 당황한 에스텔이 "머리를 좀 식히세요!" 하고 빌의 허리에 매달렸다.

린즈나 메이파는 어안이 벙벙한 눈치였다. 나도 의미를 모르겠다.

결국 린즈가 "결혼이라는 건……" 하고 자세한 내용을 설명해 줄 때까지 공방은 이어졌다.

내내 어이없어하는 메이파의 모습이 눈에 새겨져 떠나가질 않는다.

이렇게 해서 싸움에 대비한 준비가 진행되어 갔다.

☆

승상 구도 시카이는 '성진대신'이라는 직책도 겸하고 있다.

아이란조 여명기부터 존재하는 부서——, 성진청을 총괄하는 일이다. 성진청은 별의 진행을 기록하는 행정 조직. 그러나 그건 서류에 적혀 있는 표면적인 역할에 불과했다.

"흠! 좀처럼 잘 풀리지 않는 것 같군."

요선향 교외. 낮에 네리아 커닝엄이 정찰했던 비밀 시설.

그 내부 홀에 승상 구도 시카이의 모습이 있었다.

"레시피에 따르면 이제 곧 될 텐데. 꾸물거리다간 다 물거품이 되겠어. 남은 시간은 많지 않은데……. 아아! 하늘은 나를 버리시는 건가!"

"아직 죽은 것도 아닌데. 그 한탄은 부당해."

시카이 옆에 검은 여자가 나타났다.

로샤 네르잔피 군기대신이다. 승상의 오른팔로서 암약 중인 수수께끼의 인물.

그녀는 죽은 사람 같은 눈으로 하늘을 올려다보면서 담배에 불을 붙인다.

"홍설암에서 모니크 클레르에게 실험했어. 쿠야 선생이 아주 잘해 주었지——. 덕분에 의지력의 구조를 대강 이해할 수 있었어. 그건 성질적으로 마핵과 비슷해."

"무한히 에너지를 낳는다는 점 말인가?"

"그래. 의지력은 사소한 계기로 회복해. 소진병 때문에 아무리 만신창이가 되더라도 마음을 완전히 죽일 수는 없어. 역시 세계를 창조하는 근원이라고 불릴 만해."

"그렇다면 '보로(寶璐)'로 충분하지 않나? 왜 우리는 계속 실패하는 거지?"

"아마 소재 문제겠지. 대충 사람을 납치해다가 보로를 만들어 봤자 금단(金丹)이 될 순 없어. 즉——, 좀 더 강한 의지력을 가진 인간을 보로로 삼을 필요가 있다는 거지. 예를 들어 육전희는 어떨까? 그들은 모두 강력한 열핵해방을 가지고 있어."

뒤에서 사람들의 비명이 들린다. 보로를 만들기 위한 고문이 행해지고 있다. 이런 현장을 누군가 습격한다면 희대의 명재상이라 할지라도 틀림없이 실각할 것이라고 시카이는 생각한다.

"노려볼 만한 건 건데스블러드 장군 아닐까. 마침 당신과 화촉 전쟁인지 뭔지로 싸우는 거지? 대체 왜 그런 이벤트를 여는 거야?"

"린즈가 납득했으면 해서. 강제로 가져봤자 반발하잖아. 하지만 화촉 전쟁의 승패로 정한 것이라면 포기하겠지. 그녀는 공주니 장군 같은 성가신 신분을 잊고 새장 속 새가 되는 거야. 아름다운 공주는 밀실에 둬야 빛을 발하는 법이지."

"그래. 당신 나름대로 생각이 있었단 말이지——. 하지만 뮬나이트 제7부대는 조심해. 패배한 분풀이로 진군할 수도 있으니까."

"나하하핫! 문제없어. 그랬다가 파멸하는 건 테라코마리야. 이 나라에서 무력은 아무런 가치도 없어."

"그렇다면 좋겠는데."

비명이 사라진다. 마음이 뽑혀 나간 사람이 바닥에 쓰러지는 소리가 났다.

"——하나 성공했어. 이러면 될까?"

군복을 입은 키 큰 여자가 다가왔다.

그 손바닥에는 반짝반짝 희미하게 빛나는 구체가 놓여 있었다.

네르잔피는 힐끗 살피더니 "아주 좋은걸" 하고 마음이 담기지 않은 찬사를 보냈다.

"아름다워. 분명 순수한 마음의 소유자였겠지……. 가엾어라. 그런데 내가 만든《사유장Ⅱ》은 잘 쓰고 있니?"

"그래. ——나는 언제까지 여기서 작업하면 돼?"

"목적을 달성할 때까지. 후후후."

시카이는 두 사람의 대화를 바라보면서 갑자기 고개를 갸웃했다.

"요선은 아니로군? 대체 누구야?"

"이름은 메어리 프래그먼트. 과거 겔라 알카 공화국의 팔영장이었던 전류야. 매드할트의 충실한 부하지."

"구 팔영장은 일부를 제외하고는 투옥되었다고 들었는데."

"이 녀석은 자력으로 탈옥했어. 갈 곳이 없다길래 내가 거두었지."

전류 여성——, 메어리가 "칫" 하고 혀를 차더니 보로를 던졌다.

네르잔피가 황급히 그걸 캐치했다.

"나는 네리아 커닝엄과 테라코마리 건데스블러드에게 복수할 수 있으면 그걸로 족해. 네가 그 기회를 주겠다길래 이런 갑갑한 데서 몽상낙원에서 하던 짓을 흉내 내고 있는 거야. 언제야 그 '월도희'를 만날 수 있는 건데?"

"'이제나저제나'—— 모든 것에는 좋은 때라는 게 있어. 아직 재촉할 만한 상황이 아니야. 지금은 묵묵히 보로를 만들면 돼."

"이 보로인지 뭔지에는 의미가 없나 본데?"

"뭐야, 듣고 있었나? 보로는 금단이 될 순 없더라도 쓸모가 있으니까 무의미하진 않아. 자, 다음으로 넘어가자고. 지금은 와신상담해야 해."

메어리는 다시 혀를 차더니 실험장으로 돌아갔다.

아무래도 알카 쪽에서도 음모가 소용돌이치고 있나 보다——. 그러나 네르잔피에게 맡겨두면 문제는 없을 것이다. 시카이는 미소를 띠며 성진청을 뒤로했다. 여기에는 궁정 보물고에서 가져온 황급 환영 마법석에 의해 인식을 방해하는 술이 걸려 있다. 아무리 뛰어난 마법사라도 발견할 수 없겠지.

경비하는 요선을 조금 정도는 화촉 전쟁 쪽으로 돌려도 좋을지 모르겠다.

☆

다음 날. 화촉 전쟁을 하루 앞둔 아침.

아침 식사 자리에서 메이파가 터무니없는 말을 꺼냈다.

"각하가 린즈와 데이트해 줘."

""""""뭐?""""""

나는 무심코 오므라이스를 먹던 손을 멈췄다. 사쿠나가 '무슨 소리죠?' 같은 얼굴로 메이파를 바라보고 있다. 빌은 바닥에 흘린 차를 걸레로 쓱쓱 닦고 있었다. 린즈 본인은 얼굴을 새빨갛게 붉히며 위축되고 말았다. 네리아와 게르트루드만이 즐거운 듯 "이 고기만두 맛있네!", "정말요" 하고 평화로운 아침을 보내고 있다.

"메이파…… 그런 건 필요 없잖아. 테라코마리 씨에게 민폐야."

"아니, 필요해. 린즈와 테라코마리 사이가 양호하다는 걸 경사 요선들에게 알려야 해. 아마 승상은 여론을 자기 편으로 끌어들여 이기려 하고 있을 테니까."

"일리 있네." 네리아가 고기만두를 먹으면서 말한다. "승상의 힘의 원천은 무력이 아니라 국민들의 인기야. 코마리와 린즈가 서로 사랑한다는 걸 세간에 알리면 효과적일 거야. 화촉 전쟁 결착은 국민 투표로 정하는 것 같으니까."

""납득할 수 없어요!!""

빌과 사쿠나가 동시에 소리쳤다.

"진짜 연인인 저를 두고 데이트라니 언어도단이에요! 이 이상 웃기지도 않는 짓을 하면 코마리 님이 입은 속옷을 강탈해야만 속이 풀리겠어요."

"맞아요! 애초에 네리아 씨는 괜찮겠어요? 코마리 씨가 이대로 결혼할지도 모르는데요? 이 세상이 끝나 버릴 수도 있는데요?"

"코마리가 정말 결혼하는 것도 아닌데 뭐. 데이트도 결혼도 척이야, 척."

네리아는 냉정한 태도로 컵에 우유를 따랐다.

"그렇지, 코마리? 린즈의 프러포즈를 받아들인 건 화촉 전쟁에서 승상을 쓰러뜨리겠다는 결의 표명 같은 거지? 딱히 린즈한테 아무 감정 없지?"

"어………………. 그렇구나. 응."

그렇다. 딱히 난 린즈에게 (연애적인 의미로) 아무 감정이 없다.

이건 요선향을 구하기 위한 작전이지――, 그때 문득 린즈와 눈이 마주쳤다.

그녀의 얼굴이 금세 빨갛게 물든다.

어째서인지 나까지 창피해진다. 어제 한 프러포즈가 떠올라서 심장이 터질 것 같다. 견디다 못해 서로 '홰액' 하고 고개를 돌려 버렸다.

"……응? 잠깐, 코마리. 당신 설마."

"어쨌든 오늘은 경사의 상황 확인을 겸해 외출하자. 승상은 내일까지는 움직이지 않을 거야. 각하――, 린즈를 부탁해."

"코마리?! 뭐야, 그 반응은?! 나와 피를 나눴을 때도 그렇게 귀여운 표정은 안 지었잖아?!"

"엥? 아니, 딱히 나는……."

"네리아 님, 진정하세요! 테라코마리 얼굴은 늘 저래요!"

"너무하네?! 난 언제나 씩씩한 장군을 연기하고 있거든?!"

"아니에요. 게르트루드 씨……. 코마리 씨는 보통 저런 표정은 안 지어요……. 이상해. 이상해. 이상해. 꼭 뭐가 씐 것처럼……. 이상해. 이상해."

"오히려 사쿠나야말로 뭐가 씐 거 아니야?"

"메모아 님 말이 맞아요. 코마리 님은 악마에 홀린 것 같아요. 엑소시스트를 불러다가 악마를 쫓아내죠. 우선 침대에 묶어 두겠어요."

"이봐, 이거 놔. 변태 메이드!! 나는 정상이야!! 침대로 데려가지 마!!"

"──잠깐. 다들."

린즈가 일어나며 말했다. 시선이 그녀에게 집중된다.

"테라코마리 씨는. 나에게 아무 감정 없어……. 그러니까 괜찮아. 화촉 전쟁 동안뿐이야……. 테라코마리 씨를 빼앗진 않을 테니까, 당황하지 마."

어째서인지 가슴이 따끔거리며 아파 왔다.

그러나 주변 녀석들은 '냉정하게 생각해 보면 그렇겠지' 같은 식으로 차분함을 되찾았다. 빌이 내 몸을 마사지하면서 "알겠습니다" 하고 고개를 끄덕였다.

"화촉 전쟁에 필요하다면 데이트…… 가 아니라 외출도 인정할게요. 단 통금은 3시까지. 용돈은 3백 멜이에요. 손을 잡는 등의 파렴치한 행위는 일절 금지입니다."

"네가 내 뭐라도 돼?"

"린즈 님. 코마리 님께 수작 부리면 당신 저녁에 '웃음이 끊이지 않는 독버섯'을 넣을 거예요. 각오하세요."

"네."

"알면 됐습니다. 저희는 몇 미터 떨어져서 시찰하도록 할게요."

빌의 눈은 충혈되어 있었다.

이렇게 해서 나와 린즈의 데이트(?)가 막을 올렸다.

☆

경사 사람들이 멀찍이서 우리를 지켜본다. 말을 걸지는 않았다. 그러나 찌를 듯한 시선에는 호기심과 당혹감 등의 감정이 포함되어 있었다.

"으음……. 그럼 갈까?"

"응. 잘 부탁해……."

"린즈는 어디 가고 싶어? 나는…… 그…… 한심하게 들리겠지만……, 데이트 때 뭘 해야 할지 모르겠어……."

린즈의 얼굴이 확 붉어졌다. 고개를 숙이면서 "데이트……" 하고 확인하듯 중얼거렸다.

아니, 아니. 아니, 아니, 아니. 그렇게 의식하지 말아 줘, 창피하니까. 좀 봐줘, 사과할 테니까. 왜 너는 정말 첫 데이트라도 하는 듯한 분위기를 연출하는 건데?

"린즈! 깊게 생각하지 마! 이건 척이니까!"

"그, 그렇지! 척이지! 경사는 내가 안내할게!"

"와하핫! 믿음직스러운걸! 요선향을 잘 아는 린즈가 있으면 든든하지!"

"…………."

어째서인지 텀이 있었다. 그러나 곧 "나만 믿어" 하고 웃는다.

"자주 몰래 마을에 놀러 왔거든. 좋은 가게도 많이 알아."

"오오. 린즈는 굉장하네."

"공주인걸. 자기 나라를 알아두는 건 당연하지……."

그러고 보니 나는 뮬나이트의 제도를 전혀 모른다. 방에 틀어박혀 살았으니 당연하지만……. 이런 데서 의식의 차이가 드러나네. 역시 차대 수장이 될 만한 인간은 다르겠지. 그때 린즈가 "앗" 하고 뭔가 알아차렸다.

"……코마리 씨라고 불러도 돼?"

"응? 상관은 없는데……."

"고마워. 그쪽이 더…… 연인답잖아."

어째서인지 나는 괴로움에 몸부림치다가 죽을 뻔했다.

침팬지에게 살해 예고를 받았을 때도 이렇게 두근두근하진 않는데.

"저기 추천하는 가게가 있어. 가도 될까……? 코마리 씨."

"그래! 가자, 린즈 씨!"

나는 린즈와 나란히 걸음을 뗐다. 텐션이 이상하다는 건 신경 쓰면 안 된다. 나는 이 시점에 이미 한계에 도달해 있었다.

☆

"아아아아아아!! 코마리 님이!! 코마리 님이 저 이외의 사람과 거리를 걷다니?!?!?!"

"진정하세요, 빌 씨! 저 정도는 평범한 일이에요!"

"어떻게 진정을 하나요!! 지금 당장 저 두 분 사이에 끼어들어 코마리 님에게 구애의 댄스를 추고 싶어요……. 약탈하고 싶어 요……."

뒷골목. 코마리와 린즈의 동향을 지켜보는 자들이 있었다.

빌, 에스텔, 사쿠나, 네리아, 메이파. 이 다섯 명이다.

네리아가 쌍안경으로 살피면서 "뭔가 이상하지 않아?" 하고 눈썹을 찡그린다.

"둘 다 정말 서로 좋아하는 느낌이 들어. 꼭 풋풋한 학생 커플 같네……. 저게 코마리 연기라면 감탄스럽지만."

"뜻밖인걸. 테라코마리는 몰라도 린즈까지……."

"뭐라고 했어? 메이파."

메이파는 헛기침하더니 "아무것도 아니야"라고 얼버무렸다.

"어쨌든 커플답게 행동하는 게 중요해. 하지만 민중에게 어필 하기 위해서는 더 노골적인 행위가 필요해. 나로서는 손잡기 정 도는 해 줬으면 하는데."

"그랬다간 큰일 날걸요?"

에스텔은 깜짝 놀랐다. 무릎을 끌어안고 앉은 백은의 소녀──사쿠나 메모아가 싱글벙글 웃으며 린즈와 코마리 페어를 주시하고 있다.

"……메모아 장군. 무슨 큰일이 난다는 건데?"

"그랬다간 큰일 날걸요?"

"아니, 그러니까. 무슨 큰일이……."

"그랬다간 큰일 날걸요?"

사쿠나가 메이파 쪽을 돌아봤다.

메이파가 "히익?!" 하고 새처럼 비명을 지르며 뒷걸음질 친다.

에스텔은 알고 있었다──. 이 사쿠나 메모아라는 소녀가 코마리의 왕팬이라는 사실을. 자기 방 벽에 코마리 사진을 처덕처덕 붙여 놓고 거대한 코마리 모자이크 아트를 만들어 놓고 있다는 것을. 이건 피의 비가 내릴지도 모르겠다.

"오, 가게로 들어갔네. 저긴 뭘 파는 데야?"

"유명한 잡화점이야. 관광객 정도만 가는 가게지만."

"그래?"

거기서 네리아가 뭔가 눈치챈 듯 눈을 내리떴다.

에스텔도 묘한 기색을 느꼈다. 희미한 살의. 그리고 증오. 출처가 어디인지는 분명하지 않다──, 하지만 코마리를 미행 중인 사람은 자기들 말고도 더 있는 듯하다.

"조금 성가셔질 것 같네."

네리아가 입꼬리를 들어 올리면서 다시 쌍안경을 눈에 댔다.

☆

린즈가 안내한 곳은 이국적인 정서로 가득한 선물 가게였다. 반짝반짝한 상품이 즐비하게 늘어서 있는 근사한 가게다.

"뭐 사고 싶은 건 있어?"

"아니. 하지만 구경하는 것도 재미있을 것 같아서……. 싫어?"

"싫지 않아, 싫지 않아! 같이 가게를 둘러보자고!"

린즈는 쓰게 웃으며 점내를 걷기 시작했다.

아름다운 돌이 달린 키홀더. 꽃 모양이 그려진 도기. 목각 용. 색색의 부채. 역대 천자가 그려진 트럼프──. 선반에 나열된 건 뮬나이트에서는 볼 수 없는 독특한 상품들뿐이었다. 이런 잡다한 분위기는 싫지 않다.

"재미있는 게 많네. 뭐 추천하는 건 없어?"

"추천……?!"

어째서인지 거동이 수상하다. 주변을 두리번두리번 살핀다.

곧 린즈는 가게 안쪽으로 시선을 고정했다. 나도 덩달아 그쪽을 본다──. 그곳에는 '요선향 명산 기선석(綺仙石)'이라고 적힌 팝업이 붙어 있었다.

"저건 어때? 기선석은 요선향 남방에서 채굴되는 돌이야. 색이 예뻐서 선물로 인기래. 아바마마가 그러셨어."

"그래─? 여기 봐. 이름을 새겨서 액세서리로 만들어 준대."

"정말이네. 그럼……, 으음……, 커플로 할래?"

"뭐?"

"모양도 자유롭게 주문할 수 있나 봐. 기왕이면 둘만의 모양으로 하고 싶어서……."

린즈가 얼굴을 붉히며 그렇게 말했다.

그래. 데이트니까. 그 정도는 해도 이상할 게 없겠지.

"알겠어! 그럼 커플로 하자! 나는 별이 좋으니까 별 모양이 좋겠다!"

"그럼 별 모양으로 하자. ──여기요."

린즈가 가게 사람을 불렀다. 사람 좋아 보이는 할아버지가 나오더니 "그래, 기선석 말이지" 하고 익숙한 느낌으로 대응했다. 우리 이름을 들었을 때 깜짝 놀라는 게 인상적이었지만, 크게 신경 쓰는 기색 없이 마법으로 돌을 가공해 주었다.

"와아!"

할아버지가 준 그것을 본 나는 감탄하고야 말았다.

반질거리며 빛나는 별 모양 돌. 내 건 녹색이고 린즈 건 붉은색이다. 그리고 각각 똑똑히 테라코마리 건데스블러드와 아이란 린즈라고 새겨져 있었다.

"후후……, 세트네."

"응. 이건 좋은 추억이 되겠어."

"내가 낼게. 코마리 씨가 따라와 준 답례야."

"엥? 뭔가 미안한데."

"됐어. 언제 한번 선물하고 싶었거든……. 할아버지. 이건 얼마인가요?"

"두 개에 3백 량이다."

"이걸로 해 주세요."

그렇게 말한 린즈는 지갑에서 보석 같은 것을 꺼냈다.

요선향에서 쓰이는 화폐가 아니다. 그보다 돈조차 아닌 듯했다.

"이건 뭐야. 아니, 린즈 전하……. 이건 조정의 '광옥은보' 아닌가? 세금을 국고에 넣을 때 쓰는 거지?"

"혹시 못 쓰나요……?"

"이런 걸 주면 거스름돈을 줄 수가 없어. 경사에서 유통되는 돈으로 줘."

린즈는 당황해서 지갑 속을 뒤졌다.

바로 석상처럼 굳는다. 귀까지 새빨개져 간다.

"하하하핫. 공주님은 세상 물정을 모르는군."

퍼엉! ──그런 효과음이 붙을 듯 린즈의 얼굴이 새빨개졌다.

"아…… 아니! 우연히 안 가지고 있어서! 평소에는 일반 가게에서 쓸 수 있는 돈도 잘 챙겨 다니는데……! 하지만 오늘은 좀 서두르느라 챙기는 걸 깜빡해서."

"돈은 내줘야 하는데."

"윽……!"

"괜찮아, 린즈. 돈은 갖고 있거든."

경사로 올 때 요선향 것으로 환전했다.

그러나 린즈는 "안 돼, 안 돼" 하고 고개를 저으며 내 옷자락을 움켜쥐었다.

"코마리 씨가 내게 할 수는 없어. 내가 안내할 건데……."

Illustrations copyright © riichu

"이 정도는 됐어——. 자, 할아버지."

"고맙구나."

린즈는 파들파들 떨면서 내가 돈을 치르는 모습을 지켜봤다.

신경 쓸 거 없는데——, 그렇게 생각했지만 린즈로서는 마음에 들지 않는 전개였던 듯하다.

잡화점을 나오자마자 내 손을 꼭 움켜쥐었다.

"어?! 린즈?! 갑자기 왜 그래……?!"

"다음은! 다음은 제대로 할게! 나중에 기선석 돈도 꼭 줄게!"

"신경 쓸 거……."

"우연이었어. 우연히 돈이 없었다고. 다음에는 수표를 줄 거니까 안심해."

"아니, 안심이고 뭐고——. 이봐?!"

린즈는 어째서인지 발끈해서 나를 잡아끌었다.

☆

"아아아아아아!! 코마리 님이!! 코마리 님이 저 이외의 사람과 손을 잡고 있다니?!?!?!"

"진정하세요, 빌 씨! 저건 그냥 끌려 가는 거예요!"

"아하하. 이거 큰일 났네요."

"저……, 메모아 각하? 왜 식칼을 갈고 계시는 거죠……?"

선물 가게 맞은편에 있는 카페테라스.

에스텔은 이성을 잃은 상사 둘을 다독이느라 갖은 고생을 다

하고 있었다.

이 둘은 코마링 각하를 너무 좋아한다. 그 마음은 이해할 수 있지만 두 사람의 경우, 상식적인 궤도를 벗어났다. 군인은 괴짜만이 감당할 수 있는 걸지도 모르겠다.

"그나저나 린즈는 적극적이네." 네리아가 커피의 빨대를 깨물면서 말했다. "주변 사람들이 '대체 뭐지?' 하고 주목하고 있어. 본인은 모르는 것 같지만."

"그게 당초의 목적이야. 이미 경사 정보망에는 테라코마리와 린즈가 사이좋게 데이트 중이라는 소문이 나돌고 있지. 린즈가 정말 좋아하는 건 승상이 아니라 테라코마리 아닐까 하는 억측도 나오고 있나 봐. 승상의 책략에 어떻게 잘 쐐기를 박은 모양이야."

"육국 신문이 손을 쓰고 있으니까. 나중에 나랑 코마리에 관해 보도해 주지 않을래? 실은 생이별한 자매였다――, 근사하지 않아? 뭐, 실제로 비슷하긴 하지만."

사쿠나가 식칼을 다 갈았다. 그리고 스르륵 일어나 린즈에게로 향하려 한다. 에스텔은 황급히 "다시 생각해 주세요!" 하고 그녀에게 매달리며 막았다.

"저쪽은 음식점이 줄지어 있는 거리야. 우리도 이동하자."

"엄청난 스피드네. 그렇게 가게에서 실패한 게 창피했나? 그보다 왜 일반 가게에서 그런 통화를 꺼낸 거지? 순진해서?"

"순진한 건 인정할게. 하지만 그건 그런 게 아니야."

메이파의 표정은 미묘했다. 곳곳에서 "전하와 각하가 데이트 중이야!" 하는 목소리가 나왔다. 잇달아 구경꾼이 몰려들어 두 사람의 앞날을 지켜보고 있었다. 작전은 순조롭게 진행되는 모양이다――, 거기서 네리아의 눈썹이 꿈틀했다.

뒤늦게 에스텔도 깨달았다.

슬금슬금 두 사람 뒤를 밟는 여러 명의 남자가 있다는 걸.

☆

"슬슬 점심이네. 같이 식사나 할래?"

린즈에게 안내받은 곳은 '천축찬점'.

용이 꿈틀거리는 듯한 디자인의 문 너머에서는 맛있는 냄새가 풍긴다. 무의식중에 배가 '꼬륵' 소리를 냈다.

그러나 나는 조금 찝찝한 심정이었다.

여긴 어제 다른 사람들과 온 곳 맞지?

"천축찬점은 유명한 레스토랑 가이드북에서 매년 '3성'을 획득하고 있어. 요선향의 전통적인 요리를 그대로 맛볼 수 있지. 이 가게 때문에 여행 오는 사람도 적지 않대……. ……적지 않아."

꼭 커닝페이퍼라도 읽는 듯이 빠르게 설명해 주었다. 누가 봐도 '아니, 어제 왔는데'라고 말할 분위기가 아니다. 뭐 됐나. 이 가게 요리는 맛있었고.

"그럼 여기로 들어갈까?"

"응. 고마워."

어째서인지 안심한 듯 인사한다.

Illustrations copyright © riichu

가게에 발을 들이자 "각하?!" "전하?!" 하고 시선이 이쪽으로 쏠린다. 유명세 같은 거겠지. 반응해도 별수 없기에 우리는 무시하고 테이블에 앉는다.

"추천 코스 요리가 있어. 코마리 씨는 처음 왔으니까…… 그거면 될까?"

"응? 아아……."

"괜찮아. 난 여러 번 와본 단골이니까. 맛은 보증해."

내가 무슨 말을 하기 전에 린즈가 주문해 버렸다. 아니, 그건 어제 내가 먹었던 거랑 똑같은 요리지……? 이렇게 되면 물러날 수 없다. 린즈를 실망시키지 않기 위해서라도 처음 보는 척 리액션하는 수밖에. 빛을 발해라, 내 연기력아……!

"……각하? 각하 아니십니까!"

갑자기 익숙한 목소리가 귀를 울린다. 그리고 나는 예기치 못한 만남에 크게 놀라고야 말았다.

카오스텔. 벨리우스. 그리고 요한.

제7부대 녀석들이 옆 테이블에 앉아 식사 중이었다.

"우연이로군요! 이런 데서 뵙게 될 줄이야!"

"으음. 그러게. 우연이군."

"그나저나 기대되는군요. 일이 끝나면 요선향은 저희 것이 되는 거니까요."

이봐, 그만해. 잡담하듯 엉뚱한 소리 하지 말라고. 저 봐, 린즈 눈이 동그래졌잖아. 아니야, 린즈. 전부 이 녀석의 망언이라고.

"코마리 씨……. 이 사람들은?"

"아하하. 누구지? 난 모르겠는데."

"오오, 아이란 린즈 전하! 처음 뵙겠습니다! 저는 뮬나이트 제국 제7부대 홍보반 반장 카오스텔 콘트라고 합니다! 앞으로 기억해 주십시오! 참고로 이쪽은 개 벨리우스 이누 케르베로. 저쪽은 바보 요한입니다."

"아……, 네. 잘 부탁드립니다?"

린즈와 카오스텔이 악수했다. 조심해, 린즈. 이 녀석은 어린 여자애를 납치했다는 의혹이 있는 범죄자거든? 나는 둘째 치고 너처럼 작은 아이는 표적이 될 수 있어.

"뭐…… 뭐, 어쨌든 우연이네! 그런데 그쪽은 어떻게 되어 가? 잘 되어가나?"

참고로 나는 그들이 뭘 하는지 모른다. 네리아와 함께 승상의 악행을 폭로하기 위해 정보를 수집하고 있나? ——그렇게 생각하면서 컵의 물을 마신다.

요한이 고기를 씹으면서 "당연하지!" 하고 씩씩하게 답했다.

"아까 멜라콘시 바보가 궁전에 폭탄을 설치했어. 테라코마리가 신호를 보내면 언제든 폭파할 수 있다고!"

"푸흡?!"

무심코 물을 뿜고야 말았다.

이 녀석들 대체 뭘 하는 거지?! 테러라도 할 셈인가?!

"너희……, 빌에게 무슨 명령을 받은 거야?"

"네? 저는 각하의 명령을 받았는데요."

"그, 그랬지! 내가 어떤 명령을 내렸는지 복창해 봐라!"

"알겠습니다. ──이번 작전에서 제7부대의 역할은 '협박'입니다. 폭탄 등의 다양한 트랩을 설치함으로써 승상 구도 시카이의 우위에 서려는 거죠."

"왜 그래야 할 필요가 있지?"

"이건 각하께서 직접 생각하신 훌륭한 작전……."

"알아! 너희가 잘 이해하고 있는지 확인하고 싶어서 말이다!"

"실례했습니다……! 어험. 요선향 경사는 승상의 홈그라운드입니다. 어떤 덫이 처져 있을지 모르죠. 그렇기에 쓸 수 있는 카드는 가능한 한 늘려두는 게 낫습니다. 저희는 화촉 전쟁의 최종 병기 같은 거죠."

"이봐, 테라코마리. 귀찮으니까 지금 터뜨려 버리자."

"그랬다간 폭력 아닙니까! 코마리 대가 지금까지 두뇌를 써서 스마트하게 승리를 거둬왔다는 걸 잊으셨나요? 이래서 생각 없는 바보는 안 된다니까요."

"뭐라고?! 이 고기처럼 태워 줄까?!"

"그럼 이상입니다, 각하. 제 답이 맞을까요?"

"음! 백 점 만점의 해답이다!"

카오스텔이 "영광입니다!" 하고 경례했다. 하고 싶은 말은 산더미처럼 많지만 침묵하자. 성가신 일은 전부 빌에게 떠넘기면 된다.

갑자기 벨리우스와 눈이 마주쳤다. 그는 지친 듯한 표정으로 침묵을 일관했다.

이 개가 에스텔과 마음이 맞는 것도 납득이 가는 듯하다. 제7

부대에서는 비교적 나은 감성을 가진 수인이기 때문이다. 아니, 이 녀석도 이 녀석대로 살인귀지만.

"코마리 씨. 요리 나왔어."

"오오……!"

그러는 사이에 점원이 첫 번째 음식을 가져다주었다.

어제 먹은 빠오즈와 교자 같은 게 있다.

"이거 맛있지. 보기만 해도 배가 고파."

"어라? 코마리 씨……."

"실수했다! 이거 맛있어 보이네! 요선향에 오길 잘했어~!"

"응. 요선향의 요리는 다른 나라에서는 보기 드문 향신료를 쓰거든. 코마리 씨 입맛에 맞으면 좋겠는데……."

왠지 볼썽사납다. 하지만 린즈가 기뻐하고 있어서 본심은 털어둘 수 없다.

게다가 요리가 맛있어 보이는 건 사실이고……. 거짓말은 아니다. 괜찮아.

"각하! 그럼 저희는 이만 일하러 가 보려 합니다."

제7부대 녀석들이 일어나더니 그렇게 말했다.

우리가 온 시점에서 거의 식사가 끝나 있었던 모양이다.

"그래. 꼭 힘내 주도록."

"기대에 부응할 수 있도록 최선을 다하겠습니다──. 그런데."

카오스텔이 완전 범죄를 확신한 범죄자 같은 얼굴로 말했다. "각하는 어제 이 가게에 왔다고 하셨죠."

"하."

"그 코스 메뉴를 주문하셨다고 들었습니다. 꼭 처음 보시는 듯한 반응이군요."

이봐. 너. 무슨 소리를 하는 거야……?

"이뇨, 빌헤이즈 중위에게 들었습니다. 각하는 그 교자가 마음에 드신 모양인데……. 뭐, 여러모로 사정이 있겠죠. 저는 이만 실례하겠습니다."

"………………."

너── 너어어어어어어어?! 뭐가 '여러모로 사정이 있겠죠'냐?! 센스 있는 남자인 척하지 마?! 그럴 거면 처음부터 끝까지 닥치고 있으라고!!

"그럼 각하. 편히 계십시오."

"폭파하고 싶을 땐 언제든 불러라! 내가 점화할 테니까!"

"아, 이봐……!"

부하들은 상사의 마음속 탄식을 무시하고 가게를 나갔다.

남은 나는 침묵할 수밖에 없었다. 린즈 쪽을 돌아볼 수가 없다.

곧 그녀가 "저기" 하고 작은 소리로 중얼거렸다.

"코마리 씨. 무리하고 있었구나……."

"무리한 거 아니야, 무리한 거 아니야, 무리한 거 아니야!!"

린즈는 울상을 짓고 있었다. 죄책감에 죽을 것 같았다.

"이 가게 진짜 좋아하거든! 봐, 이거 엄청 맛있거든?!"

"미안해. 다른 가게로 할 테니까……."

"됐어, 됐어! 거짓말한 내 잘못이지, 미안해! 나는 이 가게가 좋아! 자, 린즈도 앉아──. 앗."

자리에서 일어난 린즈의 팔을 움켜잡는다.

투욱. 그녀의 옷 안쪽에서 뭔가가 떨어졌다.

무심코 시선을 아래로 내린다. 그건 노란 표지의 책이었다.

응……? 이거 본 적이 있는데?

에스텔이 가지고 있던 경사 가이드북이었던 거 같은데? 하지만 왜 린즈가 가지고 있지? 빌린 건가? 아니, 왜 빌렸지? 그보다 이거 메모지가 없는 걸 보아 에스텔 거랑 다른 책 같은데——.

의문이 머릿속을 맴돌 때였다.

문득 린즈가 절망적인 표정을 짓고 있다는 걸 알아차렸다.

"미안해……, 나…… 실은 경사를 잘 몰라서……."

"뭐……?"

"궁전 밖에 거의 나간 적이 없어. 그러니까 코마리 씨에게 경사를 안내할 자격 따위 없어. 거짓말쟁이는 나야. 미안해. 미안해……."

즉 린즈는 나와 똑같이 요선향 초행이라는 건가?

그걸 들키는 게 싫어서 가이드북으로 나를 안내했다는 거야?

영문을 모른 채 머리를 싸맬 뻔한 순간이었다.

가게 창문 유리가 단숨에 부서졌다.

낯선 남자들이 고함을 지르며 덮쳐들었다.

"린즈는 사실 자기 나라를 잘 몰라."

천축찬점 맞은편 광장. 메이파가 탄식하며 그렇게 말했다.

에스텔은 사쿠나와 빌헤이즈를 필사적으로 말리면서 그녀의 말에 귀를 기울였다.

"그 아이는 쭉 궁전 깊은 곳에서 자랐어. 아버지인 천자가 '공주는 경사를 함부로 돌아다니는 게 아니다'라고 주장해서 말이지."

그래. 에스텔은 생각했다. 아이란 린즈는 규중에서만 지낸 아가씨라는 뜻이다.

"코마리에게 아무것도 모른다는 걸 들키기 싫었겠지. 겉보기와 달리 허세가 있다고 할까."

"린즈는 의외로 잔챙이야. 깊게 접해 보면 알걸."

"종자면서 가차 없네, 당신."

"어릴 적부터 알고 지냈으니까 그렇지──. 하지만 린즈가 요선향을 위한다는 건 사실이야. 어떻게든 구도 시카이를 막으려하고 있어."

"흐음──. 그건 조금 비뚤어진 느낌도 들기는 하는데……."

"저도 코마리 님과 함께 점심 먹고 싶은데. 함께 데이트하고 싶은데. 왜 린즈 님만 저렇게 득을 보는 거죠? 치사해요. 치사해요. 치사해요."

"이대로 화촉 전쟁에서 이기면 코마리 님은 린즈 씨와 결혼하게 될 거예요……. 맞다. 내가 린즈 씨로 변하면 어쩌면."

"두 분 모두 냉정해지세요! 이건 작전이니까요──."

그때 에스텔은 문득 깨달았다. 코마리 일행을 미행하고 있던 남자들의 움직임이 보인 것이다.

네리아나 메이파도 눈치챈 모양이다——. 험악한 표정으로 천축찬점 쪽으로 시선을 돌린다. 남자들이 가게 바깥에 섰다. 손을 들고 마력을 가다듬는 모양이다.

"이봐, 커닝엄 대통령."

"저 녀석들은 전류야. 얼굴은 안 보이지만 나하고 무관하다고 볼 순 없어."

다음 순간.

쨍그라아아아아아아아앙!! ——유리창이 산산이 조각났다.

남자들은 고함을 지르며 가게 안으로 뛰쳐 들어갔다.

에스텔은 엄청난 사태에 벌어진 입을 다물지 못했다. 도시 한복판에서 갑자기 습격해 오는 사람이 있을까? 있겠지. 이건 엔터테인먼트 전쟁이 아니니까.

"윽——, 여러분! 얼른 각하를 도우러……."

에스텔이 정신을 차렸을 때 이미 주변에는 아무도 없었다.

네리아, 메이파, 사쿠나, 빌헤이즈 모두 가게를 향해 질주하고 있었다.

☆

"죽어라, 테라코마리 건데스블러드————————!!"

순식간에 정체 모를 남자들이 침입한다. 손님 및 점원이 소란을 피우며 흩어진다.

그러나 나는 꼼짝할 수 없었다.

선두에 있는 남자가 장검을 휘두른다. 살기는 명백히 나를 향해 있었다.

엥? 이대로 죽는 거야? 여긴 마핵이 없는데? ——너무나도 절망적이라서 뇌가 맨정신으로 돌아갈 뻔한 직후.

"코마리 씨!"

남자의 검이 린즈에 의해 막혔다. 그녀가 장비하고 있던 건 부채다. 공작 깃털 같은 부채가 적의 칼날을 가뿐히 막아낸 것이다. 남자는 혀를 차며 물러나려 했다——. 그러나 그 전에 린즈가 쏜 마력의 탄환이 남자의 복부를 꿰뚫었다.

"크억?!"

거구가 맥없이 날아간다.

그러나 습격자는 그 밖에도 3명 정도 더 있었다. 사방팔방에서 고함과 함께 참격이 날아든다. 나는 부끄러움도 체면도 잊고 그 자리에서 거북이처럼 몸을 웅크리고야 말았다.

"얼른 죽어라! ——으억."

녹색 마력의 돌풍이 한 남자를 날려 버린다.

그 직후. 다른 적이 린즈의 틈을 노려 내 쪽으로 향했다.

"대통령의 원수!"

"코마리 씨, 피해!!"

린즈가 크게 놀라서 소리쳤다. 그러나 그녀는 다른 한 적을 대응하느라 바빴다.

고속으로 덤벼드는 자객을 앞에 두고 나는 꼼짝할 수 없었다. 증오에 물든 눈이 나를 바라보자 마음이 얼어붙는다. 그가 치켜든 장검이 내 목에 닿으려 한 순간.

넘어졌다.

꼭 바나나 껍질에 미끄러진 듯한 꼴이다. 자세히 보니 정말 바나나 껍질이 바닥에 떨어져 있었다. 아니, 왜지. 운이 너무 좋잖아. 남자는 "뭐야?!" 하고 경악의 목소리를 내다가── 그대로 회전하면서 바닥에 쓰러졌다. 게다가 쿵 하고 뒤통수를 강타당한 모양이다.

그러고는 꼼짝하지 않았다. 어딜 잘못 부딪혔나?

그러나 행운만 따르는 건 아니다. 가게 밖에서 대량으로 비슷한 복장을 한 남자들이 덤벼들었다. 자세히 보니 바깥에서 네리아나 빌을 비롯한 다른 사람들이 그들과 싸우고 있다.

"일단 후퇴하자!"

"엥? ──와악."

린즈가 갑자기 내 팔을 붙들었다.

그대로 무슨 힘을 발동. 내 몸은 그녀에게 이끌려 둥실둥실 공중을 날았다.

"잠깐……?! 어디 가?!"

"안전한 곳에! 여기 있으면 습격당하니까……."

"하지만 돈을 안 냈는데?! 무전취식이거든?!"

린즈는 내 타당한 항의를 무시하고 공중부유를 개시했다.

덩달아 내 몸도 둥실둥실 떠오른다. 점점 고도가 올라간다. 엄청난 공포에 린즈의 몸에 꼭 매달렸다. 그녀 입에서 "꺄웃?!" 하는 비명이 새어 나왔다.

"잠깐! 잠깐만! 나는 높은 곳에 약해! 오래전에 지붕에 공을 가지러 올라갔다가 여동생이 사다리를 흔들흔들하는 바람에 떨어져서 트라우마가 남았다고!"

"알겠어. 그럼 저 다리까지만 갈게……?"

"응……, 어라?"

거기서 위화감을 느꼈다. 내 손은 린즈의 가슴에 닿아 있다. 변명할 여지도 없는 성희롱이다. 그러나 수치심이나 죄책감에 앞서 수상함을 느꼈다. 왜냐하면──.

"──린즈 가슴, 엄청 딱딱하지 않아?"

"?!?!?!?!?!"

가까이에 있던 린즈의 얼굴이 금세 빨개져 갔다. 그리고 나는 알아차렸다. ──이거야말로 성희롱의 극치 아닌가? 변태 메이드를 능가하는 무례하기 짝이 없는 대사 아닌가?

"미안! 나쁜 의도는 없었어! 으음……, 어쨌든 미안해! 린즈 가슴은 말랑말랑해서 기분 좋아! 아니, 내가 무슨 소리를 하는 거야, 바보인가?! 정말 미안해……!"

"괘…… 괜찮아! 신경 쓰지 마."

린즈가 화끈거리는 몸을 식히는 듯한 기세로 급상승했다.

나는 자신의 언동을 후회하면서 지릴 뻔했다.

☆

"이 녀석들은 겔라 알카 녀석들이네. 설마 요선향으로 도망쳤을 줄이야."

경사의 메인 스트리트에는 수많은 전류가 쓰러져 있었다.

물론 죽인 건 아니다. 전원 밧줄로 구속해 한 군데에 정리되어 있었다. 그 수는 무려 아홉. 코마리를 미행해 습격할 타이밍을 엿보고 있었던 모양이다.

"매드할트가 지시라도 내린 걸까요?"

메이드 빌헤이즈가 독약을 품에 넣으면서 말했다. 사쿠나도 냉정함을 되찾은 듯── 진지한 표정으로 지팡이를 들고 주변을 경계하고 있다.

"그럴 리 없어. 매드할트는 이제 없거든. 설령 있다고 해도 이렇게 질척거리는 짓을 할 녀석이 아니야──. 즉 이건 겔라 알카의 잔당이 멋대로 저지른 짓이란 거지."

문득 쓰러져 있는 남자의 손등으로 눈길이 간다. 그곳에는 별 모양을 한 흔적이 남아 있었다.

홍설암의 소동 후에 코마리에게 들었다. 저세상이라는 이세계에는 '유세이(夕星)'라는 마물이 날뛰고 있다는 듯하다. 그 녀석들은 점점 이쪽을 침식하기 시작했고── 그 영향을 입은 자들에겐 모니크 클레르 때처럼 '성흔'이 떠올랐다고 한다.

그 효능은 '의지력'이라는 에너지의 감퇴.

즉 정신에 이상을 초래하는 모양이다.

빌헤이즈가 전류의 뺨을 나무 막대기로 찔렀다. 그들은 "아아"나 "으으" 같은 묘한 신음만 낸다. 아까까지 그렇게 날뛰었는데──. 이건 모니크 클레르가 걸렸던 '소진병'과 같은 증상 아닐까?

"뭐, 자세한 조사는 부하에게 맡길까. 이 녀석들은 요선향 정부에 넘기자."

"그러네요. 그리고 다른 건으로 걸리는 게 있는데요."

빌헤이즈가 코마리가 날아간 쪽을 바라보며 중얼거렸다.

그리고 메이파를 돌아보며 말한다.

"지금까지 전 냉정함을 잃고 있었던 것 같네요. 하지만 방금 그 소동으로 평소의 관찰력을 되찾았답니다. 타고난 코마리 소믈리에인 저를 계속 속일 수는 없어요──, 메이파 님. 당신은 뭔가를 숨기고 있지 않나요?"

시선이 메이파에게 집중된다. 그녀는 조금 당황한 눈치였다.

"숨기긴…… 뭘 숨겨."

"코마리 님은 누가 봐도 린즈 님에게 특별한 의식을 품고 있는 듯해요. 하지만 그건 말이 안 됩니다. 부자연스러워요. 왜냐하면 코마리 님에게 1등은 저로 정해져 있거든요."

"아니, 안 정해져 있잖아?"

"맞아요, 빌헤이즈 씨. 코마리 씨는 모두의 코마리 씨예요."

"어쨌든 이상한 점이 많아요. 예를 들어 2월에 당신들이 뮬나이트 궁전을 방문했을 때부터 이상했어요. 당신은…… 열핵해방을 발동했죠?"

메이파의 어깨가 움찔했다. 그건 자백한 것이나 다름없는 반응이었다.

빌헤이즈가 "역시 그렇군요"라고 어이가 없다는 듯 말했다.

"당신, 코마리 님에게 무슨 짓을 한 거죠?"

한동안 침묵이 이어졌다.

그러나 곧 그녀는 "……미안"하고 회한이 묻어나는 표정으로 중얼거렸다.

"린즈를 구하기 위해서는 이 수밖에 없었어. 우리는 테라코마리의 힘이 필요했어. 하지만 처음 보는 사람을 대가 없이 구해 줄 착한 사람은 이 세상에 없으니까……."

"화내지 않을 테니까 자세히 설명해 주세요."

"실은…… 테라코마리에게 린즈를 좋아하게 되는 주술을 걸었어."

"그럼 독살할까요?"

"빌 씨?! 화내지 않겠다면서요?!"

에스텔이 빌헤이즈의 두 팔을 붙들어 겨우 말렸다.

나와 린즈는 고층 건물과 고층 건물을 잇는 다리 위에 섰다.

기린 열 마리 정도를 늘어놓은 높이다. 바로 아래에는 동양적이며 풍아한 거리의 풍경이 펼쳐져 있다──. 그러나 나와 같은 시선의 높이에도 미로처럼 다리가 펼쳐져 있었다.

"저 사람들…… 뭐였던 거지. 코마리 씨를 노린 것 같은데……."

린즈가 다리 난간에 걸터앉으며 말했다. 용케 그런 데 앉네……, 조금만 기우뚱하면 곤두박질칠 텐데? 안 무섭나? 아니,

린즈는 날 수 있으니 괜찮나.

"어쩌면…… 승상이나 군기대신의 사주일지도 몰라. 화촉 전쟁이 있기 전에 망자로 만들 셈일지도. 그 사람들은 아무렇지 않게 그런 짓을 하거든……."

그렇다면 비겁한 정도가 아닌데.

나는 다리 아래로 시선을 돌렸다. 습격자는 다들 제압된 모양이다.

"혹시…… 경멸했어?"

"경멸? 왜?"

"나는 경사에 관해 아무것도 몰라. 저런 사람들이 있다는 것조차……."

린즈는 거의 궁전 밖으로 나와본 적이 없나 보다.

그럼 당연하겠지만──, 그러나 그녀는 자신을 나무라듯 말을 잇는다.

"공주로서 실격이지. 나는 아바마마의 무기력함을 여러 번 비난해 왔어……. 하지만 이래서는 아바마마와 다를 바가 없지. 아니, 그 이하일지도 몰라. 잘 알지도 못하면서 '요선향을 어떻게든 하고 싶다'라고 떠들고 있으니까."

"린즈는 왜 요선향을 바꾸고 싶어 해……?"

"왜냐하면 공주니까. 내가 해야 하니까."

나는 잠시 불편함을 느끼고야 말았다. 그게 그녀의 본심이라고 볼 수 없었다.

그러나 린즈는 "그게 다는 아니야"라고 말을 덧붙였다.

"승상은 잘못을 저지르고 있어. 많은 사람을 상처입혔어. 나에게 잘해준 협력자들도⋯⋯, 메이파도⋯⋯, 그 사람에게 심한 일을 당하게 했거든."

"⋯⋯그래. 그럼 화촉 전쟁에서 열심히 싸워야겠네."

"응⋯⋯."

갑자기 린즈의 주머니가 빛났다. 통신용 광석에 연락이 들어온 모양이다.

"여보세요. 메이파⋯⋯?"

두세 마디를 나눈다. 곧 통화는 금방 끊기고야 말았다.

린즈의 표정이 흐려져 있었다. 꼭 죄의식에 시달리는 듯했다.

"⋯⋯코마리 씨. 나는 숨기는 게 있어."

"그래?"

"응. 있지⋯⋯, 실은⋯⋯."

말은 그 이상 이어지지 않았다. 린즈가 갑자기 "콜록콜록" 하고 기침을 한 것이다. 처음에는 나도 신경 쓰지 않았다──. 그러나 그녀의 몸은 난간에서 굴러떨어졌고 바닥을 네발로 기었다. 게다가 괴로운 듯 입가를 누르고 있었다.

"린즈?! 괜찮아?!"

나는 황급히 그녀의 등을 쓸어주었다. 쌕쌕거리며 숨을 쉬는 린즈의 표정은 창백해져 있었다. 혹시 린즈한테 병이 있나? 하지만 여긴 요선향의 마핵 범위 내 맞지?

대체 무슨── 영문을 알 수 없어 당황하는 나를 올려다보며 린즈는 말했다.

"……괜찮아. 약 먹는 걸 잠시 깜빡해서."

품에서 환약 같은 것을 꺼낸다. 그것을 그대로 꿀꺽 삼켰다.

잠시 기다리자 서서히 안색이 좋아졌다. 린즈는 "봐, 괜찮지"하고 마술에 성공한 아이처럼 웃어 보였다.

"요즘 상태가 좀 안 좋아서. 약을 먹으면 괜찮은데."

"정말 괜찮은 거야? 메이파를 부르는 게 나을까?"

"메이파라면 올 거야. 내가 약 먹는 걸 깜빡했다는 건 비밀로 해 줘……. 혼날 거야."

린즈가 아무 일 없었다는 듯 일어난다.

마침 빌을 매단 메이파가 다리 위에 착지한 참이었다.

그녀는 우리 모습을 확인하더니 안심한 듯 한숨을 내쉬었다.

"린즈, 다친 곳은 없어?"

"응……. 걱정해 줘서 고마워."

"아아, 코마리 님! 코마리 님, 코마리 님, 무사해서 다행이에요! 하지만 몸속 깊은 곳에 상처가 있으면 안 되니까 바로 촉감이 변하지 않았는지 확인해드릴게요."

"우와아아아?! 넌 잡다한 걱정이 너무 많아?!"

"부족할 정도예요. 왜냐하면 코마리 님은 요선들의 발칙한 술에 걸려 있었으니까요."

"너 무슨 소리를 하는 거야……?"

빌의 주물주물을 전력으로 회피하면서 린즈와 메이파에게로 시선을 돌린다.

두 사람은 불편한 기색이었다. 그러나 린즈가 결심한 듯 앞으로 나선다.

꼭 사랑의 고백이라도 하는 듯한 표정으로 조용히 물었다.

"코마리 씨……, 나를 좋아하지?"

뇌가 정지했다.

사랑 고백 정도가 아니었다. 그건 어떻게 받아들이느냐에 따라서는 자신감 과잉으로도 볼 수 있는 거창한 발언이었다. 그러나 그 한마디에 내 안에 남아 있던 쿨한 성분은 통째로 날아가 버렸다.

"조…… 좋아하는지 싫은지를 따지면 좋아하는데?! 그 둘 중 하나라면 그렇게 되겠지?!"

"알아. 아마 코마리 씨는 나를 엄청 좋아할 거야. 정신을 차리고 보니 아이란 린즈를 생각하고 있겠지. 그리고 심장이 폭발할 듯한 기분일 거야……."

뜨거운 물에 내던져진 날달걀이 된 기분이다. 점점 체온이 상승해서 아무 생각도 할 수 없었다.

뒤에서 빌이 칠흑 같은 살의를 불태웠다. 이 녀석이야말로 살육의 패자가 되기에 적합하다.

린즈가 가만히 나를 응시한다. 인정하지 않을 수 없었다.

"……그럴지도. 이유는 모르겠지만……, 린즈를 생각하면 가슴이 갑갑해져……. 수많은 사랑 이야기를 써온 희대의 현자니까 왠지 모르게 알겠어. 아마 나는…… 나는…… 린즈를 좋아하는 걸지도 몰라……."

"우웨에에에에에에에에에에에에에에에에에에에에에에에에에

에에엑!!"

뒤에서 엄청난 소리가 들렸다.

변태 메이드가 구토에 가까운 비명을 지르고 있었다.

"이봐, 빌. 왜 그래?! 적에게 저격이라도 당했어?!"

"괘…… 괜찮아요, 코마리 님……. 그냥 발작이거든요…….
저는 신경 쓰지 말고 계속하세요……."

누가 봐도 안 괜찮다. 하지만 잘 생각해 보면 이 메이드는 괜
찮았던 적이 더 적다. 우선 무시하도록 하자. 나는 린즈 쪽을 돌
아보며 이야기를 이어갔다.

"나는 어떡해야 할지 모르겠어. 이런 적이 처음이라……."

"그 감정은 거짓. 당신은 아이란 린즈를 좋아하는 게 아니야."

냉정한 말에 깜짝 놀라고야 말았다. 린즈는 고통을 견디듯이
미간을 찡그렸다.

"딩신에게는 메이파의 열핵해방【옥오애염】이 걸려 있어. 메
이파가 나를 생각하는 마음을 남에게 이식하는 능력이지……."

"응? 응?? 무슨 소린지 모르겠는데."

"손등에 까마귀 마크가 있잖아. 내 술에 걸렸다는 증거야."

분명 반점 같은 게 떠올라 있다.

즉…… 나는 메이파에게 조종당했다는 건가?

"아니, 잠시만?! 하지만 나는 린즈를 보면 정말 두근두근하는
데……?!"

"본래는 동정심을 환기하는 정도인데. 당신은 감수성이 풍부한
거겠지. 설마 이렇게 노골적인 연심으로 발현할 줄은 몰랐어."

"하지만 난 린즈를 좋아해!!"

"우웨에에에에에에에에에에에에에에에에에에에에에에에에엑!!"

"와아아아아아아아?! 진정해, 빌?!"

"정말 미안해. 당신 마음을 무시할 생각은 없었어."

영문을 모르겠다. 시체처럼 다리 위에 늘어져 있는 빌을 돌보면서 나는 묻는다.

"만약 내 감정이 만들어진 것이라고 치자……, 왜 그런 짓을 한 거야?"

"나를 좋아하게 되면 도와줄 줄 알았어……."

"뭐?"

대체 무슨 소리를 하는 거지? 정말 이해가 안 된다.

"이 두 분은 코마리 님을 이용한 거예요. 제가 추궁하지 않았더라면 화촉 전쟁이 끝날 때까지 숨겼을 모양이에요. 그리고 그대로 기성 사실을 만들어 결혼할 예정이었겠죠. 즉 코마리 님은 제 덕분에 궁지에서 탈출하신 거예요. 칭찬해 주세요."

정수리를 들이미는 빌은 일단 무시하자.

메이파가 '들켰으니 하는 수 없지' 하는 느낌으로 탄식했다.

"이 이상 계속하면 싸움으로 발전하겠어. 각하……, 술을 풀 테니까 가만히 있어."

"술을 푼다고? 잘은 모르겠지만……, 그러면 되겠어?"

"아니면 당신에게 원망받을걸. 아니, 이미 원망받고 있겠지만."

메이파는 똑바로 내 눈을 응시했다. 그녀의 입술이 작게 움직인다. ──열핵해방【옥오애염】.

그렇게 해서 내 심장이 점점 조용해졌다. 아니, 죽은 게 아니다. 지금까지 무턱대고 뛰던 고동이 평소처럼 잠잠해진 것이다.

린즈를 돌아본다. 거기 서 있는 건 평범한 소녀였다.

분명 예쁘긴 하다. 가련한 용모는 1억 년에 한 번 태어나는 미소녀(나)에게도 필적할지 모른다.

하지만 이상한 고양감을 느끼는 일은 더 없었다. 심장이 폭발할 듯한 느낌도 들지 않는다.

그렇다는 건. 정말 난 만들어진 감정에 따라 움직인 모양이다.

"미안해……. 나는 비겁한 생물이라 이러는 수밖에 없었어. 이제 코마리 씨가 나에게 협력할 이유는 없어. 화촉 전쟁에서 사퇴하면 모든 게 원래대로 돌아갈 거야."

"무슨 소리를 하는 거야."

나는 그녀에게 한 발짝 다가갔다.

그래. 이게 걸렸다.

"린즈는 나에게 도와 달라고 부탁했잖아. 그러니까 나는 요선향까지 온 거야. 이제 와서 '이제 됐다'라고 해도 곤란해. 내 실력 부족이 원인이라면 할 말이 없지만……."

"으음……, 당신은 날 좋아하지 않잖아?"

"좋아해."

다시 빌이 토할 듯해서 황급히 입을 틀어막았다.

린즈는 눈이 동그래져서 굳어 있었다. 나는 그녀의 손을 잡고 호소했다.

"너는 요선향을 위해 움직이고 있어. 나쁜 짓을 하는 시카이를 막으려 하고 있지. 그건 자신을 위한 게 아니라 남을 위해 행동하는 것이겠지⋯⋯. 그러니까 린즈의 마음은 매우 아름다워. 나는 좋아해."

"왜? 왜 그런 말을 해 주는 거야⋯⋯?"

"린즈에게 힘이 되어 주고 싶으니까!"

린즈가 놀란 듯 눈을 깜빡인다.

뺨에 홍조가 돌았다. 주변을 두리번거리다가 고개를 숙인다.

"하지만. 하지만⋯⋯."

"연애 감정을 조작할 필요는 없었어. 여러 번 말하지만⋯⋯, 린즈는 이런 나를 의지해 주었어. 그것만으로도 너에게 갈 이유가 돼."

"웃⋯⋯?!"

린즈는 그 말을 끝으로 얼굴을 붉히며 아무 말도 하지 못했다.

메이파로 말할 것 같으면 뭔가에 홀린 사람처럼 우두커니 서 있었다.

빌이 다 안다는 듯한 얼굴로 "그런 거죠"라고 매듭을 지었다.

"코마리 님에게는 잔재주보다 진지한 마음이 가장 잘 통해요. 부탁받으면 거절하지 못하는 타입의 흡혈귀니까요."

"그렇지 않아. 나는 의지가 강한 타입의 흡혈귀야."

"어쨌든 저희는 계속 두 분께 협력하겠습니다. 하지만 결코 발칙한 생각은 하지 마세요. 또 별로 【옥오애염】을 써서 코마리 님을 저에게 반하게 할 것."

"네가 가장 발칙하잖아!! ——참 나."

빌의 망언을 일축하며 나는 린즈의 눈을 응시했다.

왠지 당황한 기색으로 눈을 피했다.

돌아가서 얼굴을 살폈다. 그녀는 꺅, 하고 비명을 지르며 몇 걸음 물러났다. 내가 미운가 했는데 아닌가 보다. 창피해서 아무 말도 못 하는 눈치다.

메이파가 "이봐, 린즈"라고 전율한 듯한 분위기로 중얼거렸다.

"설마 상황이 반대로 됐다고 하는 건 아니겠지……? 그 프러포즈 때부터 상태가 이상하긴 했는데……."

"아니야! 정말 아니야! 으음……, 코마리 씨."

녹색 머리카락을 흔들며 빙그르르 돌아선다.

살구 같은 향이 바람을 타고 퍼진다. 순수한 눈동자가 똑바로 나를 응시한다.

"지금까지 이용해서 미안해. 뻔뻔스럽지만…… 코마리 씨가 도와줬으면 해."

"나라도 괜찮다면 뭐든 할게."

"고마워. ……코마리 씨가 화촉 전쟁에서 이겨 줬으면 해. 승상을 쓰러뜨려 줬으면 해. 나와 결혼해 줬으면 해. ……앗! 방금 건 좀 어폐가 있네……. 물론 코마리 씨에게 신부가 많다는 건 알아."

"아니, 하나도 없는데."

나는 쓰게 웃으며 그녀에게 손을 내밀었다.

"……하지만 알겠어. 함께 힘내자."

"응. 부탁할게."

린즈가 손을 맞잡았다.

분명 린즈의 방식은 기상천외했을지도 모른다. 하지만 그건 요선향을 위해 한 행동이었다. 피해는 없었으니 나로서는 나무랄 생각이 전혀 없었다.

이제 전력으로 싸우면 된다. 승상의 악행을 폭로하면 그만이다.

그렇게 나답지 않게 투지를 이글이글 불태우던 그때였다.

"──린즈 전하. 시간이 됐습니다."

내 시선 끝. 린즈 뒤에 그림자처럼 여러 명의 요선이 나타났다. 팔랑거리는 옷을 입었다. 빌이 "저건 아이란조의 사자네요"라고 귀띔해 주었다.

"뭐야, 너희는?! 린즈를 데리러 온 거냐?!"

나는 그녀를 보호하듯 앞으로 나섰다.

린즈가 옷자락을 꼭 붙들었다. 손가락의 떨림까지 전해지는 듯했다.

이상한 얘기다──. 단순히 전투 능력을 따지면 린즈가 훨씬 강할 텐데.

문득 메이파가 "이런" 하고 뭔가 눈치챈 모양이다.

"아니⋯⋯, 잠시만. 이 녀석들은 승상의 부하가 아니야."

"저희는 천자님의 근위병입니다." 중앙에 있는 남자가 한 발짝 다가왔다. "화촉 전쟁에 대비해 린즈 전하를 데려오라는 칙명입니다. 승상의 의도와는 무관합니다──. 이게 증거인 칙서입니다."

"……분명 이건 천자의 필적이야. 마력도 틀림없어."

"네. 천자 폐하는 전하와 이야기를 나누고 싶어 하십니다."

"알겠어요."

린즈가 그들을 보고 걸어간다.

그녀는 나를 돌아보고는 한 번 꾸벅했다. 다시 바람을 타고 살구 같은 향이 퍼진다.

"──그럼 코마리 씨. 내일은 잘 부탁해요."

"당연하지."

"린즈 전하. 가시죠."

【전이】마법이 발동된다. 눈부신 빛이 주변을 감싸고──, 정신을 차렸을 때 린즈나 메이파의 모습은 그 자리에서 사라지고 없었다.

나는 다리 위에 우두커니 서면서 주먹을 불끈 쥐었다.

린즈의 마음은 알았다. 그렇다면 그에 응하기 위해 노력해야한다. 우선 내일에 대비해 작전을 짜자──. 그렇게 생각하고 빌 쪽을 돌아봤을 때.

"코마리 님. 큰일 났어요."

변태 메이드가 난간을 짚으면서 경사의 풍경을 바라보고 있었다.

그리고 충격적인 사실을 입에 담았다.

"이 다리, 어떻게 내려가면 되죠?"

연결되어 있는 건물에는 입구가 없다.

지금 우리가 서 있는 곳은 경관을 위한 '장식용 다리'인 듯했다.

"빌은 하늘을 안 날아?"

"평범한 사람이 하늘을 날 것 같으세요?"

"……누구한테 연락하는 건?"

"통신용 광석은 메이파 님에게 매달릴 때 전부 떨어뜨렸어요."

"…………."

그 후로 나는 다리 위에서 빌과 끝말잇기를 하며 시간을 보냈다.

해가 저물 무렵 겨우 경사를 순찰하는 요선이 둥실둥실 떠다녔다. 우리는 절규하며 도움을 요청했고, 그렇게 겨우 지상으로 돌아올 수 있었다.

육국 신문 로비 활동은 순조롭게 진행되고 있는 듯하다.

다음 날 조간에는 '전하&각하 특집' 등의 우스꽝스러운 특집이 실려 있었다.

이른바—— 나와 린즈는 어릴 적에 '결혼하자'라고 손가락을 걸고 약속한 운명의 사이라거나. 천무제 전 파티에서 재회했을 때부터 관계가 시작되었다거나. 실은 지금까지도 주에 1번은 비밀 데이트를 하는 사이였다거나.

게다가 육국 신문은 린즈와 시카이의 관계를 뒤죽박죽인 논조로 비판하고 있었다.

이른바—— 린즈는 사실 시카이를 싫어했다. 하지만 공주로서 역할이 있기에 결혼해야 한다. 시카이는 재상으로서는 유능하지만 약혼자로서는 영 꽝. 왜냐하면 린즈의 마음을 존중하지 않으니까. 얼마 전에도 린즈와 코마리 사이를 갈라놓기 위해 자객을 보내어 소동을 일으켰다(이건 천축찬점 습격을 각색한 것이겠지) 운운.

분명 구도 시카이는 인기인이다. 하지만 이 기사가 퍼짐에 따라 '코마리×린즈도 괜찮지 않나?'라는 의견이 샘솟게 된 듯하다. 이런 날조 기사를 보고 괜찮다고 생각하는 사람이 잘 이해되지 않는다. 하지만 메르카와 티오의 길거리 인터뷰에 따르면 경사 사람 약 30%가 '코마리×린즈 파'라는 듯하다. 네리아 왈 '승산은 충분하네!'라고 한다.

그리하여 요선향 신선종들은 공주의 파트너를 둘러싸고 두 갈래로 쪼개졌다.

그 결착을 짓는 것이 오늘의 싸움—— 화촉 전쟁이다.

☆

요선향 궁전 '자금궁'——, 그 안의 집회실에서 화촉 전쟁이 치러진다고 한다.

나는 빌이나 사쿠나를 데리고 회장에 발을 디뎠다. 그 순간 곳곳에서 사람들의 시선이 덮쳐들었다.

이런. 긴장돼. 화장실 가고 싶어……. 물 많이 마시지 말걸.

"저기, 빌. 갑자기 살육전이 시작되진 않겠지?"

"참석한 사람들의 얼굴을 보세요. 각국의 유명 인사들뿐이에요. 이런 데서 사투를 벌이면 큰 문제가 벌어질걸요."

"걱정하지 마세요. 코마리 씨는 제가 지킬게요."

사쿠나가 내 등을 쓸어주었다.

정말 착한 아이다. 어제까지 이성을 잃고 흉포화했던 것 같기도 하지만, 내 착각이었던 듯하다. 역시 사쿠나는 청순파 미소녀인 게 분명하다.

"그러고 보니 네리아는?"

"커닝엄 님이나 제7부대는 별도 행동이에요. 코마리 님 역할은 승상을 깨부수는 것뿐이니까 다른 건 걱정하지 마세요."

"──테라코마리잖아! 화촉 전쟁은 기대하고 있으마."

갑자기 들리는 목소리에 돌아본다.

백은색 머리카락을 가진 소녀──, 프로헤리야 즈타즈타스키가 서 있었다. 그 옆에는 라페리코 왕국의 리오나 플랫도 있다. 그녀는 꼬리를 살랑살랑 흔들며 눈을 동그랗게 떴다.

"테라코마리! 그 옷 멋있네! 기합이 제대로 들어갔는걸."

"옷? 아아……."

참고로 나는 어째서인지 턱시도를 입고 있었다. 린즈가 신부니까 그에 맞추도록 메이파가 시킨 것이다. 뭐, 드레스보다 움직이기 편해서 좋긴 하지만.

"그나저나 16살에 결혼이라니 놀라운걸. 나한테는 그런 상대가 없는데……."

"프로헤리야는 평생 결혼 못 할 것 같은데!"

"시끄러워. 나한테는 결혼보다 우선해야 할 게 산더미처럼 많다고. 애초에 넌 어떤데? 자기는 제쳐두고 날 비웃는 건 아니겠지?"

"흐에……? 다, 당연히 남친 하나둘쯤은 있는데……?"

"고양이 왕국에는 윤리관이 없네. 조금 더 정밀하고 스마트한 거짓말을 해봐."

이 둘은 의외로 사이가 좋네. 왠지 부럽다.

프로헤리야가 "그런데 테라코마리" 하고 나를 돌아봤다.

"승상 진영의 동향을 주의해. 내가 말할 것도 없겠지만."

"알아. 그 녀석이 린즈에게 이상한 짓을 하지 않도록 내가 노력할 거야."

"승상 본인도 그렇지만 내 감이 '좀 더 위험한 게 도사리고 있다'라고 속삭이고 있어."

"시카이보다 더한 변태가 있다고? 있어도 전혀 이상할 게 없지만."

"나는 요선향에 온 지 얼마 안 돼서 전체적인 윤곽은 파악하지 못했어. 네가 무슨 생각으로 아이란 린즈의 결혼 상대로 입후보했는지도 석연치 않아. 한동안은 강 건너 불구경이지."

프로헤리야가 의연한 동작으로 떠나간다. 리오나가 "거짓말 아니거든?! 정말이거든~?!" 하고 항의하면서 그녀 뒤를 쫓았다.

프로헤리야는 희대의 현자에 필적할 만큼 머리가 좋다. 어쩌면 남은 모르는 게 보이는 걸지도 모르겠다——, 그렇게 적당히 생각했을 때다.

"——아아! 테라코마리 건데스블러드 장군! 잘 와 주었군!"

"시카이……."

회장 앞쪽. 한 남자가 과장스럽게 두 팔을 벌리면서 다가온다.

곳곳에서 환호성이 터져 나왔다. 요선들이 "승상님! 승상님! 승상님!" 하고 코마링 콜처럼 비명을 지르고 있다. 어떤 나라에서든 인기인은 저런 식이겠지.

"내가 두려워서 도망쳤을 줄 알았는데! 과연 '오므라이스 대마왕'이라고 불릴 만하군! 그렇게 린즈를 원하나?"

"다…… 당연하지! 네가 린즈와 결혼하는 건 설령 신이 허락해도 내가 허락 못 해!"

"왜지? 나는 이렇게 린즈를 사랑하는데."

"거짓말하지 마! 애초에 린즈는 너를 좋아하지 않아! 가장 중요한 건 본인 마음이잖아?!"

"그럼 린즈는 누구를 좋아하는데?"

할 말이 없다. 주변 사람들이 나를 가만히 주시한다.

승상이 조소한 듯했다——. "뭐야, 혹시 겁먹은 건가?" 하는 얼굴로 이쪽을 내려다본다. 이제 될 대로 되라지. 이건 그런 작전이니까.

나는 승상에게 삿대질하며 선언했다.

"린즈가 좋아하는 건—— 나야! 테라코마리 건데스블러드라고! 그러니까 나는 린즈를 뺏을 거야! 너 따위에게 린즈는 못 줘!"

잠깐의 침묵. 그러나 곧 자리는 뜨겁게 달아올랐다.

우오오오오오오오오오오오오오오오오오!! 코마링!! 코마링!! 코마링!! ——박수갈채가 터져 나온다. 리오나의 부하인 카피바라들이 회장을 종횡무진하게 누빈다. 빌과 사쿠나가 심령사진에 찍힌 원령 같은 얼굴로 나를 바라보고 있는 게 인상적이었다.

"——나하하핫! 그래, 그래! 역시 정열적인 분이군! 하지만 본인은 어떻게 생각할까? 린즈."

승상이 회장 입구 쪽으로 눈길을 돌렸다. 덩달아 나도 돌아본다.

그곳에는 신부가 서 있었다. 요선향답지 않게 순백의 웨딩드레스를 입은 취록(翠綠)의 소녀—— 아이란 린즈다. 그녀는 수줍

Illustrations copyright © niichu

은 듯 뺨을 붉힌 채 침묵으로 일관하고 있었다. 그 사랑스러움이 그녀의 귀여움에 박차를 가해 마지않는다. 메이파의 열핵해방이 해제되지 않은 나였다면 죽었겠지. 지금의 나라도 순간 심장이 터질 뻔했으니 말이다.

"……엥? 린즈는 왜 저런 차림을 하고 있어?"

"별말을 다 하는군. 화촉 전쟁이 끝나면 결혼식이 있을 테니까 당연하잖아?"

그래, 그래. 그럼 이상할 게 없겠네.

그나저나 린즈 귀엽다. 무심코 넋을 잃을 정도다──, 문득 눈이 마주쳤다. 붉은 눈동자가 가만히 나를 응시한다. 그녀는 모기만 한 목소리로 "힘내"라고 전했다. 수치심 때문에 그게 한계인 걸지도 모르겠다. 하지만 나에게는 충분히 마음이 전해졌다.

"──시카이! 린즈는 내가 데려가마!"

요선향 승상 구도 시카이는 악역 같은 미소를 띠며 말한다.

"그럼 시작하지. 우리의 전쟁을."

☆

"상급 장벽 마법 【클리어 월】."

천자의 근위병들이 마법을 발동한다. 나와 승상을 가두는 식으로 '보이지 않는 벽으로 나뉜 공간'이 만들어졌다. 찰싹찰싹, 벽을 만져본다. 바깥의 소리는 들린다──. 그러나 자유롭게 드나들긴 힘들 듯했다.

"부정행위 방지를 위한 거야. 나쁘게 생각하지 말도록."

시카이가 우아하게 홍차를 마시면서 말한다. 폐쇄 공간 속에는 나와 시카이뿐이다.

빌이나 사쿠나나 관객들 모두 벽 바깥에서 지켜볼 수밖에 없었다.

내가 남쪽. 승상이 북쪽. 동쪽(벽 바깥)에는 웨딩드레스를 입은 린즈가 있다. 그리고 서쪽(이쪽도 벽 바깥)에는 군기대신 로샤 네르잔피가 서 있다. 또 그 바깥쪽에는 의자가 대량으로 놓여 있었으며 관객들이 소란을 피우고 있었다.

"그럼 룰을 설명해 주겠나! 부탁하지, 네르잔피 경."

"알겠어."

아무래도 네르잔피는 심판 역인 듯하다. 이에 이의를 제기한 것은 뒤에 있는 빌이다.

"잠시만요. 저 여자는 승상 쪽 사람일 텐데요. 불공평해요."

"이거 참. 배중사영*이로군, 빌헤이즈. 화촉 전쟁의 결과는 심판이 정하는 게 아니야. 아이란 린즈가 정하는 거지."

"하지만."

"애초에 승부 내용은 우리가 아니라 천자 폐하와 근위병이 정한 거야. 거기에 승상부 세력이 개입할 여지는 없으니까 안심하도록."

네르잔피는 빌에게 적당히 대꾸하며 설명을 시작했다.

"자——, 룰은 간단해. 먼저 'LP'가 소진된 쪽이 패자가 되는

---

* 아무것도 아닌 일을 쓸데없이 걱정하고 괴로워함.

거지."

"LP? 그게 뭐야."

"린즈 포인트의 약자야."

정말 뭔데, 그게…….

"지금부터 아이란 린즈에 관한 세 판 승부를 가린다. 1회전은
'린즈에 대한 이해를 묻는 승부'. 2회전은 '린즈의 마음을 묻는
승부'. 그리고 3회전은 '국민 투표'. 이 승부의 추세에 따라 소정
의 LP가 깎여 나가지. 참고로 줄어들기만 하고 느는 일은 없어.
이건 라이프 포인트라고 바꿔말할 수도 있지."

그래. 전혀 모르겠다.

"그리고 3회전이 끝난 시점에서 더 많은 LP를 보유한 사람이
린즈 전하와 결혼할 권리를 얻는 거지. 참고로 LP가 0이 되면
그 시점에서 패배가 결정돼."

즉 상황에 따라서는 2회전이나 3회전을 치르지 않을 수도 있
다는 건가.

"……물리적인 싸움은 아닌 거지?"

"재미있는 소리를 하네, 건데스블러드 각하. 그런 승부라면
당신에게 너무 유리하잖아. 승상에게 【고홍의 애도】를 막을 방
법은 없으니까."

"와하하하! 그렇지! 내가 진심을 발휘하면 시카이는 순식간에
케첩 행이지!"

네르잔피는 유령처럼 웃고 있다. 그 표정을 보고 있다 보니 마
음이 깎여 나가는 기분이었다. 이 사람은…… 뭐라고 할까. 네

리아나 카루라나 프로헤리야와는 대극에 서 있는 듯한 느낌이 든다. 그렇다고 스피카처럼 사악한 인간과도 조금 분위기가 다르다.

"아―, 다행이다! 시카이를 순식간에 죽여 버리면 뒷맛이 찝찝하니까~."

"다만 사망자가 나오지 않으면 긴장감이 없잖아? 그래서 조금 취향을 조합해 봤지."

죽은 사람 같은 시선이 나를 꿰뚫어 본다.

"LP가 0이 된 순간, 두 사람 머리 위에 설치된 폭탄이 폭발하게 되어 있어."

"뭐?"

나는 무심코 하늘을 올려다봤다. 검은 구체 같은 것이 둥실둥실 떠 있다.

"……뭐? 무슨 소리야? 폭탄?"

"그래. 반경 1km를 초토화하는 위력을 숨긴 마력 폭탄이지. 뭐, 안심해. 그 장벽을 깰 정도는 아니니까 주변에 피해는 없어. 당신 몸이 산산조각 나서 흩어지는 정도지."

"뭐어어어어어어어어어어어어어어어?!"

이 녀석……, 이 녀석 무슨 생각을 하는 거지?! 마핵도 없는 곳에서 폭사하면 죽는데?! 아니, 마핵이 있어도 산산조각 나는 건 사양이지만?!

"이봐, 네르잔피! 지금 당장 철거해!"

"뭐야, 장군. 무서운 건가? 살육의 패자씩이나 되는 분이 공포에 떠는 거야?"

"아…… 아니야! 내가 이겼을 때 시카이가 폭발하면 뒷맛이 찜찜해서 그렇지!"

"나는 아무 상관 없어! 목숨을 건 싸움만큼 감미로운 것은 없으니까! 자, 건데스블러드 장군! 나와 화려한 사랑의 전쟁을 시작하지!"

"이 녀석……, 자기한테는 마핵이 있다고……!"

"'이능문어불능 이다문어과*'라지——. 겸손할 것 없어. 당신에게는 강대한 힘이 있잖아. 열핵해방을 쓰면 이 정도 폭탄 정도는 막을 수 있지? 뭐, 우리도 사람을 죽이고 싶은 게 아니야. 그래도 조금 정도는 폭발해야 재미가 있지 않겠어?"

웃기고 있네. 이쪽이 어떤 심정으로 임하고 있는데.

하지만 이런 데서 꺾일 수는 없다. 게다가 유사시에는 빌이 도와주겠지. 뒤를 돌아보니 메이드가 자신만만한 무표정으로 엄지를 내밀었다. 일단 신뢰하기로 하자. 내가 죽으면 네 탓이야.

"……알겠어, 네르잔피. 하지만 난 두뇌전도 특기라서 폭발할 일은 없을걸."

"이런, 오해가 있는 듯하니 정정하지. 이건 두뇌전이 아니라 '정열전'이야——. 백문이 불여일견. 바로 시작할까?"

네르잔피는 담배에 불을 붙이며 말했다.

"처음에 주어지는 LP는 양쪽 모두 2,000LP. 그리고 1회전의 승부 내용은—— '린즈의 개인정보 맞히기 퀴즈'다."

---

* 논어의 구절로, 유능한데도 무능한 사람에게 묻는다는 뜻.

갑자기 수상한 배틀이 시작되고 말았다.

근위병들이 린즈 앞에 긴 테이블을 준비한다. 그 위에는 여섯 장의 카드가 나열되어 있었다. 각각 다음과 같은 문장이 적혀 있다.

〈1 · 휴일의 취미……200〉

〈2 · 어릴 적 길렀던 고양이 이름……200〉

〈3 · 좋아하는 음식……400〉

〈4 · 다섯 살 생일 때 아버지에게 받은 선물……400〉

〈5 · 좋아하는 사람……600〉

〈6 · 키&몸무게……600〉

"린즈 전하에게는 미리 여러 질문에 답을 준비하게 했지. 각자 교차로 맞히는 간단한 퀴즈야. 카드 겉면에는 질문이, 뒷면에는 그 답이 적혀 있어. 뒤집었을 때 답변자의 답과 린즈 전하의 답이 일치하면 정답. 참고로 답변권은 각각 세 번씩 있어. 답을 맞힌 카드는 처분돼. 못 맞힌 경우, 답변권이 있는 한 몇 번이든 도전해도 돼."

"저 숫자는?"

"답을 맞혔을 때 상대에게서 빼앗을 수 있는 LP야. 빼앗는다고 해도 자기에게 가산되는 건 아니지만. 참고로 린즈 전하는 말을 해서는 안 돼. 힌트를 주면 곤란하니까."

"어?! 저기……. 읍!"

의자에 앉아 있던 린즈에게 재갈을 물린다.

뭐 저런 심한 짓을. 몰래 들으려고 했는데!

"이봐, 빌?! 어떡하지! 난 린즈에 관해 아무것도 모르는데!"

"그것 때문에 어제 데이트하신 것 아닌가요?"

"그렇긴 한데! 이런 섬세한 개인정보를 알 리가 없잖아?!"

"그러게요. 저게 린즈 님이 아니라 저에 관한 거였다면 코마리 님은 망설임 없이 답할 수 있을 텐데. 키, 몸무게뿐만 아니라 스리 사이즈까지 완벽할 텐데요."

알 게 뭐야. 그런 태클을 날리기 전에 네르잔피가 코인 같은 것을 꺼냈다. 그대로 손가락으로 딱 튕긴다. 코인은 빙글빙글 돌며 포물선을 그렸고 바닥으로 떨어졌다.

윗면에는 '골(骨)'이라는 정체불명의 글자가 새겨져 있다.

"골. 즉 선공은 구도 시카이(骨度世快)――. 승상의 턴이로군."

"나하하하핫! 그럼 바로 엘레강트하게 끝을 내 주지!"

나를 내버려 두고 승부가 시작된 모양이다.

승상은 테이블 위를 둘러보면서 "으~음" 하고 생각하는 제스처를 취했다.

어라……? 이건 나한테 너무 불리한 거 아닌가……? 왜냐하면 시카이가 더 린즈와 함께한 시간이 길잖아? 나는 린즈에 관해 아무것도 모르는데……?

"코마리 님. 답할 수 있는 항목이 있나요?"

"하나도 없어……. 아니, 하나는 있을지도 모르는데……."

"600LP의 대미지는 피하고 싶네요. 원래 2,000밖에 없어서 치명상이에요."

그건 괜찮겠지. 지뢰 같은 〈좋아하는 사람〉에는 손을 대기 힘들 것이다. 게다가 〈키&몸무게〉는 시카이가 알 리도 없다. 알고 있다면 변태니까.

"정했다! 6번 〈키&몸무게〉에 답하도록 하지! 린즈의 키는 146cm! 몸무게는 40.7kg!"

"너 변태였냐?!"

"소수점까지 일치했군. 정답이야, 승상."

"역시 변태잖아—!!"

카드 뒷면에는 시카이가 답한 것과 똑같은 내용이 적혀 있었다.

객석에서 환호성이 터져 나온다. 저 관객들도 좀 이상한 것 같다.

린즈는 얼굴을 새빨갛게 붉히며 경직됐다. 나는 격노하며 시카이를 노려본다.

"너…… 너! 남의 개인정보를 폭로하고도 용케도 태연하네?!"

"나하하하핫! 린즈는 내 소유물이니까 말이지! 소유물의 데이터를 공개할 권리는 소유자에게 있지 않을까?"

"웃기지 마! 너 같은 변태 때문에 세상이 이상해져 가는 거야!"

"자, 진정해. 건데스블러드 장군. 참고로 방금 그걸로 당신 LP는 600 줄었어."

"뭐……."

어느새 회장 앞에 거대한 스크린이 떠 있었다.

〈시카이: 2,000 테라코마리: 1,400〉

뭐 이런——. 그렇게 머리를 싸매자마자 머리 위에서 뭔가 움직이는 듯했다. 폭탄이 LP의 감소에 맞춰 내려온 것이다. 죽음이 점점 다가오고 있다. 꼬리를 말고 도망치고 싶은 심정이었다.

"어떡하면 좋지, 빌?! 폭발하면 정말 죽는데?!"

"여기 【전이】 마법석이 있어요."

"좋아! 그걸 건네줘!"

"보이지 않는 벽이 있어서 못 드리겠네요."

"아아아아아아아아아아아아아아아아아아아아!!"

이 메이드가 희망 고문의 달인이라는 걸 잊고 있었다. 젠장할.

"건데스블러드 장군. 이제 당신 차례야."

"으윽……."

네르잔피의 재촉에 다섯 장 남은 카드를 본다.

예상이 되지 않는 것뿐이다. 린즈의 취미는 뭐지? 사람은 겉보기론 알 수 없으니까 적당히 둘러댈 수는 없다. 빌은 저래 봬도 장수풍뎅이 사육이 취미니까 말이다.

그렇다면 나에게 남은 선택지는 하나뿐.

"……5번 〈좋아하는 사람〉으로."

"호오! 그건 화촉 전쟁의 핵심을 찌르는 카드로군! 과연 린즈는 어떤 답을 썼을지 궁금한걸! 내 이름이 적혀 있다면 기쁠 텐데!"

"그럴 리가 있나! 답은——."

힐끗 린즈 쪽을 살핀다. 그녀는 사과를 능가할 만큼 빨개져 있었다.

알지. 알지, 그 마음. 내가 네 입장이었다면 지금쯤 온몸을 쥐어뜯으며 죽었겠지. 린즈는 잘 참고 있는 거야.

그래도 너는 이기고 싶지? 나와 결혼하고 싶지?

그럼 답은 정해져 있다. 나는 주먹을 불끈 쥐며 소리쳤다.

"——답은 '나'다! 린즈가 좋아하는 건 '테라코마리 건데스블러드'!"

"아쉽게 됐군. 정답은 '어머니'야."

"………………."

엥? 어머니? 어머니라면 그 어머니?

흐음, 그렇구나. 흐음, 린즈는 어머니를 그렇게 좋아하는구나.

"나하하핫! 혹시 건데스블러드 장군——, 자네는 자의식 과잉인가?!"

"아…… 아니야아아아아아아아아아아아아아아!!"

나는 눈물을 흘리며 절규했다. 체내의 피가 1dL도 남김없이 증발해 버릴 것 같다. 린즈가 시선으로 '미안, 미안' 하고 사과했다. 바꿔 생각해 보면 이해할 수 있다. 좋아하는 사람을 알려 달라고 하는데 바보처럼 정직하게 마음에 둔 사람의 이름을 쓸까? 나였다면 창피해서 무난한 답을 쓰겠지. 아니, 하지만 잠시만. 명목상으로라도 나는 린즈의 약혼자 후보인데? 그런데 부끄러워하면 어쩌자는 거야. 보통 내 이름을 써야지. 이기고 싶으면 부끄러움을 참고 테라코마리 건데스블러드라고 써야 하잖아?!

"아쉽네요, 코마리 님. 차이셨나 봐요."

"기쁘다는 듯이 말하지 마!! 이제 단숨에 불리해졌거든?!"

"그럼 이제 승상의 차례로군."

네르잔피가 무자비하게 말한다. 안 되겠어. 린즈의 속내를 모르겠다. 그리고 활화산의 분화구에 뛰어든 것처럼 온몸이 뜨겁다. 이대로 두면 평소처럼 냉정한 사고를 발휘할 수 없다.

"그렇지……. 3번 〈좋아하는 음식〉! 배추!"

"정답이야."

"뭐……?!"

내가 고뇌하는 사이에도 시카이는 착착 정답을 맞혀 간다. 그보다 린즈 너 배추를 좋아해?! 그런 걸 내가 어떻게 맞혀?! 다음에 배추 요리가 맛있는 가게로 데려가 줘!! ——그런 생각을 하는 사이 스크린의 표시가 바뀌었다.

〈시카이: 2,000 테라코마리: 1,000〉

그에 따라 폭탄도 천천히 내려온다. 나에게 남은 시간은 그렇게 길지 않은 듯하다.

"코마리 님, 괜찮으세요?"

"이제 틀렸어……. 우선 린즈의 취미를 생각해야 해……."

"지금 교과서를 통해 인상학 공부 중입니다. 린즈 님 표정을 통해 무슨 생각을 하는지 맞혀 보려고요."

"지금 공부한다고?!"

"반듯한 콧날. 조금 허무한 눈썹. 쌍꺼풀이 진 커다란 눈——, 분석을 마쳤습니다. 린즈 님의 취미는 스커트 들추기예요."

"그럴 리가 있냐!!!!!!"

"괜찮아요, 코마리 씨. 린즈 씨의 개인정보라면 입수해 왔어요."

빌을 밀치듯 사쿠나가 앞으로 나섰다. 나는 무심코 고개를 기울였다.

"입수해? 무슨 뜻이야……?"

"코마리 씨가 린즈 씨와 결혼하는 건 싫지만, 코마리 씨가 폭발하는 건 더 싫거든요. 그래서 저도 코마리 씨와 함께 싸울 거예요."

"사쿠나아……! 역시 사쿠나는 마음씨 착한 미소녀야!"

나는 감격하고 말았다. 정체불명의 인상학으로 자리를 어지럽히는 변태 메이드와는 딴판이다.

그리고 딴판인 것은 다정함뿐만이 아니었다. 그녀의 눈이 순간 붉게 빛난 듯했다.

"4번…… 〈다섯 살 생일 때 아버지에게 받은 선물〉. 제 조사에 따르면 린즈 씨는 회중시계를 받았다고 해요."

"어떻게 알아?"

"괜찮아요. 저를 믿어 주세요."

"아니에요, 코마리 님! 저를 믿어 주세요! 스커트 들추기예요!"

잘 모르겠다. 잘 모르겠지만 내가 고를 선택지는 정해져 있었다.

"자, 건데스블러드 장군. 이제 당신 차례인데."

"으, 음──. 4번! 린즈는 아버지에게 회중시계를 받았어!"

힐끗 린즈 쪽을 살폈다. 붉은 눈이 동그래져 있다. 그렇다는 건──.

"──정답이야. 용케 알았네, 장군."

우오오오오오오오오오오!! 코마링!! 코마링!! 코마링!! ──뮬나이트며 알카에서 온 외교사절이 정체불명의 코마링 콜을 시작했다. 카드 뒷면에는 분명 린즈의 필적으로 '회중시계'라고 적혀 있었다.

"나하하핫! 이거 놀라운걸! 뭐, 난 회중시계도 알고 있었지만!"

"억지 부리지 마! 린즈를 가장 잘 아는 건 이 나거든!"

정면의 표시가 〈시카이: 1,600 테라코마리: 1,000〉으로 바뀐다. 그와 동시에 시카이 머리 위에 있는 폭탄이 살짝 내려왔다.

나는 안도하며 가슴을 쓸어내렸다. 우선 상대의 LP를 깎긴 했지만──, 그나저나 궁금한 점이 있다. 어떻게 사쿠나는 린즈의 생일 선물 같은 걸 안 거지?

"에헤헤. 열핵해방을 발동했어요."

내 마음을 읽은 것처럼 사쿠나가 말했다.

싱긋 웃는 얼굴이다. 어째서인지 나는 살짝 한기를 느꼈다.

"⋯⋯응? 뭐라고 했어?"

"【아스테리즘의 회전】이요. 죽이고 왔어요."

"⋯⋯⋯⋯⋯⋯⋯⋯⋯⋯⋯⋯⋯⋯⋯⋯⋯⋯⋯⋯⋯⋯⋯."

사쿠나의 열핵해방은 죽인 사람의 기억을 열람, 개찬할 수 있는 파격적인 이능.

설마. 설마. 설마, 설마──.

"──큰일 났습니다, 승상님!!"

갑자기 회장에 관복을 입은 요선들이 들이닥쳤다. 이 시점에서 불길한 예감밖에 들지 않았다. 마음의 준비를 끝마치기 전에 앞에 서 있던 남자가 폭탄과도 같은 정보를 터뜨렸다.

"천자 폐하께서! 누군가에게 암살당하셨습니다!"

그 자리가 술렁였다.

그야 그렇겠지. 천자라 하면 린즈의 아버지잖아. 요선향에서 가장 높은 사람이잖아. 그런 사람이 암살당했다면 나라를 뒤흔들 대사건임이 분명하다.

"진정하시게! 그 정보가 사실인가?! 신구로 당한 건 아니겠지?!"

"아마 맨손으로 복부를 꿰뚫린 것 같습니다. 그리고 폐하의 유체 곁에는 협박장이 남아 있었습니다······. 범인이 남기고 간 거겠죠."

"제정신이 아니로군! 대체 뭐라고 적혀 있었나?!"

"그게······. '10분에 한 번씩 궁전에 설치한 폭탄을 터뜨려 나가겠다'라고."

회장은 혼돈에 휩싸였다.

다양한 나라의 다양한 높으신 분들이 소곤거리며 밀담을 시작한다. 개중에는 공포에 얼굴이 새파랗게 질린 사람도 있다. 벽쪽에 있는 프로헤리야는 주스를 마시면서 "호오" 하고 재미있다는 듯 웃고 있다. 린즈는 영문을 모른 채 굳어 있다.

그리고── 시카이의 태연한 표정에 희미한 균열이 가는 것을 나는 보았다.

"범인으로 짚이는 사람은?"

"모르겠습니다. 그러나 상황 증거로 보아······."

요선들이 어째서인지 내 쪽을 주목했다. 이봐. 이봐. 이봐. 잠시만. 아직 우리가 했다고 확정난 게 아니잖아. 그런 증거가 나온 게 아니잖아.

"저기, 빌. 뭐가 어떻게 된 건지 모르겠는데."

"천자를 죽인 건 메모아 님이에요."

"왜 그런 건데?"

"제가 부탁했어요. 이번에는 증거를 일절 남기지 않았어요. 적어도 화촉 전쟁 사이 들킬 일은 없을 겁니다. 그리고 제7부대의 작전은 이제 막 시작된 참이에요――."

멀리서 천둥 같은 소리가 들렸다.

이어서 흔들흔들 하고 지진 같은 충격이 회장을 덮쳐든다. 대체 무슨 일이 벌어진 거지? ――의아해하는데 문을 부술 듯한 기세로 다른 요선들이 굴러들어 왔다.

"크, 큰일입니다! 서쪽 별궁에서 폭발 사고가 발생했습니다!"

아아―, 끝났다.

이제 웃는 수밖에 없겠네(웃음).

"……이봐, 빌. 이 테러는 화촉 전쟁과 무슨 연관이 있는 거야?"

"목적은 두 가지. 하나는 커닝엄 님을 돕는 것이에요. 그들이 승상의 악행을 밝히기 위한 시간을 버는 것. 즉, 요선향 수뇌진의 의식을 궁전으로 돌림으로써 움직이기 편하게 하는 것이죠."

"나머지 하나는?"

"승상을 흔드는 거예요. 냉정한 판단력을 빼앗기 위한 거죠."

빌이 "자, 코마리 님" 하고 똑바로 나를 응시했다.

"평소처럼 장군 오라를 두르고 이렇게 선언해 주세요. 속닥속닥."

그렇게 귀띔해 준다(보이지 않는 장벽 너머지만).

시카이가 화가 치민다는 듯한 눈으로 이쪽을 보고 있었다.

"······건데스블러드 장군. 설마 싶지만 요선향에 무슨 수작을 부린 건 아니겠지? 그거 아나? 만약 수작이 들통나면 큰일 날 텐데? 린즈의 약혼자 자격을 잃는 걸로 그치지 않을걸."

"글쎄. 내가 뭘 하든 내 맘이지."

이미 이러쿵저러쿵할 상황이 아니었다.

나는 가능한 한 칠홍천다운 미소를 띠며 속삭였다.

"그런데 시카이. 너는 궁전을 보러 가지 않아도 되나? 승상이면서? 사건 현장이나 사고 현장을 직접 확인해 두는 건 중요하다고 보는데?"

"뭐······, 설마 너······! 네르잔피 경!"

"이런, 잠시만. 승상. 그 공간에서 나오면 당신은 실격이야."

"하지만, 네르잔피 경!"

"그런 룰이야. 처음에 말했잖아?"

"끄응······!"

시카이가 이마에 땀을 매단 채 나를 살폈다.

무섭다. 오줌을 지릴 것 같다. 그래도 지리면 다 끝장이니까 필사적으로 참는다.

"그래, 놀라운걸······! 내 눈을 화촉 전쟁이 아니라 궁전의 소동으로 돌리게 하려는 건가? 하지만 그렇게 쉽게 풀리진 않을걸."

시카이는 통신용 광석을 꺼내 곳곳에 지시를 내리기 시작했다.

곧 여유로운 표정을 되찾고는 다시 의자에 앉았다.

"밖의 군을 불러들였다. 사건 조사는 그들에게 맡기지. 자, 화촉 전쟁을 속행하자고. 장군——. 하긴, 결착이 나기 전에 네가 체포될 수도 있지만!"

히죽 웃고 나서 "1번 〈휴일의 취미〉! 분재!"라고 소리쳤다.

정답이었다. 내 LP가 팍팍 깎여 나간다. 그러나 시카이는 모르고 있다——. 아마 그는 제7부대의 변태적인 책략에 빠져 버린 것이다.

☆

"——요선향에는 장군이 3명 있어. 제1부대 아이란 린즈는 화촉 전쟁 도중이고. 제2부대 대장은 핵 영역에서 레인즈워스에게 발이 묶여 있어."

"오라버니가 엔터테인먼트 전쟁을 일으킨 거죠?"

"그래. 경사의 방벽을 허물기 위해 시간을 끌어서 귀환을 늦추고 있어——. 그리고 제3부대는 성진청 호위 중. 방금 막 궁전을 향해 출발한 것 같지만."

성진청에서 요선들이 모습을 감추어 나간다. 요선향은 여섯 나라 중에서도 가장 무력을 경시하는 나라다. 특히 현 승상 구도 시카이는 군사비 대부분을 복지 정책으로 돌려 국민의 인기를 얻고 있다나 보다. 즉 이 나라에는 전투 능력이 부족하다는 것이다. 그렇기에 궁전을 호위하려면 비밀 실험장의 전력까지 동원해야 한다.

네리아는 쌍안경을 살피면서 입가를 끌어 올렸다.

"이제 구멍이 생겼네. 바로 구경하러 가 볼까."

"알겠습니다! 네리아 님은 제가 지킬게요."

"저기! 정말…… 멋대로 들어가도 되나요?!"

"무슨 소리야, 에스텔. 경비가 없다는 건 들어가도 된다는 거잖아?"

"출입 금지라고 적혀 있는데요? 불법침입이라고요……?!"

"당신은 왜 그렇게 성실한 거야?! 적에게 인정을 보일 필요가 어디 있다고——!"

"왁?! ——아하하하하하하하하! 간지럽히지 마세요—?!"

"네리아 님. 흡혈귀나 상대하고 있을 때가 아니에요."

게르트루드가 부루퉁한 얼굴로 마법석을 꺼냈다. 그건 【전이】용 '문'을 구축하기 위한 것이었다.

"이건 안에 설치하면 될까요?"

"그래. 여기 오면 바로 알 수 있는 곳이 좋겠지."

네리아는 에스텔을 놓아주면서 히죽 웃었다. 화촉 전쟁의 참석자들은 한데 모여 있다. 즉——, 그들은 승상의 악행을 폭로하기 위한 증인이 될 것이다.

☆

사쿠나는 정말 천자를 죽인 모양이다. 그녀의 조언은 하나같이 내 목숨을 구했다.

"2번 〈어릴 적 길렀던 고양이 이름〉! 유시에!"

"정답."

객석에서 환호성이 터져 나왔다. 다시 코마링 콜이 터진다.

카드 뒤에는 분명 '유시에'라고 적혀 있었다. 역시 【아스테리즘의 회전】이다. 남의 기억을 읽는 것 정도는 누워서 떡 먹기인 것 같다——. 그나저나 나는 제정신이 아니었다.

회장 밖에서는 수많은 사람이 돌아다니는 소리가 났다.

요선향 정부는 야단법석. 제7부대 녀석들이 난동을 피우고 있는 탓이다.

"멜라콘시 대위의 연락입니다. 다음에는 궁전 남쪽 건물을 폭파한다나 봅니다."

"아무렇지 않게 테러 예고하지 마."

"괜찮아요. 잡힐 일은 없습니다. 어쨌든 그들은 테러의 프로니까요."

"그런 프로가 어디 있냐!! 애초에 나중에 증거를 잡히면 의미가 없잖아?!"

"의미는 있어요. 승상을 잠시라도 이 자리에 매어뒀으니까요."

메이드가 한 말이 무슨 뜻인지 전혀 이해가 안 된다.

이거 나중에 엄청 혼나고 살해당하겠는걸. 아니, 살해당하기 전에 폭탄에 죽을 가능성도 있지. 어느 쪽이든 죽겠지——. 마른 웃음이 난다.

"1회전 종료. 승상이 우세인 듯하군."

스크린에 표시되어 있는 건 절망적인 숫자였다.

〈시카이: 1,400 테라코마리: 800〉

거의 2배 차이다. 이대로 가면 내가 질 게 뻔하다. 회장 내의 사람들이 "각하가 위험한 거 아니야?" "역시 승상이 전하에게 더 어울리나?" "난 각하에게 5만 멜을 걸었는데……." 같은 말을 중얼거리고 있다. 멋대로 도박하지 마. 내 입장도 생각해 보라고.

참고로 그들 대부분은 궁전 폭발 사건 따위 안중에도 없는 듯했다.

수라장을 사는 사람들은 근본적으로 정신 구조가 다른 모양이다.

"코마리 씨……! 괜찮아?!"

갑자기 린즈가 말을 걸었다. 재갈을 푼 모양이다.

"고작 나 같은 애 때문에……. 이런 무서운 일을……. 싫으면 도망쳐도 되는데."

혹시 내가 폭탄을 겁내는 게 티 났나? 그보다 린즈는 내가 최약이라는 걸 눈치챈 건가? 그렇다고 해도—— 그건 상관없다.

"괜찮아. 나는 안 도망쳐."

"코마리 씨……."

"설령 네 취미나 좋아하는 걸 모르더라도…… 네가 요선향을 어떻게든 하고 싶다는 마음은 충분히 이해해. 그러니까 나는 눈앞의 변태를 반드시 이길 거야."

린즈가 얼굴을 붉히며 우물거리기 시작한다. 객석의 관중들이 "휘익, 휘익—!" 하고 휘파람을 불며 박수갈채를 보냈다. 저 녀석들은 화촉 전쟁을 구경거리로만 여기는 모양이다.

"역시 건데스블러드 장군이로군! 기르던 고양이 이름은 나도 몰랐어!"

시카이가 섬뜩한 미소를 지으며 손뼉 쳤다. 내심 나를 지긋지긋하게 여기고 있을 게 분명하다. 그러나 지금은 살육의 패자답게 허세를 부리기로 하자.

"흥! 이 정도는 당연하지! 네 변태 같은 책모는 이 내가 산산이 부숴 주마!"

"하지만 LP는 내가 더 많은데."

"윽……."

"즉 현시점에서는 내가 더 린즈에게 어울린다는 거지! 잘 생각해 보면 당연한 거야──. 나는 원래 천자로부터 공주를 하사받았으니까. 너는 그걸 가로채려고 하는 도둑 같은 거고 말이지."

"린즈를 물건 취급하지 말래?! 명색이 약혼자 후보라면 좀 더 아껴줘!!"

"나하하핫! 린즈가 나의 것이 되면 생각해 보지!"

"이 자식……!"

"코마리 님, 진정하세요. 우리가 이기면 되는 거예요."

빌의 타이름에 나는 냉정함을 되찾는다.

그래. 이 극악한 변태에게는 반드시 정의의 철권을 먹여줘야 한다.

"──자. 1회전 '린즈의 이해를 묻는 승부'는 종료했어. 이어서 '린즈의 마음을 묻는 승부'를 시작하려 하는데."

네르잔피가 손가락으로 딱 소리를 냈다.

요선들이 나타나 린즈에게 다가갔다. 그들은 정중한 손놀림으로 벨트 같은 것을 옮겼다. "어? 어?"——그렇게 당황하는 린즈의 몸에 그것을 휘감았다.

"이봐, 잠시만?! 뭔가 변태 같은 짓을 하려는 건 아니겠지?!"

"누가 들으면 오해하겠어. 저건 마력, 파동, 의지력, 고동, 체온 등 다양한 정보를 계측하는 마법 도구의 일종이야. 우리는 '두근두근 미터기'라고 부르고 있지."

뭐야, 그 바보 같은 이름은……?!

"2회전은 '사랑의 고백 대회'야. 두 사람이 앞으로 린즈 전하에게 모든 마음을 쏟아내는 거지. 그리고 얼마나 '두근두근 미터기'가 반응하느냐에 따라 LP 감소를 판단해."

"뭔 헛소리야!!"

정말 헛소리처럼 들린다. 그러나 객석에 있는 관중들은 크게 환희하며 "해치워라, 각하!" "린즈 전하를 구워삶아 버려!"처럼 무책임한 야유를 날리고 있다. 두근두근 미터기에 구속된 린즈는 이미 구워삶은 것처럼 새빨개져 있었다. 시카이가 "재미있네!" 하고 소리쳤다.

"천자 폐하는 역시 린즈의 마음을 소중히 여기시나 보군. 만약 내 말에 두근두근 미터기가 반응한다면 그녀는 나를 의식한다는 거지!"

"웃기지 마?! 저런 수상한 도구를 어떻게 믿어——."

휘이익! 네르잔피가 뭔가를 투척했다. 그건 나이프였다. 예리한 칼날은 빨려들 듯 린즈를 향해 돌진했고——, 그녀의 뺨을 스치고 지나가 뒤에 있는 벽에 꽂혔다.

"뭐야……."

나는 잉어처럼 입을 벌린 채 굳어 버렸다.

다음 순간——, 스크린에 '16'이라는 숫자가 표시되었다.

"——두근두근 수치 '16'이로군. 미터기는 정상적으로 작동하고 있지?"

담배를 재떨이에 비비적거리면서 네르잔피는 웃는다.

린즈에게 다친 곳은 없다. 하지만 구사일생한 듯한 표정으로 눈물을 글썽이고 있다.

저 16이라는 숫자가 어떻게 산출된 건지 모르겠다——, 그러나 관객들은 일제히 고개를 끄덕이며 '이러면 믿을 수 있지'라는 표정을 짓고 있었다.

"뭐…… 뭐 하는 거야?! 위험하잖아?!"

"위험할 거 없어. 안 맞도록 컨트롤했으니까."

"그런 문제가 아니야! 애초에 이 정도로는 못 믿어! 저 숫자가 어떻게 계산되는지도 모르는데! 지금 당장 승부 방법을 바꿔줘!"

"이봐, 나한테 그래도 곤란해. 이건 천자 폐하가 정하신 거야. 불만이라면 폐하께 해 줬으면 하는데——. 지금은 돌아가시고 없나."

뒤에 있는 사쿠나가 "죽여서 죄송합니다!" 하고 황급히 사과했다. 나는 주먹을 불끈 쥐며 말문을 막는다. 관객들은 크게 불타올랐다. 여기서 계속 불평하면 반감을 사겠지. 반감을 사면 3

회전 투표에서 불리해질 거고——. 제길. 굴복할 수는 없다.

"좋은걸, 그 눈! 역시 장군이야——. 하지만 2회전은 나에게 매우 유리한 내용이야. 실은 취미로 시가를 즐기고 있거든. 아가씨의 마음을 흔드는 말쯤이야 술술 나오지."

대단한 자신이다. 한편 나에게는 아무 자신이 없었다.

왜냐하면…… 왜냐하면 나는 누군가에게 사랑을 고백한 적이 없으니까.

경험이라는 게 압도적으로 부족하니까.

"선공은 건데스블러드 장군이 하도록 하지. 15초 이내에 사랑을 속삭여 줘."

하필이면 내가 먼저냐……. 아직 아무것도 안 떠오르는데…….

수치심과 절망감이 머릿속을 뒤흔든다. 그러나 관중들은 기대에 찬 눈으로 바라본다. 뒤에 있는 빌과 사쿠나도 망가진 인형처럼 무표정한 얼굴로 나를 응시하고 있다.

그리고—— 린즈는 불안한 듯 나에게 매달렸다.

창피해할 때가 아니다. 그녀를 구하기 위해서는 사랑을 속삭이는 수밖에 없다.

"……나."

온몸에 힘을 실어 목소리를 쥐어 짜낸다.

"……나는…… 뭐라고 할까…… 표현하기는 어렵지만……, 린즈와…… 함께…… 있고 싶어……. 그러니까…… 나와…… 결혼해 주지…… 않겠어……?"

"""""……………………………………………………………………………."""""

모든 사람이 호박에 갇힌 벌레처럼 굳었다.

얼굴에서 불이 날 것 같았다. 마음이 조금씩 깎여 나가는 기분이다.

그러나 나는 꾹 참으며 린즈 쪽을 응시했고——.

"히읔."

퍼엉. 린즈 머리에서 증기가 올라왔다.

다음 순간——, 나는 그녀의 심장이 폭발했나 했다. 그러나아니었다. 궁전 건물이 멀리서 폭발했다. 멜라콘시 녀석이 제때잘 폭파한 모양이다. 테러리스트들은 쌩쌩하다. 그리고 동시에스크린에 두근두근 수치가 표시되었다.

195. 나이프로 살해당할 뻔했을 때보다 그녀는 동요한 듯했다.

우오오오오오오오오오오오오오오오오!! 코마링!! 코마링!! 코마링!! ——.

초반부터 고득점을 얻어낸 테라코마리에게 박수갈채와 코마링 콜이 쏟아졌다. 관객으로서는 테러보다 눈앞에 있는 화촉 전쟁이 더 중요한 듯했다.

프로헤리야 스타즈타스키는 팔짱을 끼고 그 자리의 상황을 관찰한다.

이상한 점은 없다. 없을 텐데——, 뭔가 수상쩍은 냄새가 나는 듯도 하다.

"꺅―!! 들었어, 프로헤리야?! 사랑 고백이야, 러브 로맨스야!!"

"시끄러워, 리오나. 저건 아마 테라코마리의 본심이 아닐걸."

"본심일걸, 분명! 왜냐하면 서로 저렇게 얼굴이 새빨간걸!"

리오나는 재미있는 연극이라도 보는 듯이 손뼉을 치고 있다. 그리고 그건 관객들도 마찬가지였다. 이 자리에서 유일하게 불쾌한 듯 얼굴을 찌푸리고 있는 건 승상 구도 시카이다.

"꽤 하는군. 테러를 이어가면서 내 LP도 제로로 만들려고?"

"무…… 무슨 소린지?! 나는 테러 따위 저지른 적 없거든?!"

"나하하핫! 언제까지 여유를 부릴 수 있을지 두고 보자고! 지금 요선향군이 도착한 참이야. 네가 폭파 테러에 가담한 증거 따윈 금방 찾아낼걸."

"그건 모를 일이지! 그러니까 난 너에게 항복을 추천하지! 화촉 전쟁 따위를 하고 있다가는 테러리스트를 잡지도 못할 테니까!"

"그럴 필요 없어! 요선향군 제3부대가 어떻게든 해 줄 테니까! 그리고 나는 범죄 행위를 저질러가며 남의 것을 가로채려 하는 흡혈귀를 처단해야 하거든. 전쟁에 승리해 린즈를 손에 넣는 것은―― 이 나야."

프로헤리야는 승상을 빤히 관찰하면서 생각한다. 화촉 전쟁을 제안한 건 그다. 린즈를 자기 것으로 삼고 싶다면 테라코마리 따위 무시하면 됐을 텐데.

[――프로헤리야 님. 테러 행위를 저지른 건 정말 뮬나이트 제국군 같습니다.]

통신용 광석에서 피토리나의 목소리가 들렸다. 궁전에서 스파이 활동 중이다.

[요선향군은 아직 그들의 정체를 밝히지 못했지만 들키는 것도 시간문제입니다. 우선 제7부대의 동향은 너무 과격합니다. 그리고 래퍼 같은 남자가 댄스를 하며 도발 중입니다.]

"그래, 고마워. 계속 잘 부탁하지."

[알겠습니다.]

통화가 끊긴다. 피토리나 말이 사실이라면 제7부대에는 '의욕'이 없는 것이다.

"음."

문득 위화감을 느꼈다.

군기대신 로샤 네르잔피. 검은 여자가 시체 같은 미소를 띠며 말했다.

"자, 이제 승상 차례야."

"그래! 그럼 우선——."

☆

"——린즈. 내 것이 되어 줘."

고작 그뿐이었다.

나는 당황스러웠다. 그런 심플한 구애의 말에 린즈의 마음이 움직일 리 없다. 그보다 린즈는 시카이를 좋아하는 게 아니다. 냉정하게 생각해 보면 이 승부는 나에게 지나치게 유리하지 않나——, 그렇게 생각했는데.

스크린에 '202'라는 숫자가 표시되었다.

……엥? 어째서? 무슨 일이 벌어진 거지?

"나하하핫! 역시 린즈는 내 것이 되고 싶은가 보군!"

"뭐어어어어어?!"

우오오오오오오오오오오오오오오오!! 승상님 만세!! 승상님 만세!! 승상님 만세!! ——요선들이 소란을 피우기 시작한다. 영문을 모르겠다. 손이 계속해서 떨린다.

〈시카이: 1,205 테라코마리: 598〉

LP가 줄어든다. 폭탄이 다가온다.

나는 배신당한 심정으로 린즈를 봤다. 그녀는 눈이 동그래져서 침묵하고 있었다.

"이봐, 린즈?! 왜 시카이의 말에 끌리는 거야?!"

"아…… 아니야! 숫자가 멋대로…….'

"왜 그래, 린즈?! 실은 시카이와 결혼하는 걸 받아들인 거야?! 지난번에 나한테 프러포즈한 건 거짓말이었어……?!"

"아까 코마리 님이 한 프러포즈도 거짓말이지만요."

"저기! 두근두근 미터기가…… 고장 난 걸지도 몰라요…….'

"고장 난 게 아니야! 두근두근 미터기는 본인조차 모르는 심층 심리를 알아맞히는 마법의 도구——, 분명 린즈의 은밀한 바람이 드러난 거겠지."

"그런 바보 같은 말이 어디 있어!!"

"떠드는 건 자유지만 건데스블러드 장군. 슬슬 자기 운이 다 했다는 걸 눈치챌 때 아닌가?"

시카이 말에 정신이 들었다. 내 남은 LP는 598. 까딱 잘못했다가는 2회전에서 끝이 날 가능성도 있었다. 그리고 그건 즉 내 죽음을 뜻하는 것이다──. 그것도 평범한 죽음이 아니다. 마핵에 의해 부활할 수 없는 진짜 죽음이다.

나는 이를 갈고야 말았다.

웃기지 마. 저 인간이 분명 수를 쓴 거야. 하지만 간파할 방법이 없다. 죽기 싫다. 도망치고 싶다──. 문득 린즈가 이쪽을 바라보고 있다는 걸 알아차렸다.

울상이다. 그녀는 이렇게 수없이 부당한 일을 겪어왔겠지.

어떻게 용납하겠는가. 그렇게 해서 내 안에 뭔가 불이 붙었다. 불끈 쥔 주먹이 파들파들 떨리는 걸 자각하며, 마음에 용기의 불꽃을 밝힌다.

──린즈를 반하게 만드는 수밖에.

"이제 내 차례지."

할 수 있어. 할 수 있을 거야. 왜냐하면 나는 희대의 현자니까.

'딸기 우유 방정식', '오렌지 계절의 사랑', '황혼의 트라이앵글'. 그뿐만이 아니다. 내가 쓴 러브스토리는 전부 합치면 백만 자를 넘는다. 내 머릿속에는 린즈의 마음을 녹이기 위한 '힘'이 잠들어 있다.

"'사랑의 고백 대회'는 각각 10번씩이야. 자, 장군……. 아무쪼록 힘내 줘."

네르잔피가 흰 연기를 토해내며 웃는다.

나를 버려. 수치심도 버려. 머릿속에 자동적으로 생성된 문장만 토해내는 거야. 중요한 건 완벽하게 소설 속 캐릭터가 되는 것. 그래——. 예를 들어 '오렌지 계절의 사랑'에 나온 마리오네트 백작이 적임이려나. 괜찮아. 희대의 현자라면 이쯤이야.

"린즈. 전부터 생각한 건데."

나는 그녀 쪽을 돌아보며 입을 열었다.

"너를 보다 보면 몸이 후끈후끈 달아올라. 꼭 햇볕 아래 서 있는 것 같아. 그 부드러운 분위기만이 나를 편안하게 해 주는 거겠지."

"어? 코마리 씨……?"

"내 세계는 지금까지 쭉 붉은 빛이었어. 피로 피를 씻는 듯한 전쟁에 몰두해 있었지——. 그건 그것대로 즐거웠을지 몰라. 하지만 내 마음은 메말라 있었어. 그걸 적셔준 게 너야. 린즈와 함께 있으면 세계가 선명하게 물들어 가."

"그 정도로……?"

"새들이 지저귀고 꽃들이 빛나고 하늘이 푸르게 개어. 그 사실을 깨닫게 해 준 건 네 소박한 미소야. 내 심장은 네 미소에 폭발해 버렸어. 이 아름다운 세계에서 너와 함께 살고 싶어졌어. 그러니까 린즈——, 나에게로 와."

"냐?! 저기, 하지만."

"거부권은 없어. 심장을 폭발시킨 책임은 져 줘야지? 네 공작처럼 아름다운 머리카락을 만져도 되는 건 나뿐이야."

"——————."

파앗. 스크린의 표시가 바뀌었다.

두근두근 수치 '324'.

우오오오오오오오오오오오————!! 코마링!! 코마링!! 코마링!!

회장이 폭발했다(비유).

"뭐야, 저 수치는?!" "괴물인가…….""린즈 전하 눈이 핑글핑글 돌고 있어!" "각하는 유혹의 재능도 있었나?!" "저렇게 억지로 밀어붙이면 안 흔들릴 리가 없지!" "린즈 전하는 밀어붙이기에 약하니까!"——관객들이 멋대로 떠들고 있다.

나는 내 마음을 억눌렀다. 억누를 수밖에 없었다.

왜냐하면…… 왜냐하면 사랑의 고백이잖아?! 게다가 소설 속에서나 쓸 법한 수치스러운 대사였다고?! 분명 오늘 밤 침대에서 절규하면서 몸부림치게 될걸?!

"코마리 님……, 피눈물이 나네요……. 어떻게 책임져 주실건가요……."

뒤에서 빌과 사쿠나가 좀비 같은 표정을 짓고 있었다.

미안. 너희 마음을 모르겠어.

"아아! 어찌 이런 일이! 린즈가 발칙한 흡혈귀에게 넘어가 버렸군!"

린즈의 상태를 보아 내 유혹의 말이 나름대로 효과를 발휘한듯하다. 저런 낯간지러운 말을 속삭이면 누구든 수치심에 두근두근할걸, 보통.

"아주 좋아! 죽이는 능력밖에 없는 살육 장군인 줄 알았는데, 의외로 너는 '정열전'도 잘하나 보군."

"당연하지! 나는 희대의 현자거든!"

"재미있군. ——그럼 내 차례인가!"

린즈를 돌아보며 승상이 소리쳤다.

"미안하다, 린즈!"

"어?"

"내가 널 소홀히 했던 모양이야! 물건 취급해서 정말 미안하다! 하지만 그건 호의의 또 다른 표현이었어! 나는 누구보다 린즈를 위하고 있어. 너는 절벽에 핀 꽃처럼 아름다워——. 제멋대로인 내 행동을 참아가면서 요선향을 생각해 주고 있지. 아아, 어찌 이리 사랑스러울 수가! 내 마음은 네 귀여운 행동 하나하나에 사로잡히고 말았어!"

이 녀석……?! 숨 쉬듯이 같잖은 멘트를 뱉고 있잖아!!

게다가 자기 행동을 반성하는 듯한 말투야——. 하지만 내 눈은 속일 수 없다. 이 녀석의 말은 거짓으로 찌든 가벼운 허언이다.

"자, 나와 함께 새로운 요선향을 만들자! 무서워할 거 없어! 둘이 함께라면 어떤 난관이든 글로리어스하게 극복할 수 있으니까!"

그렇게 말한 시카이는 유혹하듯 손을 내밀었다.

이 남자는 착각하고 있다. 아무리 겉을 잘 포장해도 그녀의 마음은 울릴 수 없다——. 왜냐하면 린즈는 나와 결혼할 생각이니까. 그렇게 생각했는데.

"이거 원. 의외로 그녀의 마음을 울렸나 본데."

악의가 담긴 네르잔피의 목소리. 나는 당황해서 스크린을 봤다.

두근두근 수치 '112'——, 절망적인 숫자가 떠올라 있었다.

"이봐, 린즈?! 아까부터 왜 그래?!"

"모르겠어……. 모르겠어! 왜인지 두근두근 미터기가……."

"아아! 역시 말로는 싫다고 해도 몸은 솔직한 법이야!"

LP는 〈시카이: 881 테라코마리: 486〉이 되었다. 이런. 이대로는 죽는다. 아직 '세계의 오므라이스 100선'을 다 먹지도 못했는데. 아니, 그보다도 린즈가 극악한 변태에게 홀려 있다는 사실을 감당할 수 없다. 나는 소리쳤다.

"린즈, 정신 차려! 변태의 감언에 넘어가면 안 돼! 널 행복하게 할 수 있는 건 나뿐이야! 나와 결혼하면 매일 맛있는 오므라이스를 만들어 줄게!"

"하웃?!"

〈시카이: 709 테라코마리: 486〉

"이런, 린즈! 흡혈귀에게 홀려선 안 돼! 지금까지의 일은 모두 사과하지——. 그러니까 그 옥구슬처럼 아름다운 눈으로 나만을 바라봐 줘!"

우오오오오오오오오오오오오오오오오오——!! 승상님 만세!! 승상님 만세!!

〈시카이: 709 테라코마리: 390〉

"린즈에게 어울리는 건 당연히 나야! 그 증거로 나는 네 장점을 몇 개든 읊을 수 있어! 우선 마음이 착해! 경사를 열심히 안 내해 주려고 했어! 또 수줍은 듯한 미소가 귀여워! 키가 나랑 비슷해서 친근감이 들어!"

"나하하하핫! 나도 린즈의 장점을 열거할 수 있는데?! 린즈는 무슨 일이든 진지해! 과거(科擧) 관료도 아닌데 성전을 모두 암기하고 있지! 시문의 재능 역시 나조차도 눈이 휘둥그레질 정도야! 언젠가 린즈가 사랑의 한시를 읊어 줬으면 하는데!"

"읊어 달라고?! 자기가 읊어 주는 것도 아니고!! 들어 줘, 린즈! 내가 품어 온 시야! ──'너를 만난 그날부터 내 마음은 폭풍이 온 곳, 아름다운 녹색을 볼 때마다 떠오르네. 당신의 수줍은 듯한 그 미소'."

"답답하긴! 린즈는 소극적이야! 우리가 전할 때는 스트레이트하고 에너제틱한 말이 더 효과적이라고! ──그러니까 린즈! 나와 손을 맞잡고 미래를 만들어 보자! 너는 아름다워!"

"뭐……?! 이봐, 린즈. 현혹되지 마! 너를 가장 잘 아는 건 나야! 린즈 넌 귀여워! 열심이야! 노력가야!"

"너는 누구보다 요선향을 생각하는 고결한 사람이야! 나와 함께 가자!"

"린즈, 나야! 결혼해 줘!"

──뜨거운 말의 응수가 이어진다. 나나 시카이가 무슨 말을 할 때마다 관객들이 "우오오오오오오오오오오오오!" 하고 바보처럼 소란이다. 게다가 대회장 밖에서는 제7부대의 폭동으로 은한 절규며 파괴음이 들려온다. 자금궁 곳곳이 난리법석이었다.

이미 정상적인 사고를 잃었다. 나는 어떻게 린즈의 마음을 끌지에만 전념하고 있었다. 시카이의 열기에 힘입어 내 어휘력은 희대의 현자에서 범용적인 것으로 변해 간다. 어느새 나는 땀투

성이가 되어 "좋아한다"나 "결혼해 줘"라는 말을 외치는 기계가
되어 있었다.

"린즈! 지금부터 10을 세는 동안 답을——."

"그만하세요, 코마리 씨! 린즈 씨가 이상해지겠어요!"

"맞아요!! 대신 저에게 사랑의 말을 속삭여 주세요!!"

사쿠나와 빌이 소리쳤다. 그리고 나는 정신을 차렸다——. 신
부가 두 손으로 얼굴을 가리고 있었다. 당연했다. 바보처럼 경
박한 말로 집중 공격당했으니까.

"미안, 린즈……! 역시 너무 거침없었지."

"딱히. 딱히 상관없는데……. 조금 창피해서."

"미안해! 이제 조금 더 절도 있는 말을 쓸게——."

"그럴 필요는 없겠군, 건데스블러드 장군!"

시카이가 악마 같은 미소를 띠었다.

그리하여 회장에 있는 사람들이 숨을 집어삼켰다. 불길한 예
감이 들어 빌을 돌아본다. 그녀는 파랗게 질려 정면을 바라보고
있었다. 나는 다시 시선을 앞쪽—— 즉, 스크린으로 돌렸다.

〈시카이: 141 테라코마리: 0〉

"뭐……?"

"이야, 위험했군! 네가 분별없이 구애하길래 지는 줄 알았어!
하지만 린즈는 나를 선택해 준 모양이군……!"

"잠시만?! 저 숫자, 역시 너무 설렁설렁인 거 아냐. 끄헥?!"

네르잔피에게 다가가려 한 순간, 타앙!! ——보이지 않는 벽
에 이마를 부딪혔다. 그러나 통증에 소란을 피울 때가 아니었

다. 나는 울상으로 검은 여자를 노려봤다.

"왜…… 왜 내가 0가 된 거지?! 이상하잖아?!"

"이상할 거 없어. 당신의 LP는 승상에 의해 깎인 거야."

"그럴 수가……."

역시 이상하다. 이렇게 자의적으로 결착이 나는 싸움에 의미 따위 없다. LP는 무슨……. 저딴 건 게임성을 부여함으로써 거짓된 공평함을 연출하기 위한 장식에 불과하잖아.

나는 린즈를 돌아본다. 녹색 소녀는 안색이 창백하게 질려 떨고 있었다. 조금 전까지 수치심에 새빨개져 있던 게 거짓말 같았다. 저 표정을 보고 확신했다. 린즈는 승상의 말에 끌린 게 아니다. 이 녀석들이 수를 쓴 것이다.

"우—— 웃기지 마! 이런 결과를 인정할 리 없잖아?!"

"맞아요, 네르잔피 님. 지금 당장 두근두근 미터기를 분석하게 해주세요."

"그런 권리가 당신들에게 있을 것 같아? 물론 승상에게도 두근두근 미터기를 조사할 권리는 없어. 이건 공평한 싸움이야——. 그리고 테라코마리 건데스블러드는 화촉 전쟁에서 패배했어. 이건 관객 여러분도 인정하고 있잖아."

나는 절망의 파도에 휩쓸리면서 귀를 기울였다.

"각하가 졌나." "뭐, 하는 수 없지." "이건 살육전이 아니니까." "살육의 패자도 역시 연애 승부에서는 승상을 못 이기나." "좋은 구경이었다." ——그런 식으로 다들 납득하고 있었다. 그중에는 "얼른 폭발해!"라고 소리치는 자까지 있었다.

"나하하핫! 이제 끝났군!"

어깨가 움찔했다. 광대 같은 웃음소리가 울려 퍼진다.

"린즈는 내 것이다. 그리고 너는 테러 혐의로 체포되겠지. 살육의 패자? 여섯 나라를 구한 영웅? ——대단도 하지. 하지만 그런 직함은 요선향에서는 아무 의미 없어. 린즈의 마음을 빼앗을 수 없다고. 내 야망을 막을 수는 없어."

빌이나 사쿠나가 네르잔피에게 항의하고 있다. 그러나 내 귀에 들어오는 건 승상의 말뿐이었다. 그리고—— 천천히 폭탄이 내려오는 느낌이 났다.

"이 정도 폭탄에 죽지는 않겠지만——, 요약하자면 결혼식 전의 엔터테인먼트지. 린즈도 네가 폭발하는 불꽃을 보고 기뻐할 거야."

"너……, 린즈를 어쩔 셈이야……?"

"영원히 유폐해야지. 녀석은 내가 천자가 되기 위한 도구에 불과해."

역시. 역시 조금 전의 사죄는 전부 새빨간 거짓이었다.

빌과 사쿠나가 보이지 않는 벽을 쾅쾅 두들기고 있다. 관객들은 "실력을 보일 때다!"라며 즐겁게 웃고 있었다. 시카이가 엄중한 음색으로 선고했다.

"——자, 장군. 화려하게 폭발하도록."

"잠깐."

누군가가 말했다.

☆

성진청 내부에는 최소한의 인원만 배치되어 있었다.

덤벼드는 병사들을 걷어차면서 네리아는 전진한다.

그곳은 몽상낙원을 본떠놓은 듯한 곳이었다. 곳곳에 설치된 감옥에는 꼼짝도 하지 않는 인간들이 아무렇게나 던져져 있다. 네리아 일행이 들어와도 그들은 반응하지 않았다. 죽은 줄 알았지만 아니다. 의식이 없는 것이다.

"뭐…… 뭐죠, 이건."

에스텔이 표정을 찡그리며 우두커니 서 있다.

신출내기 장군에게는 조금 과격한 영상이었을지 모른다고 네리아는 생각한다.

"이봐, 티오! 얼른 《전영함》을 준비해! 특종이야, 특종!"

"알겠으니까 꼬리는 잡지 마세요. 갑질이랑 성희롱으로 고소할 거예요!"

육국 신문 기자들이 크게 기뻐하며 돌아다니고 있다.

문득 네리아는 깨닫는다. 청소가 잘 된 바닥에는 반짝반짝 빛나는 구체가 데굴데굴 굴러다녔다. 야구에 쓰이는 공만 한 크기의 수정이다. 무슨 연구에 쓰이는 걸까?

"이건…… 의지력?"

"네리아 님? 왜 그러세요?"

"모르겠어? 하지만…… 여기 있는 사람들은 뭔가 심적인 충격을 받았어. 어쩌면 열핵해방 개발이 문제가 아닐지 몰라……."

"그런가요?! 용서 못 해, 용서 못 해요. 티오, 얼른 촬영을 개시해!!"

"지금 준비할 테니까 목 좀 잡지 마세요! ——연결됐어요!"

침입자를 감지한 경보 마법석이 시끄러운 소리를 낸다. 정말이지 얼간이다. 이미 승상의 계획을 망쳐놓기 위한 준비는 갖춰져 있는데 말이다.

시설 안쪽에서 대기하고 있던 병사들이 혈색이 변해서 뛰쳐나왔다.

네리아는 쌍검을 들고 대담하게 웃었다.

세계를 독점하려고 하는 어리석은 인간은 반쪽이 나 버리면 그만이다.

"'문'의 준비가 됐습니다. 언제든 갈 수 있어요."

"잘했어, 게르트루드! 자, 덤벼라. 악당들!"

요선들은 고함과 함께 돌격했다.

도전일섬(桃電一閃). 그들은 비명을 지를 새도 없이 쌍검의 먹이가 되었다.

☆

객석 중앙——, 백은의 소녀가 짜증을 드러내며 서 있었다.

프로헤리야 스타즈타스키. 그 시선은 어째서인지 네르잔피를 향해 있었다.

"뭐야, 이 웃기지도 않는 연극은. 누가 봐도 너희가 부정을 저질렀잖아."

"아아! 육동량 대장군 아닌가! 대체 내가 뭘 어쨌다는 거지?"

"떠오르는 게 없다면 알려주지, 리오나."

"알겠어!"

리오나가 "냐냐!" 하고 객석에서 크게 점프해 반대쪽 벽 근처에 착지했다. 그대로 맹렬한 기세로 벽면을 후려갈긴다.

콰아앙!! ──벽돌이 너무 쉽게 파괴된다. 각국의 높으신 분들이 "대체 뭐지?" 하고 술렁인다. 그러나 벽돌 안쪽에 있는 광경을 보고 일제히 침묵하고 말았다.

"──메이파?!"

린즈가 일어나서 소리친다. 시카이가 "칫" 하고 혀를 찬다.

벽 너머에는 공간이 있었다. 재갈을 물고 피투성이가 된 란 메이파가 누워 있다. 그리고 그녀 옆에는 나이프를 손에 든 요선이 서 있었다. 시카이의 부하겠지.

"놀랐나, 제군? 이 구도 시카이란 남자는 터무니없는 사기꾼이야. 바보 같은 유혹의 말을 떠벌리는 동시에 벽 너머에 있는 소녀에게 폭행을 가함으로써 얻은 '동요'를 수치로 변환해 테라코마리의 LP를 깎은 거지. 저 소녀── 란 메이파에게 두근두근 미터기인지 뭔지가 감겨 있는 게 보이지?"

그 자리에 충격이 퍼졌다. 그리고 나도 적지 않은 충격을 받았다. 린즈가 울면서 메이파 쪽으로 달려간다. 나는 그 모습을 보면서 아연실색해 있었다. 승상 구도 시카이는── 자기 목적을 위해서라면 아무렇지 않게 남을 상처 입히는 진짜 악당인 것이다.

나는 분노의 감정을 억누르며 시카이를 노려봤다.

녀석은 정색하는 얼굴로 이렇게 말했다.

"내가 했다는 증거는 있나?"

"너……!"

"오히려 나는 네 악행의 증거를 잡았는데 말이지."

"뭐? 무슨 소리를——."

"——승상님! 테러리스트를 잡았습니다!"

회장의 문을 열고 요선들이 달려들어 온다. 밧줄에 칭칭 감긴 누군가가 끌려들어 온다. 나는 표정을 잃고 말았다. 그 금발 머리는 지겨울 정도로 낯이 익었기 때문이다.

"뮬나이트 제국군 제7부대 요한 헬더스 중위입니다! 궁전 보물창고에 불을 지르려는 걸 잡았습니다!"

"넌 왜 잡히고 그래?!"

폭행을 당한 것이겠지. 요한은 엉망으로 다쳐 있었다. 자업자득이라면 자업자득이지만……, 그래도 여기에는 뮬나이트의 마핵이 없거든?! 너무 딱하잖아……?!

"미안, 테라코마리……. 신나서 춤추다가 당했어……. 젠장……."

역시 자업자득이군.

"——나하하핫! 이로써 테라코마리 건데스블러드가 테러리스트라는 게 판명됐군! 자, 어떻게 할까. 이대로 체포해서 투옥하는 게 좋으려나."

"아니, 아니지! 해명하게 해 줘!"

"빼도 박도 못할 증거가 있는데? 이로써 너는 '폭력행위로 신부를 빼앗으려 한 악당'이야──. 이런! 열핵해방을 발동해서 어찌하려는 생각은 하지 말도록. 그랬다간 요선향 신선종들이 가만있지 않을 테니까."

파앙. 뭔가 마법이 해제된다.

보이지 않는 마법이 사라져 있었다. 화촉 전쟁이 끝났으니 필요 없다고 판단한 것이겠지.

"그만해……. 승상……."

린즈가 울면서 호소했다. 그녀 옆에는 축 늘어진 메이파가 쓰러져 있다.

"코마리 씨에게 악의는 없어. 그러니까 용서해 줘……."

"용서해 주고 싶은 마음은 굴뚝 같지만 말이야. 악당은 법에 처벌받아야 해."

요선들이 나를 에워싼다.

관객들은 마른침을 집어삼키며 사건의 추이를 지켜보고 있다. 리오나나 프로헤리야가 도와줄 기색은 없다. 두 사람도 죄인 편을 들 수는 없겠지.

끝났다. 모든 게──.

모든 걸 잃은 심정으로 우뚝 서 있는데.

"……? 뭐야, 이건."

시카이가 미간을 찡그린다. 객석의 요인들도 당황스러운 표정을 띤다.

회장 곳곳에서 희미한 빛이 떠오른다. 나는 상황이 이해되지 않아 우두커니 서 있었다. 그러나 네르잔피가 "이런" 하고 재미있다는 듯 입가를 일그러뜨리며 말했다.

"이건 【전이】 마법이 발동하는 징조로군. 설마 도망칠 셈인가?"

"뭐……, 건데스블러드 장군?"

"도망 따위 안 쳐요." 빌이 쿨하게 말했다. "이 촌극을 끝내기 위해 【대량 전이】를 발동했습니다. 회장에 계신 분들을 재미있는 곳으로 안내하죠."

"뭐라고……? 근위병! 저 메이드를 잡아라!"

빌의 손에는 조금 전 나에게 보여줬던 마법석이 쥐여 있었다.

그래……. 생각났다. 그때부터 마법 준비가 시작된 걸지도 모른다.

시카이의 지시를 받은 병사들이 돌격한다. 그러나 사쿠나의 마법에 쉽게 날아간다. 그러는 사이 마법이 완성된 모양이다.

"웃기지 마! 이건 민의를 우습게 여기는 행위라고?!"

"우습게 여기는 게 누구일까요──. 자, 구도 시카이 님. 죗값을 치를 때입니다."

빌이 우쭐한 듯 선언했다. 곧 막대한 빛이 주변을 감싼다.

회장에 있던 사람들은 그대로 어디론가 날아가 버렸다.

☆

[──여러분, 안녕하세요!

육국 신문의 메르카 티아노입니다! 저희는 또 어마어마한 특종을 입수했습니다! 희대의 명재상 구도 시카이는 발칙한 위법적 계획을 비밀리에 추진하고 있었습니다! 보십시오——.]

신문기자 메르카 티아노가 소리 높여 성진청의 상황을 전하고 있다.

지금쯤 경사는——, 아니, 핵 영역을 포함한 여섯 나라 전역은 큰 소란이 났겠지.

"네리아 님! 상층의 '문'이 작동한 모양입니다! 테라코마리나 구도 시카이를 포함한 각국 요인이 잇달아【전이】하고 있습니다!"

"좋아! 빌헤이즈에게 '안쪽을 조사할 테니까 그쪽은 맡길게'라고 전해 줘."

네리아는 지시를 내리면서 성진청 심부로 발을 내디딘다.

감옥으로 된 건 1층 부분뿐이었다. 지하로 나아가자 또 다른 불법 행위의 증거가 남아 있다. 아무래도 마약 등의 원료가 되는 식물이 재배되고 있나 보다. 그것도 한두 종류가 아니다——. 온갖 기묘한 풀들이 자라고 있었다.

"이게 뭔가요. 몽상낙원과는 느낌이 다르네요……?"

"보세요, 커닝엄 대통령님! 이쪽 방에는 조합기구 같은 게 갖춰져 있어요. 약이라도 만든 걸까요?"

"잘 모르겠네. 우선 눈에 새겨둬."

덮쳐드는 병사를 베어나가며 네리아는 주변을 경계한다.

한동안 전진하자 〈관계자 외 출입 금지〉라는 팻말이 걸린 문이 보였다. 게르트루드가 앞서서 문고리를 돌린다. 그러나 잠겨 있는지 꼼짝도 하지 않았다.

"잠그기만 한 게 아니에요. 마법 장벽으로 보호하고 있나 봐요."

"저기! 관계자 말고는 들어가선 안 되니까 잠근 거 아닐까요……?!"

"당신 정말 테라코마리 부하인가요……? 상사를 본받아서 조금 더 폭력적으로 행동하는 게 좋을 거 같은데요."

"비켜, 에스텔! 이런 수상한 문은 내가 부숴 주겠어!"

"네? ——으햐악?!"

분홍빛 검극에 압도당한 에스텔이 엉덩방아를 찧는다.

【진류의 검화】는 강철 문을 두부처럼 절단했다. 두 동강 난 〈관계자 외 출입 금지〉라는 팻말이 맥없이 바닥으로 떨어지고——, 그리고 네리아가 보게 된 것은 대량의 신구가 놓인 무기고였다.

"오오?! 이쪽은 불법 무기고인가요?! 특종, 특종!!"

"꼬리 끊어져요!! 꼬리 끊어져요!! 이 이상 잡아당기면 사직서 쓸 거예요?!"

"그런 부탁은 각하야, 각하!! 죽을 때까지 일해!!"

신문 기자들이 거침없이 침입한다.

네리아도 게르트루드, 에스텔을 데리고 방 안을 살핀다. 무기고. 엄중히 방어책을 세운 것에 비해서는 보잘것없는 알맹이다. 깊게 파고들면 무시무시한 게 나오려나.

어찌 됐든 승상은 코마리에게 맡기고 자신은 성진청의 모든 것을 폭로하도록 하자.

"어라? 이게 뭐죠……."

에스텔이 바닥에 떨어져 있던 종잇조각을 주웠다.

누군가의 메모일까? ——아무 생각 없이 살피려 한 그 순간이었다.

덜컥, 세상이 흔들린 듯한 느낌이 들었다.

"······?!"

갑자기 강렬한 살의가 내뿜어졌다.

기둥 뒤. 누군가가 이쪽을 노려보는 느낌이 났다.

"저 녀석은······ 설마."

네리아는 무심코 몸서리를 쳤다.

직후—— 눈에도 보이지 않을 속도로 그 녀석이 덤벼들었다.

【대량 전이】의 빛이 잦아든다.

주변의 공기가 변한 듯했다. 나는 머뭇머뭇 고개를 들었다——. 그리고 내가 감옥 같은 꺼림칙한 공간에 있다는 걸 알아차렸다.

넓이는 화촉 전쟁 회장보다 크다. 곳곳에 쇠창살로 나뉜 공간이 흩어져 있다. 그리고 감옥 안에는 사람들이 널브러져 있었다. 나는 숨을 집어삼키고 말았다. 뭐지, 저 사람들. 마네킹······은 아니지? 그런 것치고는 전혀 움직이질 않는데.

"승상! 이게 어떻게 된 거요?!"

누가 소리를 높였다. 거만하게 생긴 창옥 아저씨다. 아무래도 회장에 있던 사람들이 모두 통째로 이동한 모양이다. ——주변은 당혹스러운 표정을 지은 사람들로 가득했다.

"빌······, 여긴 어디야? 저 사람들은······."

"여긴 성진청이에요." 빌이 쩌렁쩌렁하게 말했다. "승상 구도 시카이는 성진청에서 인체실험을 감행했어요."

"뭐······."

많은 사람이 숨을 집어삼키는 기색이 났다. 관객들이 소곤거리며 대화를 시작한다. 감옥과 시카이의 얼굴을 번갈아 바라보며 회의적인 눈길을 보낸다.

"바······ 바보 같으니! 뭔가 잘못 안 거겠지?!" 시카이가 와들와들 떨면서 소리쳤다. "여기가 성진청이라는 증거가 있나?! 여기 있는 자들은 뭔데?! 잡혀 있는 건가?! 그렇다면 명백한 사건 현장이다! 군과 경찰에게 조사를 시켜야 해!"

"네, 그렇죠. 그래서 네리아 커닝엄 대통령 및 게르트루드 레인즈워스 장군이 심부로 들어가 심층 조사를 진행 중입니다."

"영문을 모르겠군!! 너희는······ 대체 뭘 꾸미는 거지?!"

"그 말 그대로 돌려드리고 싶네요."

빌이 사디스틱하게 웃으며 한 발짝 앞으로 나선다.

아무리 봐도 시카이의 모습이 이상하다. 꼭 아픈 배를 찔린 듯한 표정이다.

"그래." 프로헤리야가 관객을 대표해 두 팔을 벌렸다. "빌헤이즈. 이 명백한 범죄의 흔적은 대체 뭐지? 모두 알기 쉽게 설명해 줘."

"여긴 아이란조 정부 직할 '성진청'입니다. 오랫동안 소재지가 불명이었지만 랸 메이파 님과 네리아 커닝엄 님의 활약 덕에 저희는 그 소재를 밝히고 내부에 침입하는 데 성공했죠. 그리고 【대량 전이】를 위한 '문'을 구축함으로써 여러분을 초대했습니다. 이건 모두 코마리 님의 지시입니다."

"건데스블러드 장군……, 네놈이……!!"

시카이가 부모의 원수라도 보듯이 노려봤다. 아니, 전혀 모르는 일인데——. 그런 태클을 날릴 여유는 없었다. 내 눈은 주변에 있는 감옥에 고정되어 있었기 때문이다.

"시카이……, 이 사람들은 뭐지? 너는 뭘 하고 있었던 거야……?"

"코마리 님의 의문은 지당합니다. 성진청의 정체는 보시다시피 감옥이었어요. 그리고 성진청을 총괄하는 것은 성진대신이기도 한 구도 시카이 님입니다. 즉 이 참상은 모두 저 남자가 일으킨 것이죠."

"거짓말하지 마!!"

"응? 저기 쓰러져 있는 사람은 낯이 익은데." 프로헤리야가 험상궂은 표정으로 감옥으로 눈을 돌렸다. "경사 골목에 행방불명자 벽보가 있었어. 그중 사진과 얼굴이 일치하는 것 같은데……. 이게 어떻게 된 거지?"

"바로 그렇습니다. 승상 구도 시카이는 경사의 요선들을 납치해다가 인체실험을 한 겁니다. 즉 경사에서 발생한 '연속 행방불명 사건'은 아이란조 성진청……, 즉 구도 시카이가 저지른 짓이에요!"

요인들이 술렁인다. 시카이에게 시선이 집중된다.

"이…… 이건 뭔가 착각인 게 분명해!"

"착각이 아닙니다──. 자, 보십시오. 다들 화나 계세요."

"뭐 저런 녀석이." "명재상의 모습은 가면이었나." "인도에 어긋났어." "잘도 자국민에게 이런 심한 짓을." "그냥 둘 수 없겠군." "체포해!" ──사람들은 혈안이 되어 시카이를 비판하고 있었다. 빌이 "훗" 하고 코웃음치며 말한다.

"이젠 화촉 전쟁이 문제가 아니겠네요. 이런 악행을 저지르는 인간이 린즈 님의 약혼자가 될 수는 없죠. 약혼자뿐만 아니라 승상도 될 수 없지 않을까요?"

"국민의 목소리를 들어 줘……. 국민들은 나를 믿어 줄 거야……!"

"헛수고입니다. 육국 신문의 두 분이 성진청 내부를 전 세계에 고발했으니까요."

시카이의 얼굴이 금세 파랗게 질려 갔다.

그리하여 나는 모든 계획을 이해했다.

화촉 전쟁은 속임수에 불과했다. 빌이나 네리아의 노림수는 시카이의 눈을 성진청에서 떼어놓고 경계를 늦추는 것. 그리고 허를 찔러 【전이】를 시킴으로써 악행의 증거를 백일하에 드러내는 것. 수많은 관객이라는 더할 나위 없는 목격자도 확실히 준비되어 있었다.

빌이 한 걸음 앞으로 나섰다. 프로헤리야나 리오나가 임전 태세를 취한다.

네르잔피가 "후후후" 하고 웃으면서 담배를 짓밟았다.

"포기하지 그래, 승상. 녀석들은 처음부터 이걸 노리고 있었어."

"뭐──, 네르잔피 경?!"

"뭘 놀라고 그래? 네리아 커닝엄 대통령이 부자연스럽게 빠진 시점에서 예상은 하지 않았나? 틀림없이 예상했을 줄 알았는데──, 아닌가?"

"무슨…….."

"그래, 그래. 모르고 있었나. 그럼 당신의 천명은 여기까지로군. 악당은 잡혀야 하니까."

"헛소리하지 마!! 너도 나와 함께──."

"──'나와 함께'? 무슨 소리시죠, 승상님?"

시카이는 어둠을 무서워하는 아이처럼 돌아보았다.

"아니……, 이건 오해야! 나나 네르잔피 경 모두 결백해! 애초에 내가 여기 있는 인간을 욕보였다는 증거가 있나?! 참고로 나는 테라코마리 건데스블러드가 테러리스트라는 증거를 잡았다고?! 우선 그쪽을 검증하는 게 우선 아닌가?!"

"궁전 폭파와 납치 사건의 진상──, 민중에게는 무엇이 더 중요할까요? 당신은 민의에 따라 권력을 얻은 승상님이잖아요?"

"윽……, 그건……!"

"성진청인지 뭔지의 목적은 모르겠습니다. 그러나 추악한 악행을 저지르고 있다는 건 의심할 여지 없는 사실이에요. 자, 단념하고 오라를 받으세요."

"그런…… 바보 같은 말을…… 받아들일 것 같아!!"

시카이는 몸을 돌려 도주를 꾀한다.

총성이 울렸다. 깜짝 놀란 시카이는 그대로 바닥에 엎어졌다.

쏜 본인—— 프로헤리야는 대담하게 웃으면서 총을 내렸다.

"도망치다니 비겁하군. 그건 자백이나 다름없다고."

시카이의 표정에서 완전히 여유가 사라졌다. 그는 한동안 눈을 크게 뜨고 주변을 둘러본다. 그러나 어디에도 아군은 없었다. 이 자리에 있는 모든 인간이 승상에게 불신감을 품고 있었다.

"나—— 나는! 나는 요선향을 위해 행동했어! 그 마음은 지금도 변함이 없고! 천자 일족이 부패했기에 신하인 내가 엄연히 군림해야 했다고! 대를 위해 소를 버리는 건 위정자로서 당연한 선택이잖아?! 그건 여기 있는 많은 사람이 알고 있을 텐데! 그럴 텐데——."

"시카이. 나는 매우 유감이야."

갑자기 누군가가 한숨을 내쉬며 그렇게 말했다.

부드럽고 우아한 목소리——, 그 자리에 있던 모든 이가 뒤를 돌아봤다. 요선들이 송구하다는 듯 납작 엎드리며 길을 연다. 낯선 남자가 느긋한 발걸음으로 다가온다.

"천자 폐하……!"

어? 천자? 천자면 린즈의 아버지? 아까 사쿠나에게 살해당한 거——, 라고 생각했는데 자세히 보니 화려한 의상은 피투성이였다. 회복 마법으로 고속 소생한 것이겠지. 그까지 이동한 것은 뜻밖이다.

"아바마마! 어떻게……."

"오오, 린즈. 오늘도 날씨가 좋구나."

"천자 폐하!" 시카이가 혈색이 달라져서 천자에게로 달려갔다. "아뢰옵니다! 성진청은 제가 모르는 일입니다! 이건 테러리스트 테라코마리의 음모! 정말 사악한 흡혈귀입니다! 바로 포박해서 심문하도록 하시죠!"

"필요 없다."

천자는 단호하게 말했다.

"이 상황을 보면 국민이 괴로워하고 있다는 걸 잘 알겠군. 유감......, 정말 유감이야. 너는 승상으로서 조정을 잘 맡아주고 있다고 생각했는데."

"그렇습니다. 저는 관료로서 요선향을 위해 일해 왔습니다──. 승상 구도 시카이의 업적은 폐하가 가장 잘 아실 텐데요. 그래도 저를 못 믿으시겠습니까?"

"못 믿겠다. 여기 있는 자들이 믿지 않으니까 말이다."

시카이의 표정이 굳었다. 천자는 웃는 얼굴 그대로 "포박해라"라고 명령했다.

그러자 근위병 요선들이 소리도 없이 극악한 승상에게 다가간다.

"폐하는...... 폐하는 그거면 되겠습니까? 이대로 된다는 말씀이신가요......?"

"평화로우니 된 거 아니겠느냐."

"윽──. 내가 뭐 때문에 성진청을 운영해 왔는데?! 당신이 움직이지 않으니까! 당신이 아무것도 안 하니까 내가 해야 했다고!"

"무슨 소리냐?"

"네놈은—— 딸의 목숨이 아깝지 않느냐는 뜻이다!!"

"하하하하. 린즈가 죽을 리 없잖느냐."

시카이가 나락 밑바닥에 떨어진 듯한 표정을 지었다.

프로헤리야가 미간을 찡그린다. 빌이 턱을 짚으며 뭔가를 생각하기 시작한다.

"——자, 그를 데려가라."

근위병들은 천자의 명령에 따라 시카이를 어디론가 연행했다. 그는 조금도 저항하지 않았다. 초연한 표정으로 자기 운명을 받아들이려 하고 있다. 그건 모든 의욕을 잃은 인간의 얼굴——, 어디선가 본 적 있는 듯한 표정이다.

그의 얼굴이 사라지고 나서 "코마리 님" 하고 빌이 중얼거렸다.

"어찌어찌 승리했네요. 수고하셨습니다."

"그래. 한 건 해결이네……."

그때였다.

머리 위에서 뭐가 움직이는 기척이 난다. 나는 자연스레 위를 올려다봤다.

폭탄이 중력에 따라 떨어졌다.

"어?"

멀리서 시카이가 "통감해라, 테라코마리 건데스블러드!"라고 소리쳤다. 아아. 폭탄까지 함께 【전이】되었구나. 시카이가 자포자기해서 작동시켰구나——. 나는 그렇게 멍하니 죽음이 다가오는 소리를 듣고 있었다.

바보처럼 우두커니 서서 파멸의 순간을 기다리는 수밖에 없다.

그대로 폭탄은 천천히 떨어졌고—— 곧 세상은 새하얗게 물들었다.

"＿＿＿＿＿＿＿."

분명 죽을 줄 알았다. 이렇게 가까이서 폭발하면 내 빈약한 몸 따위 짓밟힌 별사탕처럼 산산조각 날 게 뻔하다.

하지만 통증은 없었다. 나는 죽은 걸까?

그런 것치고는 오감이 너무 깔끔한 것 같은데——.

모락모락 안개가 걷혀 간다. 놀라움에 눈을 크게 뜬 관객들의 얼굴이 시야에 비친다.

뒤에서 "코마리 님!" 하고 당장에라도 울 듯한 목소리가 들렸다.

"코마리 님……, 무사하세요……?!"

"빌? 어라? 나는……."

내 몸을 내려다본다. 상처 하나 없다. 아무 데도 아픈 곳이 없다. 분명 심장은 벌렁거리고 있지만——, 평소 같은 테라코마리 건데스블러드가 거기 있었다.

나는 겨우 이해했다. 아무래도 폭발에서 살아남은 모양이다.

"——후후후, 재미있네. 테라코마리 건데스블러드."

네르잔피가 작은 목소리로 중얼거렸다. 썩은 시선이 나에게만 집중되었다.

"그 폭탄은 경사의 마법석 공장에서 생산한 거야. 불량률은 2천 개에 한 개꼴이었을 텐데. 이 고비에서 그걸 뽑을 줄이야——. 하늘도 기겁할 정도의 강운인걸."

오싹했다. 즉 내가 살아남은 건 완전한 우연이었다는 건가……?

갑자기 관객들이 환호성을 질렀다. 모두가 "역시 각하!" "덕분에 살았어!" "승상의 발악으로부터 우리를 구해주었어!" 같은 식으로 경악하고 있다.

하지만 이걸 이용하지 않을 수는 없다. 나는 하반신에 힘을 주며 일어났다.

"──놀랄 것 없어! 이런 폭죽놀이 같은 폭발은 재채기 하나면 날려버릴 수 있어! 나를 죽이고 싶으면 백억만 배 더 강한 걸 가져와!"

우오오오오오오오오오오오오오!! 코마링!! 코마링!! 코마링!! ──소란이 일어났다. 뭔가 이제 의미를 모르겠다. 이렇게 살아 있는 게 꿈만 같았다.

시카이가 절규하면서 요선들에게 끌려나갔다. 마지막까지 나를── 나뿐만 아니라 이 자리에 있는 사람을 모두 죽이려 했던 모양이다. 정말 무시무시한 녀석이다.

"훌륭하군. 훌륭해, 건데스블러드 장군."

천자가 생긋 웃으면서 다가왔다.

"화촉 전쟁에 승리했을 뿐만 아니라 우리 목숨까지 구해주었지. 역시 너야말로 린즈의 반려에 적합해──. 자, 여러분! 그녀의 건투를 기리게나!"

다음 순간── 와아아아아아아아아아아아아아!! 하고 요선들이 일제히 술렁이기 시작했다. 오늘 몇 번째인지 모를 코마링 콜을 외친다.

뇌의 처리가 안 따라준다. 승상. 폭탄. 화촉 전쟁. 그리고 감옥에 갇힌 사람들——. 무엇부터 손을 대야 할지 모르겠다. 갑자기 린즈가 천천히 이쪽으로 다가왔다.

"코마리 씨. 저……."

그녀는 수줍은 듯 입을 열었다.

"민폐 끼쳐서 미안해……. 무서웠지……."

"어? 아니……, 됐어. 어쨌든 린즈가 무사해서 다행이야."

어째서인지 린즈가 빨개져서 고개를 숙였다.

"그…… 그보다! 얼른 성진청을 조사해야지. 이 사람들을 풀어줘야……."

"맞다! 이봐, 빌! 어서 감옥을——."

"——테라코마리 건데스블러드 장군. 그건 나중에 해도 돼."

갑자기 천자가 말을 걸어왔다.

온화한 외모. 부드러운 시선. 그리고 사치스럽기 그지없는 복장(피에 더러워져 있긴 하지만). 분명 린즈와 분위기가 비슷한 것 같다.

"나는 천자 아이란 이쥬. 린즈의 아버지다. 잘 부탁하마."

"자…… 잘 부탁해! 으음……, 그보다 잡혀 있는 사람을 도와야만……."

"아무래도 상관없잖나."

린즈가 굳었다. 나도 어안이 벙벙해서 말을 잇지 못했다.

"……아니. 아무래도 상관없다고 하는 건 어폐가 있군. 이 뒷정리는 조정의 관리들이 해 주겠지. 영웅에게 그런 잡일을 떠밀수는 없으니까."

"하지만…… 내가 할 수 있는 일은 없을까 하는데…….”

"하하핫. 딱딱하게 굴 거 없네. 자네는 나의 가족이 될 테니까.”

"'''엥?!?!''''”

나와 빌과 사쿠나의 목소리가 겹쳤다.

린즈가 "무슨 말씀이세요, 아바마마!” 하고 얼굴을 붉혔다.

"자네는 정말 훌륭해. 나중에 내가 자랑하는 돌 정원을 안내하지. 궁정에 보존되어 있는 명화도 보여주고 싶군. 또── 그렇지, 기왕이면 한시 관상회에도 나오지 않겠나?”

이상한 기분이었다.

이만한 소동이 있었는데 너무 여유롭지 않나? 눈앞에 수많은 곤란에 처한 사람들이 있는데 너무 태연한 거 아닌가? 이게 왕의 풍격이라는 걸까? 하지만 황제나 서기장과는 띤 분위기가 다른 듯하다. 아니, 그런 것보다.

"저기! 아까 그 '가족이 된다'라는 게 무슨 뜻인지……?”

"이런, 미안하군. 이제부터 자네는 린즈와 결혼할 거야.”

내가 무슨 말을 들은 거지.

아니, 뭐. 화촉 전쟁의 승자는 린즈와 결혼할 권리를 얻는다지만──.

"자, 회장으로 가서 결혼식을 시작하지. 내빈들도 고대하고 있을 거야.”

"어……, 잠깐……?!”

정신을 차리고 보니 요선들이 【대량 전이】 마법석을 준비 중이었다.

빛이 확산한다. 우리는 왔던 길을 되돌아가는 식으로 강제 이동되고 말았다.

※

'유세이'는 말했다──. '마핵은 지금의 역할에 얽매여선 안 된다'라고.

로샤 네르잔피는 그 사고방식에 깊게 공감하고 있다. 뒤집힌 달처럼 유대가 느슨한 녀석들과는 다르다. 그 조직 구성원은 자기들 보스의 사상을 잘 이해 못 하고 있었다. 그리고 보스는 동료들에게 자기 사상을 올바르게 전하지 않았다. 그렇기에 뮬나이트에게 패한 것이다.

그러나 우리에게는 그들과 다르게 '신뢰'가 있다.

유세이를 향한 절대적인 신뢰가. 공감이. 그리고 목적의식이.

빛나는 항성 주변에 수많은 뭇별이 모이는 것처럼 하나가 되어 악행에 힘쓰고 있다.

"후후. 승상도 딱한 남자야."

네르잔피는 궁전 복도를 걸으면서 담배에 불을 붙였다.

오늘만 일곱 개비째다. 유세이에게 지겹도록 '삼가도록'이라는 말을 들었던 게 떠오른다. 그러나 여기 그녀는 없으니까 무시하도록 하자.

성진청에서 【전이】해 온 바보들은 회장에서 결혼식을 치르고 있다.

참 고생이다. 검은 여자가 하나 사라진 것쯤 아무도 신경 쓰지 않나 보다──. 역시 이 나라는 뼛속까지 평화에 찌들어 있다.

"축하해, 린즈 전하. 당신이 선택한 길은 새빨갛게 물들어 있겠지만──. 이런."

통신용 광석이 빛을 냈다. 네르잔피는 걸음을 멈추지 않고 응답했다.

"여보세요. 군기대신입니다."

[메어리야! 내 목적은 달성했어!]

평소보다 흥분한 목소리였다.

젤라 알카의 남은 신하 메어리 프래그먼트. 그녀에게는 성진청 경비를 맡겼다.

[시원한 기분이야! 네 아래에서 쓴맛을 본 보람이 있었어.]

"수고 많았군. 하지만 조금 애먹은 거 아닌가?"

[별거 아니야. 난 이 순간을 위해 수도 감옥을 탈출했으니까.]

메어리는 짐승 같은 웃음소리를 냈다.

[──네리아 커닝엄을 포박했어. 이제 내 맘대로 해도 되지?]

☆

회장으로 돌아온 나는 린즈와 함께 단상으로 밀려 올라갔다.

기대와 축복이 담긴 시선이 곳곳에서 쏟아진다. 리오나와 프로헤리야도 미소를 띠고 있다. 빌과 사쿠나는 정색한 채 서 있었다. 마핵 덕에 상처가 나은 메이파가 "이거 원" 하고 어깨를 으쓱하고 있다.

성진청 문제는 근위병과 네리아 일행에게 맡기기로 한 모양이다.

그래서 나와 린즈는 결혼식을 개최하게 되었다——, 라는 것 같은데 의미를 모르겠다. 왜 결혼해야 하는 거지? 왜 나는 단상에서 린즈를 마주 보고 있는 걸까?

눈앞에 서 있는 건——, 순백의 드레스를 입은 녹색 신부.

그녀는 매우 수줍은 듯 내 눈을 응시했다.

"어쩌지……?"

"어쩌냐고 해도……."

"코마리 님! 테러를 재개할까요?! 하는 게 좋겠죠?!"

"코마리 씨!! 한 번 더 천자님을 죽일까요?! 죽이는 게 좋겠죠?!"

"진정해, 둘 다?!"

범죄자 예비군(빌과 사쿠나)을 진정시키면서 나는 생각한다. 이 상황에서 결혼을 거부하면 야유가 터져 나오겠지. 그렇다고 결혼식을 결단할 용기도 없다. 그보다 새삼스럽지만 나와 린즈는 둘 다 여자인데. 이 나라에서는 법률적으로 결혼할 수 있나?

천자가 사람 좋은 미소로 말했다.

"그래. 우선 맹세의 키스라도 해 볼까?"

"엥? 잠깐……, 키스?! 키스라면 그 키스?!"

관객들이 환호성을 지른다. 개중에는 "뽀뽀해라!!"라고 닦달하는 녀석도 있다.

뽀뽀는 무슨. 뽀뽀는 가볍게 해도 되는 게 아니야. 알고 하는 소리냐.

"어, 어쩌지? 역시 키스는 좀 그렇지……?"

"그…… 그러게. 미안해, 코마리 씨……. 일이 이렇게 돼서……."

그렇게 말한 그녀는 창피한 듯 고개를 숙인다. 너무 현실과 동떨어진 광경이라서 잠시 마음을 뺏기고야 말았다. 그만큼 신부 복장을 한 린즈는 아름다웠다.

아니, 아니. 무슨 생각을 하는 거야.

우선 오해를 풀어야지──. 그때 나는 위화감을 느꼈다.

린즈의 붉은 눈동자. 그 아름다운 빛을 보다 보니 마음이 술렁인다.

문득 신비한 감개가 솟구쳤다. 그녀의 붉은 빛에 기시감이 든다.

빌. 사쿠나. 네리아. 카루라.

지금까지 함께 싸워 온 동료들과 똑같은 색을 띠고 있다.

혹시. 이 아이의 눈은──.

충격적인 사실을 눈치채려던 순간이었다. 내가 뭔가를 말하기에 앞서 린즈의 몸이 덮쳐들었다. 설마 정말 뽀뽀할 셈인가?! ──나는 뜻밖의 전개에 이성을 잃고 허둥지둥했다. 그러나 아무리 시간이 지나도 뽀뽀는 이뤄지지 않았다.

"콜록."

대신 누군가의 비명이 터져 나온다. 이어서 회장에 소란스러움이 퍼진다.

린즈가 기침을 했다. 내 턱시도가 피범벅이 되어 갔다.

경악한 나머지 꼼짝도 할 수 없었다.

린즈의 입에서 피가 폭포처럼 흘러나오는 영상을 뇌가 이해하려 하지 않는다.

메이파가 혈색이 달라져서 소리쳤다. 천자는 기묘하게 멍하니 침묵하고 있었다. 그 이외의 관객은 무엇을 해야 할지 모른 채로 우뚝 서 있다.

린즈가 피를 흩뿌리면서 바닥에 주저앉았다.

"어……라……? 이상하네……, 약은……, 먹었을 텐, 데……?"

콜록. 새하얀 웨딩드레스가 선명한 피로 물들어 간다.

처음엔 린즈도 '아무것도 아니다', '괜찮다'라고 괴로워하는 반응을 보였다.

그러나 곧 축 늘어지고 침묵하며 제대로 된 답을 못 하게 되었다.

피로 물드는 결혼식 한가운데 서서 나는 말을 잃었다.

시카이를 쓰러뜨리면 모든 게 끝날 줄 알았다. 그러나 그건 오산이었다. 린즈의 고통이 사라지는 일은 없다. 그녀에게 평화가 찾아오는 일은 없다.

요선향을 좀먹는 저주가 풀리는 일은 없는 것이다.

☆

에스텔 클레르는 경사의 거리를 달리고 있었다.

달린다——라기보다 땅을 기는 듯한 꼴이었다. 군복은 엉망이다. 몸은 상처투성이다. 뮬나이트의 마핵이 없어서 통증이 옅어져 가는 기색도 없었다.

"각하……, 각하…….."

통행인들이 깜짝 놀라서 돌아본다.

그러나 그럴 때가 아니다. 에스텔은 눈물을 흘리면서 궁전을 향해 간다.

떠오르는 것은 조금 전 발생한 '사건'.

네리아의 인솔로 에스텔은 성진청으로 향했다. 승상의 악행을 폭로하는 중요한 임무였다. 그리고 그건 도중까지 잘 풀렸을 것이다──. 네리아나 게르트루드나 신문 기자들이나 다가오는 병사들을 베어 넘기며 수많은 부정을 폭로해 나갔다.

하지만 한 여자가 모든 것을 뒤집었다.

허무한 미소를 띤 전류. 그녀는 정체를 알 수 없는 열핵해방으로 네리아를 순식간에 베어 버렸다. 단순한 전투 능력의 차이가 아니다. 그 여자는 네리아에게 무슨 짓을 한 것이다.

그 후로는 비탈을 굴러떨어지는 느낌이었다.

네리아가 못 당하는 상대를 게르트루드가 당해낼 리 없었다. 신문 기자들도 저항할 수 있을 리 없다. 그리고 에스텔도 마찬가지로 제압당할 터였다. 실제로 적의 공격을 당해낼 수가 없었다──. 그러나 마지막 순간에 죽어가던 네리아가 "코마리한테 가!"라고 절규한 것이다. 에스텔은 모든 힘을 도주하는 데 쏟아부으며 조건 반사적으로 상관의 명령에 따랐다.

"왜…… 왜 일이 이렇게…….."

아까부터 통신용 광석이 먹통이다.

마력 방해가 있는 걸지도 모른다.

어쩌면.

어쩌면 우리는 처음부터 유도당했던 것 아닐까……?

경사 가이드북을 펼친다. 우선 뒷골목으로 들어간다. 이쪽이 지름길이니까──, 그렇게 생각하면서 길을 벗어난 그때였다.

"──뭐야. 에스텔 클레르 소위 아닌가."

어두컴컴한 골목 맞은편. 꼭 그을음 같은 검은 여자가 서 있었다.

에스텔은 어안이 벙벙해서 목소리도 나오지 않았다. 요선향 군기대신 '사유' 로샤 네르잔피. 승상과 결탁해 제2의 몽상낙원을 만든 악당.

"메어리가 토끼 한 마리를 놓친 모양이군. 나중에 한마디 해야겠어."

"당신은…… 대체 무슨 목적인 거죠……?!"

"알려줄 리가 있나. 그런데 소위도 성진청 안에 들어갔나?"

"윽──, 그래요! 당신들 악행의 증거는 잡았어요! 그리고 육국 신문에 의해 보도도 되었어요! 도망쳐도 소용없어요──."

가슴에 충격이 퍼졌다.

에스텔은 기묘한 감각을 느끼면서 시선을 아래로 내렸다.

구멍이 뚫려 있었다. 피가 철철 흘러나온다. 온몸에서 힘이 빠져서 그 자리에 털썩 주저앉고야 말았다. 장비하고 있던 《체인 메탈》도 짤랑거리며 땅으로 떨어졌다.

"뭐가——."

"소위는 봐선 안 되는 것을 봐 버렸어. 아침에 진실을 알면 저녁에 살해당해도 할 말이 없지. 아니, 이미 보도됐댔나. 그럼 세상 사람을 다 살육해야 하나. 예정대로군."

담배를 입에 문 네르잔피가 희미한 미소를 띠면서 회전식 권총을 들고 있다.

뒤늦게 맞았다는 걸 깨달았다.

"아……, 아앗……!"

"아픈가? 아프겠지. 하지만 자업자득이야. 너는 내가 보로로 만들어 줄까…… 했지만, 관둘까. 다른 녀석들에 비해 적성이 없는 것 같아."

영문을 모르겠다. 아프다. 몸에 힘이 안 들어간다.

흡혈귀가 경사에서 살해당하면 그대로 죽게 된다. 두려운 나머지 생각이 날아갔다. 자신은 여기서 죽는 것이라고 생각하니 한기와 절망감에 몸이 떨리는 것을 어찌할 수 없었다.

"코마링 각하……."

"안 되지. 그 녀석은 지금 결혼식 도중이거든. 그리고 네 상처는 낫지 않아. 치명상이야. 아쉽게 됐네, 에스텔 클레르——. 장례는 후하게 치러 줄 테니까 용서해 줘."

"윽……."

그렇게 해서 에스텔은 자기 목숨이 무너져 내리는 소리를 들었다.

군학교를 수석으로 졸업했다. 동경하는 코마리 대에 입대도

했다. 코마링 각하 및 제7부대 사람들과도 친해졌다. 그리고 처음 맡은 큰 임무로 요선향에 왔다.

그게 인생의 막다른 길이었다.

네르잔피가 에스텔의 몸을 짊어 멨다. 이미 온몸은 감각을 소실했다.

이대로 시체를 어딘가에 버릴 생각이겠지.

"미안…… 해."

에스텔의 마지막 중얼거림은 누구도 듣지 못했을지 모른다.

눈물을 줄줄 흘리면서 속으로 참회한다.

미안해, 모니크. 언니는 훌륭한 군인이 되지 못했어.

구도 시카이는 생각한다. 아이란 린즈는 평범한 소녀라고.

저건 군주의 그릇이 아니다. 종자 랸 메이파가 말하듯이 '잔챙이'다.

그러나 그건 결코 나쁜 뜻이 아니다. 세상은 그렇게 작은 인간들에 의해 이루어져 있으니까 말이다. 위에 서는 자로서 기량이 없다고 나무랄 수는 없는 노릇이다.

그녀는 과분한 고통을 짊어지고 있다.

'공주니까', '차기 천자니까', '삼룡성이니까'── 그런 사악한 현실에 부풀려져 비대화한 이상. 그녀는 자승자박의 저주에 걸려 있었다.

그래서 구도 시카이는 구해주고자 했다.

요선향을 위해──라기보다는 그녀 자신을 위해.

시카이는 가난하고 연줄도 없는 집안 출신이다. 일족이 출세하기 위해서는 관리 등용 시험인 '과거'에 도전하는 수밖에 없다. 어릴 적부터 지옥 같은 시험공부를 해왔다. 하루 14시간을 책상 앞에서 보냈다. 성전 문장을 한 구절이라도 틀리면 노사가 회초리를 때렸다. 그게 싫어서 옷 안자락에 깨알 같은 글씨를 써서 커닝한 적도 있다. 발각됐을 때는 한겨울 헛간에 하루 종일 방치되어 죽을 뻔했다.

매일 밤 울었다. 이런 인생은 싫다고 생각했다. 자신은 비굴한 문관 따위가 아니라 장군이 되어 세계를 누비고 싶다고 생각했다. 핵 영역에서 화려하게 활약하는 칠홍천이나 팔영장처럼 말이다.

하지만 집안 방침을 거스를 수는 없었다.

징계와도 같은 시험공부는 오래도록 이어졌고, 마침내 시카이는 진사 등대를 이루어 아이란조 중추에 들어가는 데 성공했다. 자신에게는 싸움의 재능이 아니라 글의 재능밖에 없었던 듯하다.

"구도가를 잘 부탁한다."

아버지의 알랑거리는 듯한 미소가 시카이는 아니꼬왔다.

일족에서 과거 합격자가 나오면 영예다.

그러나 마음에 들지 않는다. 이 남자는 시카이의 청춘을 빼앗았다. 자기는 제대로 일도 안 하는 주제에 아들에게는 공부를 강요했다. 성적이 별로면 무턱대고 꾸짖었다. 때리고 걷어차는 폭행을 가한 것도 한두 번이 아니다.

──일족 따위 알 게 뭐란 말인가. 나는 내 영화를 위해서만 일할 것이다.

시카이의 마음은 얼음처럼 얼어붙어 있었다. 앞으로는 나 자신을 위해 살겠다고 생각했다.

남을 밀어 떨어뜨리더라도 상관없다. 어떤 악평을 퍼뜨리더라도 상관없다──. 그렇게 야망을 다지면서 악착같이 일했다. 관료로서 성공하기 위해서는 아첨과 뇌물이 필수였다. 시카이는 유순한 남자를 연기하며 호시탐탐 신분 상승의 기회를 노렸다.

그리고 아이란 린즈를 만났다.

"당신은 알카의 광대 같네."

열 살도 되지 않는 아이였다. 천진한 미소는 시내를 누비는 아이와 전혀 다를 게 없었다. 이런 게 천상천하를 쥐락펴락하는 천자의 딸이냐고 맥이 빠져 버렸다.

"린즈 전하. 저는 광대가 아닙니다. 전류도 아닙니다."

"아냐. 하지만 거짓말을 하는걸."

충격에 한동안 사고가 정지했다.

소녀는 그런 시카이의 속내 따위 아랑곳하지 않고 꽃다발을 내밀었다.

"계속 공부만 하기 힘들지? 이건 메이파랑 함께 딴 꽃이야. 당신에게 줄게."

사람의 마음은 불가사의한 것이다. 그저 하늘을 올려다보기만 해도 울고 싶어질 때가 있다.

뭐가 심금을 울리는지 자신도 모르겠다. 관료로서 치열한 경쟁을 벌여온 시카이에게는 린즈의 '평범'한 다정함이 무서울 정도로 잘 먹혔다.

※

네리아 커닝엄은 어두컴컴한 방에서 눈을 떴다. 몸이 금속처럼 무겁다. 둔탁한 통증이 군데군데 느껴진다. 우선 일어나자──.

반사적으로 그렇게 생각하며 온몸에 힘을 준다.

그러나 일어날 수가 없었다.

자세히 보니 온몸이 침대에 구속되어 있었다. 게다가 열상 때문에 엉망이 된 자기 몸도 보인다. 흘러넘친 피에 침대가 젖어 있다는 것도 알아차렸다.

무시무시한 기억이 재생되었다.

그래. 자신은 성진청에 돌격했다. 그리고 감쪽같이 덫에 걸렸다——.

"——네리아 커닝엄 대통령. 겨우 깼나 보네."

어둠 안쪽에서 키 큰 여성이 불쑥 모습을 드러냈다.

네리아는 모든 것을 떠올렸다. 터져 나오는 분노에 시야가 새빨갛게 물든다.

"너는…… 겔라 알카의……!"

"흥. 기억하고 있었나."

여자는 짐승처럼 눈을 빛내면서 조용히 다가온다.

구(舊) 팔영장 메어리 프래그먼트. 과거 매드할트 아래서 국민들을 억압했던 전류다. 레인즈워스에 버금갈 정도로 반항했기 때문에 여러 번 충돌한 기억이 난다.

메어리는 육국 대전 이후 수도에 있는 감옥에 수용되었지만, 얼마 전 신구로 자살했다고 들었다. 장례식도 치러서 정말 죽은 줄로만 알았는데 설마 요선향으로 도망쳐 승상의 수하가 되어 있을 줄이야.

"다른 사람들은?! 게르트루드는……?!"

"알 게 뭐야. ——네리아 커닝엄. 나는 너에게 복수하기 위해 단련했어. 마침내 증오스러운 대통령을 끌어내리게 되어 기쁜걸."

"승상의 악행은 전국에 밝혀졌어. 당신도 파멸할 거야."

"그것도 나와 너의 문제야. 승상은 무관해."

네리아는 혀를 찼다. 자신은 성진청에서 맥없이 패했다. 그건 단순한 검술 차이가 아니다. 특수한 열핵해방을 발동했거나—— 혹은 마음의 허를 찌른 듯하다.

"여긴 어디야? 성진청?"

"아무도 모르는 은신처야."

"코마리는……?"

"녀석들은 네놈을 두고 궁전으로 돌아가 버렸어. 아주 잘됐지."

메어리가 허리에 찬 검집에서 검을 뽑는다. 조금 전 네리아의 몸을 벤 것이다. 무엇을 할 생각인지는 어린아이라도 알 수 있다. 네리아는 공포심을 억누르며 탈출하기 위한 전략을 짰다.

"……나를 원망하는 거야? 끈질긴 사람은 미움받아."

"매드할트 대통령님을 위한 거야. 너 때문에 그분은 모든 걸 잃었어."

"무슨 소리야. 매드할트는 패배를 인정하고 순순히 물러났잖아."

"안 믿어. 안 믿어."

분노에 물든 시선이 살에 꽂힌다.

"이거 알아? 네리아 커닝엄. 너를 원망하는 인간은 산더미처럼 많아. 정의를 집행하고 희열에 빠져 있을지 몰라도, 결국 네가 한 행위는 이기적인 폭력이야."

"폭력으로 지배하던 녀석들이 할 말인가? 나는 내가 한 일을 후회하지 않아. 왜냐하면 그게 알카를 위한 길이었는걸."

"흥――. 멍청하긴. 너 때문에 수많은 죄 없는 사람이 불행해졌는데."

"뭐? 무슨 소리야……."

"겔라 알카의 관리들은 대부분 죄를 뒤집어쓰고 투옥됐어. 그리고 그 혈연들은 시민들에게 박해당하고 있지. 그중에는 폭력과는 전혀 무관한 인간도 다수 포함되어 있어."

설령 매드할트 정권 아래 있던 인간이더라도 죄가 없는 사람은 많았다. 큰 개혁을 하면 반드시 희생자는 발생한다――. 그건 대통령이 되기 전부터 알고 있었다.

분명 네리아의 지지율은 높다. 왕국 시대의 군주를 포함해도 유례를 보기 드문 인기다.

하지만 비판은 늘 따랐다. 대통령부에는 평소 늘 벽보가 붙어 있거나 낙서가 되어 있다――. 이른바 '건방지다', '우리 생활을 돌려내라', '퇴임해라', '너는 전 대통령만 못하다'.

게르트루드는 '신경 쓰시면 안 돼요!'라고 한다.

레인스워스는 '반역자는 죽이면 그만이야'라고 한다.

그러나 그래서는 매드할트와 똑같다. 어떤 의견이든 진지하게 들어 주는 게 대통령의 역할이라고 네리아는 생각한다――. 그리고 그 진지함이 목을 옭아매기도 하였다.

네리아 커닝엄은 미숙한 계집에 불과하다. 너무 착한 것이다.

"너는 이 자리에서 죽어."

메어리가 검을 치켜든다.

네리아는 이를 갈면서 날뛰었다. 그러나 구속이 풀릴 기미는 없다. 품에 숨겨둔 마법석도 모두 빼앗기고 말았다. 여기서 목을 베이면 되살아날 수 없다. 이 여자는 네리아를 진짜 죽일 셈이다──. 절망적인 심정으로 번뜩이는 칼날을 바라보던 때.

"잠깐."

더한 절망이 찾아들었다. 검은 여자가 굽 소리를 내면서 다가온다.

"죽이면 보로를 만들 수 없잖아. 조금은 생각하고 행동해 줘."

요선향 군기대신 로샤 네르잔피. 그녀가 누구인지는 모르겠다. 그러나 등골에 한기가 퍼졌다. 이 여자에게는 남을 주눅 들게 하는 독특한 분위기가 있다.

"……무슨 생각이야? 이 녀석은 내가 마음대로 해도 되는 거잖아?"

"마음대로 해도 상관없어. 하지만 육체적인 고통을 주며 기뻐하는 건 고상하다고 할 수 없지. 네리아 커닝엄이 얄밉다면 인격적 존엄을 파괴하는 게 더 나아."

"그냥 네가 보로를 만들고 싶은 게 아니라?"

"맞아. 잠시 물러나 주겠어?"

그러나 메어리는 납득한 듯했다. 검을 검집에 넣더니 팔짱을 끼고 길을 연다. 네르잔피가 망자 같은 미소를 머금으며 다가온다. 네리아는 주먹을 불끈 쥐며 소리쳤다.

"너는 무슨 꿍꿍이속이야?! 린즈를 손에 넣어서 아이란조를 가로채려고?!"

"아이란조는 가로챌 거야. 하지만 그건 수단이지 목적이 아니야."

역시 이 여자는 사악하다. 승상과 결탁해 린즈를 이용하려 하고 있다.

"착각하면 곤란해. 딱히 난 승상의 동료가 아니야. 그 남자는 나에게 이용당했어──. 당신들은 승상을 린즈의 적으로 착각하고 그를 함정에 빠뜨렸지. 가엾어라. 뭐, 착각할 만한 짓을 한 그쪽 잘못이지만."

"뭐?"

"어쨌든 보로야. 당신은 보로를 아냐? 대통령."

네르잔피가 지팡이 같은 것을 내밀었다.

전투용 지팡이. 홍설암에서 쿠야 선생이 가지고 있던 것과 비슷하다.

"이 지팡이는《사유장Ⅱ》. 우리 맹주의 힘을 나눠 받은 신구지. 이걸 휘두름으로써 인간의 의지력을 빼앗을 수 있어."

"설마…… 모니크처럼 '소진병'으로 만들 수 있다고?"

"그건 오리지널인《사유장》의 힘이야. 의지력의 일부를 깎는 것에 불과하지──. 하지만 개량을 마친《사유장Ⅱ》는 현재의 의지력을 모조리 빼앗아 '보로'로 변환할 수 있어. 소진병은커녕 바로 폐인행이겠지."

네리아로서는 그녀의 말을 조금도 이해할 수 없다.

묘지에 부는 바람 같은 목소리가 공포를 환기할 뿐이었다.

"참고로 말이지. 이미 당신의 동료는 꼼짝도 못 하게 됐어."

네르잔피가 딱 하고 손가락을 튕겼다. 공간 마법【소환】을 발동한 듯하다——. 털썩털썩, 공중에서 뭔가가 떨어졌다. 뺨을 얻어맞은 듯한 충격이었다.

"게르트루드?! 게다가 신문 기자까지……!"

바닥에 잡동사니처럼 쌓인 것은 네리아의 동료들의 몸이었다.

게르트루드 레인즈워스. 메르카 티아노. 티오 플랫.

표정이 사라져 있다. 꼭 실이 끊긴 인형처럼 사지를 늘어뜨린 채 미동조차 하지 않는다. 입가에서 칠칠치 않게 침을 흘리면서 침묵하고 있는 모습은 그야말로 폐인 그 자체였다.

"죽인 건 아니야. 보로가 되어 꼼짝하지 못하게 된 인간——, 그중에서도 아름답게 생긴 자들을 냉동 보존해서 늘어두는 게 취미거든. 이 아이들은 괜찮겠네. 특히 오렌지색 전류는."

"우…… 웃기지 마!! 죽여 버리겠어!!"

"무서워라. 후후후——. 육전희는 모두 거대한 의지력을 가졌지. 네리아 커닝엄에게서 만들어지는 보로는 분명 아름다울 거야."

《사유장Ⅱ》를 들이민다.

그 끝에서 희미한 빛이 뿜어져 나오는 것을 바라볼 수밖에 없다.

"자, 네리아 커닝엄. 대통령의 직무 따위는 잊고 인형이 되어 버려라."

"너에게 호락호락하게 살해당하진 않아! 나는 알카의 대통령이니까……!"

"그래? 하지만 너에게 원한을 품고 있는 인간은 산더미처럼 많은데?"

사고가 정지한다. 미처 버리지 못한 다정함이 독이 되어 네리아의 마음을 침식한다.

검은 여자는 그림책을 읽어주는 듯한 어조로 이야기하기 시작했다.

"──수도에 전류 남자아이가 살았답니다. 아버지는 알카의 관리. 결코 유복한 삶은 아니었지만, 아버지와 어머니 그리고 세 살 어린 작은 여동생과 함께 평화롭게 살고 있었죠. 하지만 하늘이 금빛으로 빛나기 시작했을 때부터 모든 게 변해 버렸습니다."

수도를 감싼 황금빛 열핵해방.

그렇게 된 원인은 코마리에게 도움을 요청한 네리아 자신이다.

"매드할트 대통령은 사라져 버렸습니다. 그 아래에서 일하던 수많은 사람도 체포되었고 직업을 빼앗겼죠. 남자아이의 아버지도 예외는 아닙니다. 아버지는 자신도 모르는 사이 몽상낙원에 물자를 대는 일을 하고 있었습니다. 그 탓에 아버지도 감옥에 가게 되었습니다──. 그리고 남자아이의 가족은 거리에 나앉게 됩니다. 학교에서도 '매드할트의 수하'라며 괴롭힘을 당했습니다. 마을 사람들도 일가를 모멸하고 비웃고 내쫓으려 했습니다. 먹을 것, 입을 것이 부족해진 일가는 결국 수도를 떠나 다른 나라로 떠났고 모두 자살해 버렸습니다. 해피엔딩. 해피엔딩."

네르잔피의 말이 사실이라는 보증은 어디에도 없다.

하지만 '그런 일이 있을지 모른다'라는 가능성이 마음을 무겁게 짓누른다.

매드할트는 남을 괴롭혀도 괴로움을 느끼지 않는 인간이었다. 그러나 그건 위정자로서는 필요한 자질이었을지도 모른다. 네리아는 자기 때문에 고통을 맛보고 있을 사람들이 있다고 생각하면 가슴이 찢어질 듯했다.

아아. 나는 어떡해야 하지.

그 소녀라면── 그 흡혈 공주라면 어떻게 답할까.

"하늘은 인간 세계의 정사를 천자에게 위임하지. 이 천자에게 자질이 없다고 판단되면 혁명이 일어나 새로운 천자가 옹립되는 거고. 당신에게는 자질이 있다고 생각했지만……, 조금 버거웠나?"

몸에서 뭔가가 빠져나간다.

소중한 걸 빼앗겨 가는 느낌이 들었다.

"──이런. 역시 육전희로군. 보로의 아름다움도 남보다 배는 더해."

시야가 어두워진다. 마음이 닫히면서 아무것도 느낄 수 없게 된다.

네르잔피가 "훌륭하군, 훌륭해"라고 마음이 담기지 않은 목소리로 칭찬하고 있었다.

마지막으로 본 것은 네르잔피가 품고 있는 구체의 반짝반짝

한 빛.

　네리아가 잃은 의지의 빛이었다.

※

　인형이 된 네리아 커닝엄을 내려다보면서 네르잔피는 웃는다.

　전류들로부터 존경받는 월도희는 공허한 눈으로 천장을 바라보고 있다. 그 앞가슴에는 별 모양을 한 흔적이 떠올라 있었다. 유세이의 힘을 쓰면 어째서인지 저게 출현한다.

　이렇게 해서 젊은 대통령의 몸은 텅 빈 껍데기가 되었다.

　네르잔피는 설레하면서 손바닥 안에서 빛나는 보로를 바라본다. 광물은 좋다. 바라보기만 해도 마음이 차분해진다. 게다가 육전희의 보로는 다른 것과 비교가 안 될 정도로 아름다웠다.

　그때까지 묵묵히 지켜보던 메어리 프래그먼트가 눈살을 찌푸리며 말했다.

　"이봐. 새삼스럽지만…… 그건 대체 어디 쓰는 거야? 승상은 왜 그걸 원하는 거지?"

　"보로 말이야? 승상은 이게 금단이 된다고 생각했어."

　"금단……?"

　"하지만 이런 건 금단이 될 수 없지. 그는 악당에게 이용당한 거야. 보로를 대량 생산하기 위해서는 국가 단위로 움직여야 하거든──. 사람을 하나 납치하는 데도 여러모로 은폐 공작이 필요하니까. 그래서 나는 가장 조종하기 쉬운 요선향을 노린 거야. 이 나라는 뼛속까지 썩은 쇠퇴 국가야."

"그러니까 그 보로는 어디 쓸 거냐고. 네가 승상을 배신한 건 알겠는데……."

"반짝반짝 빛나는 게 예쁘지? 이건 사람을 죽이기 위한 무기가 돼."

메어리가 이해가 안 된다는 듯 얼굴을 찌푸린다.

이 뇌가 근육으로 된 여자에게 완곡한 설명은 안 맞나 보다.

"……네르잔피. 이제 네리아 커닝엄의 몸에 용건은 없지? 내가 가진다."

"이거 원. 인형으로 변한 몸에 관심이 있나? 취미 한번 고약하군──. 하지만 그건 관두는 게 좋을걸. 승리의 연회를 시작하는 건 모든 복수가 끝나고 난 다음이야."

"모든 복수라고?"

"너는 테라코마리 건데스블러드가 밉지 않나?"

메어리의 표정이 일변한다. 증오의 표정이 피어오른다.

"월도희는 테라코마리를 파괴하기 위한 무기야. 이런 데서 무너질 순 없지."

"네 목적은 대체 뭐야."

네르잔피는 담배에 불을 붙인다. 보로를 들이밀면서 냉혹하게 웃는다.

"──우리 '성채(星砦)'의 비원은 인류 멸망. 그리고 방해가 될 테라코마리 건데스블러드 살해를 명령받았지."

"성채? 인류……?"

"그리고 준비는 됐어. 우선 천자를 협박해서 마핵이 있는 곳을 들을 테니까."

네르잔피는 조용히 체내의 의지력을 해방했다.

죽은 듯한 눈이 붉은빛의 인광을 발한다. 메어리가 놀라워하는 목소리를 냈다. 네르잔피가 손을 치켜들자── 방 곳곳에 널려 있던 '인형'이 서서히 몸을 일으키기 시작했다. 마치 무덤에서 사자가 일어나는 듯한 광경이었다.

"열핵해방【동자곡학(童子曲學)】──, 마음을 잃고 절망하는 그들에게 '길'을 알려준 거야. 유학자란 교육자의 측면도 가지고 있으니까."

인형들이 일어난다. 그들은 빛이 없는 눈으로 가만히 네르잔피를 응시한다.

그중에는 물론 네리아 커닝엄도 포함되어 있었다. 세계를 구한 대통령도 마음을 빼앗기면 위협이 되지 못한다. 인간으로서의 존엄을 잃고 단순한 꼭두각시로 전락한다.

유세이의 힘이 깃든《사유장Ⅱ》은 인간의 의지력을 보로로 변환한다. 보로는 그것만으로 네르잔피의 무기가 된다. 한편으로 보로를 빼앗긴 몸은 말 없는 인형으로 전락한다. 네르잔피가 이걸 보존하고 있는 건 단순히 취미 때문만은 아니다──. 열핵해방으로 조종하기 위해서였다.

"자, 아이들아. 경사는 화촉 전쟁과 승상의 스캔들로 무너지기 직전. 날뛰기에 딱 좋은 타이밍 같지 않니?"

인형은 말이 없었다. 대신 소리 없이 삼삼오오 흩어졌다.

이렇게 해서 사유의 계획은 최종단계로 넘어간다.

☆

요선향 경사는 태풍이 온 것처럼 떠들썩했다.

승상 겸 성진대신 구도 시카이의 악행이 폭로된 것이다.

지금까지 시카이를 흠모했던 국민들은 일제히 태도를 바꾸었다. 고급 건축물 곳곳에 내걸려 있던 승상을 기리는 포스터는 엉망이 됐다. 난데없이 등장한 활동가가 자금궁 앞에 자리 잡고 "승상은 사임해라!"라고 크게 외치고 있다. 요선향 각지에 지어진 구도 시카이를 칭송하는 비석도 잇달아 부서졌다고 한다.

하지만 나에게는 아무 상관이 없었다. 시카이는 근위병에게 끌려가 버렸다. 성진청의 비밀은 추궁될 것이라고 한다. 하지만 린즈를 둘러싼 문제는 무엇 하나 해결되지 않았다.

야단스럽던 화촉 전쟁—— 그 뒤에 숨겨진 진실이 내 앞에 드러났다.

린즈는 불치병에 걸려 있었던 거다.

"어떤 치료법도 효과가 없었어. 마핵도 안 들어. 점점 몸이 쇠약해져서…… 결국에는 피를 토하며 쓰러지는 질 나쁜 병이지."

자금궁 별궁. 린즈의 방.

나와 빌, 사쿠나, 메이파 넷은 침대에 잠들어 있는 녹색 공주를 바라보고 있었다.

물론 결혼식은 중지다. 린즈의 발작은 진정된 모양이다——.

그러나 이대로 깨지 않을 듯한 느낌이 들어서 가슴이 터질 듯했다.

"증상의 악화를 늦추는 약은 있어. 그걸 매일 먹으면 일상생활에 지장은 없을 터인데……. 일시적인 약으로는 어찌할 수 없는 단계까지 간 모양이야."

"치료법은 없나요? 요선향 정부도 대응을 한 거죠?"

"아니. 천자 폐하는 린즈의 병을 없었던 걸로 하고 있어. 현실 도피 중이야. 그리고 승상은 말할 것도 없지……. 그래서 린즈는 직접 어떻게든 하는 수밖에 없어……."

"잠시만. 자기 딸이잖아? 아무리 그래도 현실 도피라니……."

"그런 요선이야. 그 사람은."

메이파는 화가 난다는 듯 그렇게 말했다. 나는 회장에서 본 천자의 모습을 떠올린다.

다정해 보이는 눈동자. 그 미소 뒤로 그가 무슨 생각을 하는지 상상조차 할 수 없었다.

"우리는 2월에 뮬나이트 제국을 찾았어. 그때 두 가지 목적이 있다고 얘기했던 거 기억해?"

"미안, 뭐더라. 하나는 승상을 쓰러뜨린다는 거였는데."

"또 하나는 '금단' 탐색이야. ──요선향에는 '불로불사의 선약(仙藥)'이라는 전설적인 약이 전해져 내려와. 이건 그 이름처럼 불로불사의 은혜를 가져다주는 비약이야. 그리고 레시피 자체는 인근 서점에서 쉽게 입수할 수 있지."

"그걸로 린즈 님의 병을 고치려 했다고요?"

"바로 그래. 하지만 선약은 쉽게 조합할 수 있는 게 아냐. ──그 레시피 중 딱 하나 정체를 알 수 없는 재료가 있어. 그게 금단이야. 이것만은 도저히 찾을 수가 없어. 요선향은커녕 여섯 나라 어딜 찾아도 자취조차 찾을 수 없어."

"그럼 왜 뮬나이트를 찾은 건가요?"

"흡혈 소란 때 '저세상'으로 가는 입구가 열렸다고 들었어. 미지의 이세계라면 금단의 단서가 있지 않을까 했는데──. 뭐, 밑져야 본전이었지. 지푸라기라도 잡는 심정이었어."

"저……, 금단이라는 건 어떻게 생긴 건가요?"

사쿠나가 머뭇거리며 입을 열었다. 분명 그건 궁금하다.

"고대 레시피에 따르면 '반짝반짝 빛나는 별 같은 구체'라나 봐."

그 자리에 있는 전원이 생각에 잠겼다. 빌이나 사쿠나 모두 짚이는 건 없는 듯하다. 물론 나처럼 견식이 좁은 은둔형 외톨이는 더욱 알 턱이 없었다.

"어라……? 여긴……."

침대에서 목소리가 들렸다. 메이파가 후다닥 달려간다.

린즈가 의식을 되찾은 것이다.

"린즈! 괜찮아?!"

"메이파……? 응, 괜찮아."

우리도 황급히 린즈에게 다가간다.

그녀는 이미 웨딩드레스에서 잠옷으로 갈아입은 후였다. 다소 안정됐는지──, 조금 전까지는 흙빛이던 표정에 조금 붉은 기가 돌았다.

"코마리 씨……. 나 쓰러진 거야?"

"그래. 갑자기 피를 토해서 놀랐는데…… 정말 이제 괜찮아?"

"그냥 감기야. 약을 먹으면 금방 나아."

애처로운 미소가 가슴을 후벼팠다.

이 소녀는 우리에게 걱정을 끼치지 않으려 하고 있다. 이제 와서 신경 쓸 거 없는데——. 아니, 자기가 병에 걸렸다는 걸 남에게 들키기 싫은가?

"……미안. 메이파에게 많이 들었어. 린즈의 병도 그렇고."

붉은빛 눈이 동그래졌다. 확인하듯 자기 종자를 바라본다. 그리고 상황을 파악한 모양이다——. 린즈는 꺼져 들어가는 미소를 띠며 "미안" 하고 고개를 숙였다.

"나는 불치병에 걸렸어. 약을 안 먹으면 몸이 이상해져. 오늘은 먹었는데 이상해졌지만……, 악의는 없었어. 피로 옷을 더럽혀서 미안해."

"뭐?"

나는 어안이 벙벙했다. 메이파가 "린즈는 이런 녀석이야" 하고 한숨을 내쉰다.

"아니……. 피라면 됐어. 그보다 린즈가 걱정돼. 으음……. 나는 이제부터 어쩌면 돼? 어떡하면 린즈에게 도움이 될까……?"

"이제 됐어. 코마리 씨는 충분히 힘이 되어 주었어. 덕분에 승상을 규탄했잖아. 나를 유폐하려는 세력이 사라지면 본격적으로 금단을 찾을 수 있거든."

린즈가 일어났다. 황급히 말리려 하는 메이파에게 "화장실에 가려는 거야" 하고 미소 짓는다.

하지만 나는 절대적인 찜찜함에 머리가 어떻게 될 것 같았다.

이제 됐다고? 볼일 다 봤으니 난 이제 필요 없다는 건가?

아마 그건 아니겠지. 린즈는 착한 아이다. 이 이상 나에게 민폐를 끼치기 싫은 거겠지. 요선향의 성가신 사정에 말려들게 하기 싫은 거겠지.

하지만── 그래선 내 마음이 편하지 않다.

"린즈! 나는 이런 상황에서 갈 수 없어!"

"꺄악?!"

무심코 린즈의 어깨를 잡았다. 아니, 힘이 넘쳐서 그녀를 침대에 넘어뜨리고 말았다.

당황스러워하는 눈이 나를 올려다본다. 뒤에서 빌이나 사쿠나가 어째서인지 술렁이기 시작했다.

어라? 왠지 자세가 묘해졌는데……, 여기서 그만둘 수는 없지!

"린즈는 나에게 도와달라고 했지! 시카이를 쓰러뜨리고 끝나는 건 너무 매정하잖아?!"

"저기……, 저기…… 가까운데……."

"게다가 나는 너와 결혼할 권리도 있어! 뭐, 그냥 권리지만……. 어쨌든 끝까지 책임지고 린즈 곁에 있을래! 린즈에게 힘이 되고 싶어!"

"그렇게 말하면……, 더는 안 돼……."

"안 돼?! 혹시 불편했어……? 내가 싫었어……?"

"아니야! 코마리 씨는 좋아해!"

"뭐? 그래? 다행이다…….."

꽈악. 갑자기 서늘한 느낌을 받았다.

뒤를 돌아본다. 어째서인지 사쿠나가 웃는 얼굴로 내 발목을 잡고 있었다.

"사쿠나? 왜 그래?"

"아뇨. 코마리 씨를 만지지 않으면 못 참겠어서요."

잘 모르겠지만 신경 쓰지 말자. 나는 린즈를 돌아보며 말을 이었다.

"어쨌든! 나도 린즈를 좋아해. 그러니까 네 힘이…… 우와아아악?!"

꼬옥. 미지근한 느낌이 느껴졌다.

돌아볼 것도 없었다. 어느새 메이드가 온몸을 꼭 끌어안고 있었다.

"이봐, 빌?! 갑자기 왜 그래?!"

"저도 린즈 님처럼 코마리 님께 깔리고 싶어서 못 견디겠어요. 이대로는 코마리 님을 안고 창문에서 뛰어내릴 것 같아요."

"그만해!!"

나는 필사적으로 메이드와 격투한다. 어째서인지 사쿠나 녀석도 내 허벅지에 들러붙어 있다. 린즈는 신변의 위험을 느낀 것인지 꾸물거리며 도주를 시도한다. ……이봐! 지금 내 옷에 손을 집어넣은 게 누구야?! 어? 사쿠나? 제길……, 빌 녀석! 네가 변태 행위를 하니까 사쿠나가 따라 하잖아!

"이거 봐, 빌! 사쿠나의 성장에 악영향을 주는 게 너였구나?!"

"납득이 안 가네요. 메모아 님만 옹호하는 건 불공평하기 짝이 없어요."

"아아아아아아아아!! 간지럽히지 마아아아아아아아아아!!"

"……미안, 각하. 린즈 이야기를 들어 주지 않을래?"

메이파가 정말 미안한 듯 입을 열었다. 빌과 사쿠나가 움직임을 멈춘다.

아니, 그렇지. 지금은 린즈다. 변태를 신경 쓸 상황이 아니다.

"미안! 이봐, 떨어져!"

"맞아요, 빌헤이즈 씨. 장난칠 때가 아니라고요."

"사쿠나 말이 맞아. 나중에 놀아줄 테니까 조금 자숙해."

"네…………? 왜 저만…………? 메모아 님은…………?"

빌이 혼란스러운 얼굴로 굳어 있었다.

나는 마음을 다잡으며 린즈를 돌아봤다. 그녀는 뺨을 붉히며 고개를 숙여 버렸다.

"……코마리 씨. 고마워. 나를 생각해 줘서."

"당연하지. 이제 서로 사양할 사이가 아니잖아."

"응. 그러니까…… 나도 다 얘기할게."

린즈가 똑바로 나를 응시했다. 그 작은 입이 말을 꺼내려 한 순간——, 밖에서 우당탕탕하고 누군가가 다가오는 기척이 났다.

"각하! 큰일 났습니다."

문을 박찰 기세로 난입해 온 것은 벨리우스 이누 케르베로다.

매너고 뭐고 없다. 그러나 그는 신경 쓰는 기색 없이 보고했다.

"클레르 소위가……, 에스텔이 행방불명됐습니다."

"뭐……?"

"게다가 경사에서 폭동이 발생했습니다. 멜라콘시의 보고에 따르면 정부 관계 시설이 잇달아 습격당하고 있나 본데……."

그때——, 밖에서 요란한 폭발음이 들렸다.

후다닥 창문 쪽으로 달려간다. 그러나 상황을 전혀 알 수 없었다.

메이파가 "궁전 옥상으로 가자!"라고 소리치며 달려가 버렸다.

"가죠, 코마리 님!"

"엥? 이봐——, 사쿠나! 린즈를 잠시만 봐줘!"

나는 빌에게 이끌려 메이파 뒤를 쫓았다.

마법석 【전이】에 의해 금방 옥상에 도착했다. 그리고, 놀라운 경사의 광경을 목격했다.

곳곳에서 불꽃이 피어오르고 있다. 거리의 사람들은 호들갑을 피우며 도망치기 바빴다. 방금까지 앞쪽에 서 있던 고층 건물이 중간쯤에서 뚝 꺾여 있었다. 그대로 상부가 슬라이드하듯 미끄러지면서—— 쿠구우우웅!! 하고 파멸적인 소리를 내며 거리를 짓뭉갠다.

"뭐…… 뭐야, 이게?! 설마 제7부대가 날뛰기 시작한 건 아니겠지?!"

"그건 말이 안 됩니다. 그들은 분별 있는 폭도니까요."

"폭도라는 건 변함이 없군……."

"그보다 케르베로 중위 말처럼 에스텔과 연락이 안 됩니다. 그 성실한 흡혈귀가 정시 연락을 안 받을 것 같진 않은데 비상

사태예요."

"설마……, 저 폭동에 말려든 건 아니겠지?"

"글쎄요. 애초에 에스텔을 이끌던 커닝엄 님과도 연락이 안
됩니다. 두 분은 성진청에 남아 안쪽을 탐색하고 있었을 텐데,
가짜 결혼식이 열렸을 쯤부터 소식이 끊겼어요. 그 대통령님이
라면 무사하겠지만……."

연속해서 영문을 모르겠다.

안 그래도 린즈의 병 때문에 머리가 터질 것 같은데.

"어쩌면 승상 짓일지도 몰라……."

메이파가 경사의 참상을 바라보면서 말했다.

"모든 걸 잃었을 때에 대비해 둔 걸지도 모르지. 뭐 그런 인간
이……."

"그럼 승상에게 얘기를 들으러 가 볼까요."

"그래. 녀석은 지하 감옥에 갇혀 있을 거야."

☆

시카이를 만나러 가겠다는 뜻을 전하자 "나도 갈래"라고 린즈
가 말을 꺼냈다.

피를 토해 쓰러진 지 얼마 안 됐다. 무리하지 않는 게 좋지 않
겠냐? ──그렇게 타일렀지만 그녀는 듣지 않았다. 아무래도 시
카이를 만나서 확인하고 싶은 게 있다고 한다.

"각하. 저희는 에스텔을 찾으러 가 보겠습니다."

"응. 걱정되니까 그쪽은 맡길게. 다치지 않도록 조심해."

벨리우스는 "알겠습니다" 하고 고개를 꾸벅이고는 떠나갔다.

에스텔이나 네리아는 일단 그들에게 맡기자.

나와 빌, 사쿠나, 메이파, 린즈 다섯은 지하 감옥으로 향했다.

자금궁 서쪽에 위치한 거대한 수용 시설이다. 요선향에 반항한 인간이 잡혀 있다고 한다. 간수의 안내를 받아 지하 감옥으로 발을 내디딘다.

구도 시카이는 한층 엄중한 쇠창살 너머에 앉아 있었다.

이쪽을 보더니 "아아" 하고 지친 듯한 목소리를 낸다.

"우르르 몰려들 왔군. 죄인을 비웃으러 온 건가?"

"맞습니다. 꼴사나움의 극치네요. 기왕이면 기념 촬영이라도 할까요?"

"이봐, 카메라 꺼내지 마! 시카이! 너에게 묻고 싶은 게 있어."

나는 감옥으로 다가갔다. 갇힌 승상의 시선이 문득 내 뒤로 향했다.

린즈가 숨을 집어삼키는 기색이 났다. 그리고 나는 신기한 것을 보고야 말았다.

시카이의 눈에 아주 잠깐 안도하는 빛이 돈 것이다.

"나하하핫! 아무래도 린즈는 무사했나 보군! 다행이야, 다행이야."

"……? 넌 정말 다행이라고 생각하는 거냐?"

"뭐야? 의심하는 거냐? 전 약혼자의 안부를 걱정하는 건 당연하지."

의심하는 게 아니다. 이 녀석은 틀림없이 린즈를 걱정하는 것 같았다. 그래서 단순히 놀랐다.

"아니, 뭐. 성대하게 피를 토했다길래 픽 쓰러져서 죽은 줄 알았지──. 그보다 너희는 나한테 무슨 볼일이지? 혹시 경사에서 벌어지는 소동 때문인가?"

"그── 그래! 이봐, 시카이! 설마 저걸 네가 일으킨 건 아니겠지?!"

"너무하는군! 내가 요선향을 사랑한다는 건 불 보듯 뻔하잖아? 왜 내 나라 수도를 내 손으로 파괴해야 하는데? 이해하기 어렵군."

"그럼…… 저건 누가 선동하고 있는 거야?"

"네르잔피."

예상 이상으로 차가운 목소리에 깜짝 놀라고야 말았다. 가면을 쓴 듯한 진지한 얼굴. 그러나 그 두 눈 속에서는 증오와 후회가 뒤섞인 부정적인 감정이 넘쳐났다.

"……네르잔피? 그 검은 군기대신 말인가요?"

"나는 속고 있었던가 봐. 그녀는 나에게 협력하겠다면서 성진청 운영에 가담했어. 그래──, 이렇게 된 거 자백하지. 나는 인간을 납치하고 인체실험을 했어."

"웃기지도 않는 짓을!" 메이파가 눈을 치켜뜨며 노성을 질렀다. "요선향을 사랑하긴 무슨! 너는 그냥 신선종들을 괴롭히고 있었던 거잖아!"

"그건 부정하지 않겠어. 하지만 장기적으로 보면 반드시 요선향에 도움이 될 행위였지."

"정당화하지 마! 네 탓에 많은 사람이——."

"진정하세요, 메이파 씨. 우선 이야기를 들어보죠."

사쿠나가 메이파의 어깨를 툭 쳤다. 그 덕에 조금 머리가 개운해진 모양이다.

그녀는 "미안" 하고 평소처럼 사과하며 입을 다물었다.

"내 행동을 정당화할 생각은 없어. 하지만 세계를 평화롭게 하기 위해서는 때로 손을 더럽히는 것도 필요해. 나는 성진청에서 '보로'라는 것을 만들고 있었어."

"보로?"

"소질 있는 자를 납치해다 특수한 기술을 쓰는 거지. 그러면 그자의 의지력이 통째로 뽑혀나와 물질로 변환돼. 그걸 보로라고 해. 겉보기는…… 그렇지. 반짝반짝 빛나는 별 같은 구체라고 해야 하나."

린즈와 메이파가 놀란 듯 고개를 든다.

나도 깨달았다. 그 표현은 조금 전 들은 지 얼마 안 됐다.

"내가 처음 보로를 본 건 네르잔피 경에게 헌상받았을 때야. 이거야말로 천명이라고 확신했지. 왜냐하면 그건 내가 오랫동안 원했던 것과 딱 일치했거든. 하지만 그 헌상품으로는 부족했어. 나는 좀 더 순도 높은 걸 원했거든. 그러자 네르잔피 경이 '내가 좀 더 만들까?'라고 제안하는 거 아니겠어? 아아! 그녀는 보로를 인공적으로 만드는 도구를 가지고 있었거든! 나는 흔쾌히 승낙했지. 그녀가 지시하는 대로 사람을 납치해다 성진청에 가두었어. 그리고 잇달아 보로로 변환해 나갔지."

"잠깐, 승상……. 너는 뭐 때문에 그 '보로'를 만든 거야……?"

"나는 쭉 거짓말을 했어."

시카이는 미소를 짓고 있었다.

그건 사악함을 일절 찾아볼 수 없는 순수한 미소 같았다.

"이건 요선향을 위한 게 아니야. 모두 아이란 린즈를 위한 거였지."

"무슨…… 소리야?"

린즈가 떨리는 목소리로 비통한 표정을 짓는다.

그래. 이 녀석은 요선향을 가로채려 한 악당일 터다. 실제로 그는 린즈를 유폐해서 자유를 빼앗았다. 화촉 전쟁에서는 메이 파에게 상처도 입혔다.

"린즈 전하. 나는 당신이 평화롭게 살았으면 했어. 왜냐하면…… 공주라는 이유로 그만큼 괴로움을 맛보는 건 불공평하잖아? 무자비하잖아?"

"우…… 웃기지 마! 아무 말이나 떠들어서 린즈를 회유하려는 거냐?!"

"그렇게 받아들여도 상관없어, 란 메이파. 하지만 나는 나 자신의 솔직한 심정을 토로하는 거야."

"당신은 뭐가 목적이야……?"

"단순해. 조금이라도 당신의 고통이 줄어들도록……, 당신의 불치병을 치료하려고 했어."

"병?"

린즈가 주춤했다.

몸의 떨림을 억누르면서 내 옷을 붙잡는다.

"당신은…… 당신은 내 병을 알고 있었어? 그것도 마핵으로 낫지 않는 특수한 병에 걸려 있다는 걸."

"당연하지. 나는 아이란조를 좌우하는 승상이니까."

린즈가 기습당한 것처럼 눈을 깜빡였다.

시카이는 "나하하핫" 하고 호쾌하게 웃으며 화제를 바꾼다.

"즉 나는 린즈 전하를 위해 '불로불사의 선약'의 마지막 재료 '금단'을 만들려 했어. 나는 보로야말로 금단이라는 생각에 성진청을 운영한 거야."

"그럼…… 왜 내 동료를 상처 입혔어? 나를 지원해주던 사람은 다들 잡혀 버렸는데……."

"당신은 세상 물정을 너무 몰라. 공주에게 접근하는 간신은 수도 없이 많지——. 당신은 자기 부하들이 누구인지 모르나? 모르니까 그렇게 한 거겠지."

"무슨 소리야……?"

"나는 린즈 전하에게 '편이 되어드릴게요'라면서 접근한 녀석들 이름을 전부 열거할 수 있어. 왜냐하면 나 자신이 포박해서 보로로 만들었으니까. 두드리면 먼지가 날 만한 녀석들뿐이야. 뇌물에 공갈, 신분을 등에 업고 남에게 폭력을 행사하는 것도 일상다반사. 몰래 뒷거래하는 걸 전부 검거하는 것도 귀찮을 정도였어. 요선향이 썩은 쇠퇴 국가라는 건 사실이었지. 당신에게 웃으며 접근하는 녀석들은 하나같이 당신을 출세의 도구로만

보는 쓰레기들이야. 녀석들에게 공주 따윈 자기가 출세하기 위한 발판에 불과했어."

"하지만! 당신 자신이 조정을 망쳐놨어! 풍기가 어지러워졌다고……. 회의도 점심부터 시작하고……."

"점심부터 시작하는 게 딱 좋아. 아침에는 다들 직무 때문에 바쁘니까."

"비석은……. 승상을 칭송하는 비석을 강제로 만들게 했다고……."

"참 난감한 일이지. 그런 걸 만들어도 창피할 뿐인데. 하지만 요선향 신선종들은 진심으로 나의 정치 수완을 칭송하고 있었어."

린즈는 놀라고 있었다. 나도 벌어진 입이 다물어지지 않는다. 이만큼 진지한 눈빛을 지으면서 하는 말은 모두 거짓──, 만약 그렇다면 나는 내 눈을 믿지 못할 것이다.

"당신은 국민이 뭘 원하는지도 모르지. 경사조차 아무것도 몰라. 그런데 신분에 사로잡혀 무모한 노력을 강요당하고 있지. 그래서 공주며 삼룡성이라는 지위를 모두 빼앗으려 한 거야──. 결혼이라는 수단으로."

"모, 모르는 건 아니야. 나는, 차기 천자로서, 요선향을."

"당신은 조정에서 일하는 사람의 이름을 모두 댈 수 있나? 우리가 어떤 방침으로 정책을 진행 중인지 설명할 수 있나? 요선향에서 현재 우선해서 해결해야 할 사회 문제는? 아니, 아니. 그런 정치적인 이야기뿐만이 아니지. 요선향의 인구 및 면적은?

출생률은? 살해당한 인간 수는? ──당신은 아무것도 모를걸."

"......................."

"하지만 그건 죄가 아니야. 당신은 공주지 정치가가 아니지. 아버님처럼 꽃이나 돌이나 애지중지하면 돼. 그러면 괴로울 일도 없으니까──. 나는 이것만은 처음부터 일관되게 주장했지."

린즈에게 시카이의 말은 예리한 정론이었겠지.

붉은 눈에 희미하게 눈물이 맺혀 있었다. 지금까지 자기 행동이 모두 헛수고였다는 걸 안 괴로움이 얼마나 클까.

나는 그녀의 등을 쓸어주면서 생각한다.

이 남자의 '린즈를 구해주고 싶다'라는 마음은 존경하자.

하지만. 그래도. 나에게는 용서할 수 없는 부분이 여럿 있었다.

"구도 시카이 님. 결국 보로는 린즈 님의 병을 낫게 할 수 있나요?"

"아아! 뭐 이런 슬픈 현실이. 보로란 의지력 덩어리에 불과했어. 선약 레시피의 마지막 '금단'이 아니란 말이지. 몇 번을 조합해도 잘 안 되더군."

"그럼…… 헛수고였다는 거네요. 수많은 사람을 희생해 왔는데."

"헛수고 정도가 아니야. 마이너스지."

갑자기 지하 감옥이 진동했다.

지상에서 무언가가 폭발하는 듯한 느낌이 난다. 폭동은 아직 이어지고 있는 듯했다. 제7부대 녀석들은 무사할까──. 나는 가슴속에 초조감이 쌓이는 것을 느꼈다.

"네르잔피 경은 '보로는 금단일지 모른다'라고 속여서 나에게 대량의 소재를 모으게 했어. 즉 인간을 준비하게 했지. 나는 당연하다는 듯 따랐고……. 하지만 그건 어리석은 실수였어. 그 군기대신은 오로지 자신을 위해서 보로를 만든 거야. 그리고 보로를 빼낸 후 비어버린 인형도 이용했지. 녀석은 인형을 조종하는 열핵해방을 가지고 있다나 봐. 위에서 벌어지고 있는 소란은 아마 그거겠지."

"린즈 님의 목숨을 구할 방법은 찾지 못했다. 그리고 네르잔피는 당신의 악행을 이용해 더한 악행을 꾀하고 있다——. 그 뜻이로군요."

"아쉽지만 바로 그거야. 네르잔피 경의 목적은 확실하지 않아. 요선향의 탈취……, 파괴……, 여러 가지를 생각할 수 있지. 하지만 그냥 두면 좋지 않은 결과가 되리란 건 너희도 상상이 가지? 이건 녀석을 길들이지 못한 내 실수야."

그건 생각할 수 있는 한 최악의 결말일 듯했다.

나는 옆에 서 있는 녹색 소녀를 힐끗 바라봤다. 뭐 이런 절망적인 문제가. 그녀의 힘이 되고 싶다는 생각에 요선향까지 왔는데——. 나는 결국 아무것도 못하고 있다.

"……승상. 당신 생각은 알겠어."

린즈가 주먹을 쥐며 중얼거렸다.

"나는 정말 아무것도 모르는 몹쓸 요선이야. 쭉 상자 안에서 살아온 얼뜨기지. 하지만 공주로서의 역할은 다해야 해."

"린즈 전하……, 내 말을 들은 건가? 그렇게 안 되게 하려고 내가 당신을 가둬온 거야. 무리하면 병이 악화돼."

"하지만 나는 공주니까. 군기대신의 폭주를 막아야 해."

"말귀를 못 알아듣는군! 당신 병은 중해! ——뭐, 군기대신을 막겠다고? 당연히 불가능하지. 녀석은 괴물이야. 당신 같은 평범한 인간은 금방 살해당할걸."

"하지만! 나는 경사가 망가져 가는 걸 그냥 두고 볼 수 없어!"

"아이가 나서지 마! 그런 건 어른에게 맡기면 돼!"

"당신에게 맡겨도 아무 수가 없었잖아!"

시카이가 주춤했다. 린즈의 말이 그의 마음을 후벼팠겠지.

"그러니까 내가 노력해야 해. 군기대신을 막고…… 내가 천자가 되겠어. 그리고 직접 병을 치료할 방법을 찾을래……."

혀 차는 소리가 들렸다. 시카이는 창살을 붙들면서 노려본다.

"……천자 따위 될 게 못 돼. 나라의 상석에 있으면 나날이 마음만 소모돼."

"상관없어."

"나나 겔라……, 매드할트처럼 될 각오는 있나?! 말해 두겠지만 네 아버님에게는 그런 각오가 없었던 것 같아! 없었기에 방에 틀어박혀 돌 정원 따위에 혼을 팔고 있지! 그래 봬도 처음에는 열정이 넘치는 요선이었어! 좌절한 결과 그렇게 비참해진 거지! 그런 얼간이가 될 바에야 처음부터 천자의 지위 따위 내버리면 될걸! 너처럼 마음 약한 사람은 똑같은 전철을 밟게 될 게 뻔해! 과분한 꿈을 품지 마!"

"그만해."

나는 린즈를 감싸듯이 앞으로 나섰다.

그녀는 시카이의 기세에 밀려 눈물을 글썽이고 있었다. 꿈에 맞느니 과분한 건 없다. 자기 개인적인 생각으로 남의 삶을 단정 짓는 걸 그냥 둘 수 없었다.

"린즈를 너무 얕봤어. 이 녀석은 분명 병약하고 경사도 잘 몰라. 하지만 요선향을 위해 노력하려 하고 있어. 그 마음을 함부로 여기는 건 내가 용납 못 해."

"코마리 씨……."

"게다가 린즈는 혼자 노력하는 게 아니야. 내가 곁에 있어."

시카이가 "뭐?"라고 말한다.

"……무슨 소리를 하는 거야, 테라코마리 건데스블러드? 너는 요선향을 정복하러 온 살육의 패자 아니었나……?"

"아니, 너야말로 무슨 소리야?! 내가 그런 짓을 할 리 없잖아?!"

"신문에서는 세계를 정복하겠다고 선언했잖아! 그리고 실제로 궁전을 폭파했지! 붙잡힌 제국군 제7부대 흡혈귀들은 '각하는 세계를 정복할 거다'라고 말했어! 너는 린즈의 환심을 사서 요선향을 탈취하려 한 악 아니었나?!"

"이봐, 빌. 어떡하면 좋지?! 중상모략이 한계를 돌파했는데?!"

"잘됐네요. 좀 더 오해하게 두죠——, 구도 시카이 님. 코마리 님은 요선향의 국토를 프라이팬으로 써서 아무도 만든 적 없는 초거대 오므라이스를 만들 셈이세요. 물론 케첩 대신 인간의 피를 이용할 거고요."

"거짓말 마!!"

변태 메이드를 상대할 때가 아니다.

시카이의 오해를 풀어야 한다──. 아니, 풀 필요는 없지.

다른 누가 어떻게 생각하든 상관없다. 나는 린즈를 위해 움직이기로 했으니까.

"린즈. 너는 네가 하고 싶은 걸 하면 돼. 그걸 위해서라면 뭐든 도울 테니까."

"코마리 씨……, 고마워. 역시 코마리 씨는 다정하네."

린즈는 눈물을 닦으면서 희미하게 웃었다.

딱히 난 다정하지 않은데. 시카이나 네르잔피를 용서할 수 없었을 뿐이지.

"……건데스블러드 장군. 너는 정말 린즈를 돕고 싶은 건가?"

"가능한 한의 일은 할 거야. 나는 그걸 위해 요선향에 온 거야."

광대 같은 눈이 나를 노려본다. 린즈가 불안한 듯 매달렸다. 그래도 몇 초 서로 노려보는데── 곧 시카이가 "홋" 하고 포기한 듯 표정을 무너뜨렸다.

"아무쪼록 힘내 보시지! 그 계집은 네가 생각하는 것 이상으로 잔챙이야."

"네가 린즈에 대해 뭘 안다고."

"뭐든 알아. 하지만 실태를 범한 인간이 이러쿵저러쿵할 권리는 없지. 린즈 전하를 잘 부탁하마."

시카이는 웬일로 순순히 고개를 숙였다.

이 남자는 분명 린즈를 생각하고 있었다. 하지만 몽상낙원의 흉내를 내어 많은 사람을 괴롭힌 것도 사실이다. 자기 사정으로 누군가에게 비극을 강요하는 건 용서받지 못할 행위라고 난 생각한다.

"부탁받지 않아도 알아."

"……그래. 너는 린즈의 약혼자였지."

나는 시카이를 힐끗 살피고 나서 발길을 돌렸다.

"가자, 린즈. 저 녀석 조사는 높은 사람들이 해 줄 테니까."

"응……."

그렇게 감옥을 뒤로한다. 린즈는 끝까지 시카이를 신경 쓰는 눈치였다. 무리도 아니지. 그는 린즈에게는 순수한 적이라고 하기 어렵다.

어쨌든 메이파 이외에 유일하게 자기 몸을 걱정해 준 요선이니까.

"승상은. 왜 내 병을 고치려고 한 걸까……."

"그야 뻔하지. 린즈를 오래 살게 해서 이용하려고 한 거야. 공주를 꼭두각시로 삼으면 조정에서 판을 칠 수 있으니까."

"하지만…… 그런 느낌이 아니었던 것 같아."

"제가 죽여서 머릿속을 볼까요? 그러면 전부 해결돼요."

이봐, 사쿠나. 웃으면서 무서운 소리 하지 말래?

그렇게 전전긍긍하면서 감옥을 걷는다.

그때——, 문득 바로 위에서 폭발음이 들렸다. 이어서 어마어마한 충격과 함께 진동이 덮쳐들었다. 천장에서 뚝뚝 떨어지는 흙먼지를 팔로 막으면서 나는 머리 위를 올려다본다.

"코마리 님. 방금 막 멜라콘시 대위에게서 연락이 왔습니다. 아무래도 폭도는 이 감옥까지 침입한 것 같습니다."

"……뭐? 왜?"

"이게 정부 시설이기 때문이겠죠. 조금 전 군기대신 로샤 네르잔피가 정식 성명을 발표했다나 봅니다——. '마핵이 있는 곳을 알려주지 않으면 아이란조의 중요 거점을 연속해서 쓸어 버리겠다'라나 뭐라나. 즉 폭동의 흑막은 정말 그 검은 여자였단 거죠."

"마핵을…… 마핵을 노리고 있는 거야? 군기대신은."

린즈가 가슴 앞에 손을 대면서 불안한 듯 묻는다. 빌이 "아마요"라고 수긍했다.

"본인이 그렇게 말하고 있으니까요. 천자를 협박하고 있나 봅니다."

이놈이고 저놈이고 마핵, 마핵. 그런 건 뒤집힌 달 하나면 충분한데. 아니——, 어쩌면 네르잔피는 스피카의 수하인가? 하지만 그런 분위기는 아니었지. 스피카의 조직이 '달'이라면…… 네르잔피는 어둠에 떠오른 '별' 같은 느낌이었다.

메이파가 혀를 차며 소리쳤다.

"어쨌든 이동하자! 우리는 한시라도 빨리 군기대신을 찾아가야 해!"

"그, 그래! 여기 있으면 죽으니까! 얼른 도망——."

달려나가려 한 순간이다.

천장이 폭발했다. 아니, 정확히는 천장이 무너져내렸다.

나는 비명을 지르는 수밖에 없었다. 이대로 죽는 건가? ──그렇게 생각했더니 빌이 갑자기 태클을 걸었다. 나는 그녀에게 안긴 채 바닥 위를 데굴데굴 굴렀다. 낮에 먹을 샐러드를 토할 뻔했지만, 필사적으로 참고 시선을 정면으로 향한다.

"죽어라! 테라코마리 건데스블러드──────!!"

검을 든 여러 남자들이 덮쳐들었다.

엥? 왜? 네르잔피는 나를 죽이려 하는 건가? ──그렇게 절망하는 나를 두고 빌이 쿠나이를 투척. 날이 적의 팔에 꽂히자 붉은 피가 사방에 튀었다.

"메모아 님!"

"네."

사쿠나가 즉시 지팡이를 휘둘렀다. 흰색 마력이 얼어붙은 얼음으로 변환되어 습격자들을 덮쳐든다. 그들은 저항도 못 하고 얼음 동상처럼 굳어 버렸다.

나는 너무 추워서 부르르 떨었다. 그걸 눈치챈 빌이 꼭 끌어안아서 따뜻하게 해 주었다──, 그런 줄 알았더니 이상한 곳 주무르지 마. 이 변태 메이드?!

"이거 놔! 그리고 도와줘서 고마워! 그리고 이 녀석들은 왜 나를 노리는 거야?!"

"코마리 님 목숨을 노리는 건 불변의 진리지만……, 네르잔피의 목적을 모르겠네요."

"이 녀석들이 승상이 말했던 '인형'인가. 눈에서 생기가 안 느껴지네."

메이파가 흥미진진하다는 듯 빙상을 바라보았다.

분명 생기가 느껴지지 않는다. 그리고 그들 이마에는 별 모양의 흔적이 남아 있었다. 이게 네르잔피의 꼭두각시라는 증거일지도 모른다——, 그렇다면 모니크는.

"코마리 님! 두 번째로 옵니다!"

"엥? 으헥?!"

빌에게 멱살을 붙들려 이상한 소리를 내고 말았다.

파괴된 천장에서 잇달아 살의가 넘치는 살인귀들이 내려왔다. 하나같이 '죽어라, 테라코마리!' 같은 식으로 나를 노려본다. 영문을 모르겠다. 적이 던진 수류탄 같은 것이 내 뺨을 아슬아슬하게 스치고 지나가더니 뒤에서 크게 폭발했다. 역시 영문을 모르겠다.

"빌헤이즈 씨! 마핵에서 마력이 공급되지 않아서 제 빙결 마법으로는 한계가 있어요! 지금은 일단 후퇴하고 태세를 정비하죠!"

"알겠습니다. 코마리 님, 실례합니다."

"엥? ——이봐, 빌. 떠메지 마?! 창피하잖아?!"

"그럼 공주님 안기로 할게요."

"이것도 창피해!!"

그러나 빌은 나를 무시하고 폭주하기 시작했다.

뒤에서 노성과 마법이 세트로 날아온다. 너무 무섭다. 당장에라도 죽을 것 같다. 하지만 약한 소리를 할 수는 없다.

힐끗 옆을 본다. 나와 마찬가지로 메이파에게 공주님 안기를 당한 린즈와 눈이 마주쳤다.

왠지 거북해져서 눈을 피해 버렸다. 하지만── 나는 이 아이를 위해 노력하기로 한 것이다. 우선 네르잔피 녀석에게 한마디 해줘야 속이 풀릴 듯했다.

☆

[──군기대신 로샤 네르잔피 경의 연락입니다. 이 폭동은 모두 천자 폐하의 부덕으로 인한 것입니다. 혁명이 성립하려 하고 있습니다. 이건 천명입니다. 천자 폐하는 다음 천자가 될 자로서 네르잔피 경에게 '천자가 될 자격'── 즉, 마핵의 관리 권한을 양도해 주십시오. 완료할 때까지 민간의 폭동은 계속될 것입니다.]

경사에 설치된 스피커에서 목소리가 울려 퍼진다. 네르잔피의 부하겠지.

[또 혁명을 방해하는 발칙한 자도 있습니다. 공주 아이란 린즈와 칠홍천 테라코마리 건데스블러드 일당입니다. 그들의 목에는 군기대신의 상금이 걸려 있습니다. 국민 여러분은 발견하는 대로 죽여 주십시오. 혹은 목격 정보 등을 전해 주십시오. 반복합니다──.]

"──이게 뭐야!! 바보 같은 데도 정도가 있지!!"

프로헤리야 즈타즈타스키는 참다못해 소리쳤다.

경사 상공. 고층 건물과 고층 건물을 잇는 다리 위에 우뚝 서서 초조한 듯 팔짱을 끼고 있다. 그 옆에는 고양이 귀 장군──

리오나 플랫의 모습도 있었다.

"뭐가 뭔지 모르겠네. 왜 네르잔피란 사람은 이런 짓을 한 거지? 그보다 이런 게 가능해?"

"전자는 네르잔피가 마핵을 원하는 악당이기 때문. 그리고 후자는 네르잔피가 남을 조종하는 능력을 가지고 있기 때문이야. 경사에서 날뛰는 무리를 봐. 저건 본인들 뜻이 아니야. 본래 자기 자신의 마음이 있어야 할 곳에 뭔가 다른 걸 심어놓은 모양이야."

"어떻게 알아?"

"저 공허한 표정을 보면 알지. 의지력이 외부에서 조작되고 있어. 아마 모니크 클레르의 '소진병'을 더 악화시킨 증상이겠지."

프로헤리야는 총을 쥐면서 경사의 모습을 관찰한다. 이만한 소동을 혼자 힘으로 제압하기는 불가능하다. 할 거라면 주모자인 네르잔피를 죽여야 한다.

하지만 네르잔피는 어디선가 부하에게 지시를 내릴 뿐, 본인은 전혀 모습을 드러내지 않는다.

피토리나에게 수색을 맡겼지만 아직 꼬리를 잡지 못했다.

애초에—— 현재 프로헤리야와 리오나는 섣불리 움직일 수 없는 상황이었다.

요선향 천자가 각국 수뇌부에 연락한 모양이다.

이른바 '이건 국내 문제이니 간섭하지 말아 달라'.

손을 대면 요선향의 군대를 출동시켜 요격하겠다는 호언까지 한 모양이다. 천자의 의도는 모르겠다. 네르잔피에게 협박당해 그렇게 주장하는 걸지도 모른다.

"서기장 녀석……. 이상한 데서 성실한 녀석이야. 이대로 가면 군기대신 뜻대로 되겠어."

"우리 폐하도 '손대지 말라'라고 해. 뭐, 생각이 있어서 그런 게 아니라 단순히 관심이 없는 것뿐이겠지만……………………, 응??"

리오나가 눈을 동그랗게 뜨고 굳었다.

이상하다 싶어서 "왜 그래?"라고 묻는다. 그러나 답은 없었다. 얼굴 앞에서 손을 흔들어 보아도 공중 코사크 댄스를 춰도 반응이 없다. 물끄러미 경사 한쪽을 바라보고 있다.

"정체불명의 전파에 당했나? 털이 곤두선 데다 꼬리가 동그랗게 말렸어."

"아니……, 그게 아니라…… 언니?"

"언니?"

프로헤리야는 리오나의 시선 끝을 봤다.

요선향 정부가 운영하는 은행이다. 이미 천장이 날아가서 심각한 상태다.

그때 프로헤리야는 낯익은 두 사람이 크게 날뛰는 장면을 목격했다.

"티오!! 돈이야, 돈!! 최대한 많이 모아!!"

"이얏호—!! 이제 걱정 없이 일을 그만둘 수 있겠다———!!"

"비켜!! 여기 있는 돈은 전부 육국 신문의 활동 자금이야!!"

"보세요, 메르카 씨!! 액자 뒤에 대량의 값진 물건이!! ——숨겨도 소용없어!! 내 코는 광대한 사막에서 한 방울의 사금을 1초만에 찾을 수 있을 만큼 고성능이니까!! 내 발톱에 희생당하기 싫으면 돈을 전부 내놔!!"

"잘했어, 티오!! 네 천직은 강도야!! 기자와 강도의 겸업을 인정할게!!"

·················.

············.

"언니가…… 드디어 엇나갔나?!?!?!"

"아니, 아니겠지. 저것도 조종당하는 거야. 아마. 아마도."

"하지만 그냥 둘 순 없잖아?! 아ㅡ, 정말 손이 많이 가는 언니야!"

리오나가 다리에서 훌쩍 뛰어내린다. 유성 같은 속도로 은행을 향해 급강하했다.

어쩔 수 없으니 프로헤리야도 부유 마법을 발동해 따라가기로 했다.

"하핫ㅡ!! 한 푼도 남김없이 가져와ㅡㅡ."

"남한테 민폐 끼치지 마!!"

"끄엑?!"

손도끼를 한 손에 들고 난동을 부리던 고양이 귀 소녀의 옆구리에 드롭킥이 꽂혔다. 그녀는 슬롯머신 구실처럼 가볍게 날아갔고ㅡㅡ 그대로 벽에 충돌했다. 순식간에 정신을 잃은 모양이다. 핑글핑글 도는 눈으로 꼼짝하지 못했다.

"티오?! 누구야, 우리 강도 행위를 방해하는 범죄자가ㅡㅡ,

으극."

창옥 쪽은 프로헤리야가 손날로 침묵하게 만들었다.

그렇게 해서 자리가 잠잠해졌다. 벽 쪽에서 떨고 있던 일반 시민들이 "스타즈타 각하다!" "스타즈타 각하가 도와주셨어……!" 하고 감격에 찬 목소리를 냈다. 곧 은행은 성대한 박수갈채에 휩싸였다. 우선 우쭐해하기로 했다.

"와하하핫! 이 프로헤리야 스타즈타스키 각하가 온 이상 이제 안심이지! 무력한 우민들은 집에 가서 발이나 뻗고 자도록!"

"그럴 때가 아니지!"

픽, 머리를 얻어맞았다. 리오나가 불만스러운 얼굴로 우뚝 서 있었다.

"이것도 네르잔피의 짓이란 거야? 평범하게 있을 법한 미래였는데."

"너는 언니에게 신뢰가 없구나. 하지만 봐──, 이 신문 기사 가슴팍에 별 마크가 있잖아?"

프로헤리야는 기절해 있는 창옥 기자의 옷을 찢어 리오나에게 보였다.

"이건 소진병을 뜻하는 것이라고 나는 추측해. 왜냐하면 홍설 암의 모니크 클레르 몸에도 같은 게 있었거든."

"누군데, 모니크 클레르가."

"요약하자면 이 별 마크야말로 조종당하고 있다는 증거야. 네르 잔피는 남의 의지력을 빼앗고 어떤 명령을 내리고 있는 거겠지."

리오나가 머리 위에 물음표를 띄우며 고개를 갸웃했다.

그러나 바로 납득한 모양이다. 그녀는 사납게 눈을 빛내며 "어쨌든 네르잔피를 쓰러뜨리면 되는 거지!" 하고 씩씩거렸다. 분명 그 정도로 단순한 게 더 알기 쉬워서 좋다.

그때 프로헤리야는 문득 생각했다. 네르잔피의 표적이 된 흡혈귀—— 테라코마리 건데스블러드는 지금 어디서 뭘 하고 있을까?

☆

콧속을 콕 찌르는 듯한 냄새.

빌헤이즈 중위가 가끔 조합하는 약과 비슷했다. 문득 자신이 침대에 누워 있다는 걸 깨달았다. 꾸물거리며 몸을 움직이자 가슴 쪽이 욱신거리며 아파왔다.

에스텔 클레르는 겨우 깨어났다.

군복이나 속옷은 어느새 벗겨져 있었다. 대신 상처 부위에 붕대가 감겼고 치료가 되어 있다. 영문을 모르겠다. 왜 내가 이렇게 엉망이 되어 있는지——.

"무슨 일이…… 벌어진 거지……?"

"흐음. 겨우 천국행은 면했나 보군."

움찔하며 시선을 옆으로 돌린다. 경단 머리를 한 요선이 지친 얼굴로 서 있었다.

에스텔은 놀란 나머지 침대에서 펄쩍 뛰었다.

"쿠야 선생님?! 왜 여기에——, 아얏."

"소란 피우지 마. 고생해서 꿰맨 상처가 벌어지잖아."

쿠야 선생이 어이없다는 듯 에스텔을 만류했다.

적의는 느껴지지 않는다. 오히려 그녀의 손길에 위로의 기색을 느꼈다. 당황하는 에스텔을 내려다보면서 "무사해서 다행이다"라고 한숨을 내쉰다.

"터무니없는 중상이었어. 내가 없었다면 분명 죽었을 거야."

"으음……, 감사합니다……?"

"하고 싶은 말은 산더미처럼 많겠지. 우선 진정해."

살며시 침대에 눕힌다. 에스텔은 복잡한 심정으로 쿠야 선생을 올려다봤다.

이 사람은 에스텔의 여동생 모니크를 괴롭혔던 장본인. 코마링 각하에 의해 날아가 행방불명이 됐을 텐데, 설마 요선향으로 도망쳤을 줄이야.

"그 총상을 보면 알아. 너는 군기대신 로샤 네르잔피에게 당한 거지? 그보다 나는 네가 맞는 걸 봤거든. 아주 지독하던데."

기억이 혼탁했다.

쿠야 선생이 "물 마실래?" 하고 컵을 가져와 주었다. 에스텔은 인사를 하고 받아들었다. 입을 대고 나서 퍼뜩 생각했다. ──혹시 독이 든 건 아닐까? 그러나 곧 생각을 고쳤다. 여기서 죽일 생각이라면 처음부터 돕지 않았을 것이다.

"하던 얘기로 돌아가지. 너는 네르잔피에게 가차 없이 충격을 당했어. 그리고 경사 쓰레기장에 버려졌지. ……놀랐어. 설마 대낮에 당당히 사람을 쏠 줄은 몰랐거든. 나는 녀석이 떠나는 순간 네 몸을 끌어내 이리로 옮겼어."

"으음……, 여기는 어딘가요?"

두리번거리며 주변을 둘러본다. 작은 병실 같은 곳이었다. 엄청난 양의 책이 쌓여 있다. 벽에 있는 선반에는 잘 모르는 약품이니 식물로 빼곡히 메워져 있었다.

"내 은신처야. 경사 동부 지하지."

쿠야 선생은 의자를 끌어다가 앉았다. 우아하게 다리를 꼬면서 진지한 표정을 짓는다.

"탄환은 네 몸을 관통한 모양이야. 하지만 급소는 빗나갔어. 그리고 녀석의 '보로탄'은 물질이 아니라 의지력의 탄이야. 파편을 흩뿌리는 타입도 아니라서 체내 잔류물을 걱정할 필요는 없어."

"네……?"

"즉 치료는 크게 어렵지 않았어. 보통은 생각할 수 없을 만큼 큰 행운이지."

"아마추어의 의견이라 죄송하지만…… 핵 영역으로 데려가면 되지 않았을까요?"

"네르잔피의 총은 신구야. 마핵에 의지할 수는 없어."

숨을 집어삼킨다. 자신은 정말 생사의 경계를 헤맨 모양이다.

어쨌든 에스텔은 이 사람의 도움을 받았다. 그 사실만은 정확하게 파악할 수 있었다.

"저기. 쿠야 선생님…… 도와주셔서 감사합니다. 하지만…… 왜. 당신은 모니크에게 심한 짓을 했는데."

"그 점은 정말 미안하게 생각해. 나는 약자를 도와야 하는 의

사인데 말이지."

쿠야 선생은 자조하듯 웃었다. 그리고 진지한 태도로 고개를 숙였다. 두 경단을 바라보면서 에스텔은 생각한다——. 이 사람은 마음을 고쳐먹은 걸까? 아니면 뿌리까지 나쁜 사람은 아닌 걸까? 잘 모르겠다.

"네르잔피는 나에게 실험을 명령했어. 그 목적은 의지력의 구조를 아는 것. 나는 그녀가 시키는 대로 모니크를 괴롭혀 왔지⋯⋯. 하지만 건데스블러드 각하에게 혼났고, 조금 마음을 고쳐먹으려고 해."

"⋯⋯⋯⋯⋯."

"못 믿겠지. 때려도 돼."

에스텔은 쿠야 선생을 나무랄 수 없었다.

갑작스러워서 머리가 따라주지 않는다. 때릴 만한 체력도 없다. 무엇보다 그녀는 진심으로 사죄했다. 그리고 에스텔을 치료해 주었다. 우선은 보류해두자고 생각했다.

"⋯⋯저는 제 일을 하겠어요. 네르잔피 군기대신이 무슨 꿍꿍이속인지, 커닝엄 대통령님이 어떻게 됐는지, 그리고 경사에서 무슨 일이 벌어지고 있는지 알려주지 않으시겠어요?"

"좋아. 나도 네르잔피를 그냥 둘 수 없거든."

쿠야 선생은 머리 위를 올려다보면서 말했다.

"녀석은 마핵을 노리고 있어. 현재 경사에서는 녀석의 수하가 폭동을 일으키는 중이야."

천장의 마력 등이 일렁이며 흔들리고 있었다. 간헐적으로 폭발음도 들려온다.

"그리고 수하에게 테라코마리 건데스블러드 살해를 명령했어. 그 흡혈귀는 네르잔피가 목적을 달성하는 데 방해가 되나 봐."

"윽······!"

에스텔은 거기서 처음으로 초조감을 느꼈다.

그래. 이런 데서 잠이나 자고 있을 때가 아니다. 우선 코마링 각하에게 가야 한다──. 그렇게 생각하며 근처 행거에 걸려 있던 제복으로 손을 뻗는다.

"이봐, 에스텔! 너는 절대 안정이야! 거기서 자고 있어!"

"안 돼······요! 저에게는 할 일이 있어요! 각하와 합류해서······ 군기대신을 쓰러뜨려야 해요! 커닝엄 대통령님을 구하러 가야 해요!"

"그러다 상처가 벌어지면 애써 구해준 보람이 없잖아! 게다가 네르잔피는 그 후로 모습을 감춰 버렸어! 어디 있는지는 아무도 몰라──."

쿠야 선생의 말도 이해는 간다. 하지만 순순히 따를 수는 없었다.

매달리듯 군복을 끌어당긴다. 쿠야 선생이 "너무 무모하게 굴면 순식간에 근육이 경직되는 약물을 쓴다?!" 하고 협박한다.

그 순간──, 안쪽 주머니에서 종잇조각 같은 게 팔랑거리며 떨어졌다.

"?"

에스텔은 반사적으로 그걸 주워들었다. 작은 글자가 적혀 있었다.

[모든 결착은 사룡굴에서.]

쿠야 선생이 "뭐야, 그건" 하고 의심스레 살핀다.

"메모인가? 사룡굴이라면 경사 교외에 있는 천자 일족의 분묘인데."

기억해낸다. 이건 성진청에 쳐들어갔을 때 주운 메모다.

추가로 기억해낸다. 이 필적은 어디선가 본 듯한 느낌이 든다. 막대 인간이 체조하는 듯한 글자. 그래. 코마링 각하와 함께 간 레스토랑에서 슬쩍 봤었다.

"이거…… 아마…… 군기대신의 메시지……?"

"뭐라고……?"

놀라움에 찬 표정으로 종이를 만진다. 담긴 마력의 흔적을 감지한 쿠야 선생은 혀를 차더니 "정말이군" 하고 중얼거렸다.

"이건 네르잔피의 것이야. 동료에게 보내는 메시지인가?"

"사룡굴에서 보자는 얘기일까요? 아니면 사룡굴 자체가 아지트……?"

"모르겠어……. 하지만 확인해 볼 가치는 있겠군."

"가죠. 지금 당장."

"그러니까 무리하지 말래도——, 이봐!"

에스텔은 쿠야 선생의 목소리를 무시하고 일어났다.

내장이 흘러나올 듯한 통증이었다. 하지만 이런 건 대단할 게 못 된다. 군학교의 가혹한 훈련에 비하면 솜털로 문지르는 것과 크게 다를 바 없다.

──지금 당장 저도 갈게요. 코마링 각하.

에스텔은 이를 악물고 쿠야 선생의 아지트를 뒤로했다.

그러나 상반신이 거의 알몸이었단 걸 떠올리고 황급히 돌아온다.

얼굴이 후끈후끈했다.

☆(조금 거슬러 올라가)

로샤 네르잔피는 천자 폐하 눈앞에 서 있었다.

몇 번을 봐도 너무 평범할 정도로 평범한 남자였다.

정치에는 무관심. 딸의 결혼이 어떻게 되든 신경도 안 쓴다. 자신은 궁전 안에 깊숙이 틀어박혀 번거로운 현실로부터 계속 도망치고 있다. ──이런 게 일국의 톱이라니 웃음이 난다.

구도 시카이가 사라짐으로써 요선향은 곤경에 처하겠지.

천자는 무능. 후계자인 아이란 린즈는 꿈 많은 잔챙이에 불과하다.

요선향의 명운은 다한 거나 다름없다. 아니──, 그 이전에 마핵을 빼앗기면 국가로서 기능을 잃는다. 아무래도 여섯 나라 중 가장 먼저 함락되는 건 신선종이었던 모양이다. 이제 걸리적거리는 테라코마리 건데스블러드를 제거하면 네르잔피의 앞길을 막는 사람은 더는 없다.

"──자, 그럼 천자 폐하. 바로 마핵의 정체를 알려주실까?"

호화로운 의자에 앉은 천자가 움찔하고 몸을 떨었다.

아무도 구하러 올 기색은 없다. 네르잔피가 이미 사람을 물렸기 때문이다.

눈앞에 있는 남자는 미아처럼 주변을 이리저리 살피면서 손을 꼬무락거렸다.

"군기대신. 마핵이 무슨 소린가? 왜 나를 가둔 거지?"

"이 마당에 아직도 시치미를 떼려고? 자기가 처한 상황을 모를 만큼 어리석진 않잖아?"

"무슨 소리를 하는지 나는 모르겠군. 천자의 칙명을 못 듣겠다면 반역자. 근위병에게 명령해 즉각 체포하게 하지."

"근위병이라면 전부 죽었어. 내가 처리했거든."

"농담은 그만. 나는 이제부터 시가 감상회에 참석할 예정이야……."

"당신은 경사에서 벌어지는 일에 관심이 없나? 폭도에 의해 요선들이 힘든 일을 겪고 있는데."

"그건 장군들이 진압해 주겠지. 내가 나설 대목이 아니야."

그 장군들이 현재 어떤 상황인지 천자는 모르는 듯했다.

제1부대 대장은 테라코마리 건데스블러드와 함께 도주 중. 제2부대 대장은 핵 영역에서 발이 묶여 있다. 그리고 제3부대 대장은 시카이에게 가담한 혐의로 체포되었다——. 그것도 그건 이 남자 자신의 명령이다.

"바보 같은 짓은 그만두고 날 놔주게. 그러면 이번 무례도 불문에 부치지——."

네르잔피는 성큼성큼 천자 쪽으로 다가간다.

멍한 눈동자가 자신을 올려다본다. 그 미간에 불이 붙은 담배를 비비적거렸다. 천자가 비명을 지르며 의자에서 굴러떨어졌다. 그는 "뜨거워, 뜨거워!" 하고 울부짖으며 바닥을 기어 다니고 있다. 바로 마핵으로 나을 텐데 소란이다.

"그래. 고통에 익숙하지 않은가 보군. 이런 상자 속에서 그저 여생을 소비하는 나날을 보내다 보면 당연한가. 너는 군주가 되어야 할 인간이 아니야. 네 방탕한 생활 때문에 나 같은 악당이 활개를 치는 거라고."

"무…… 무…… 무슨."

"자국민의 고통을 모르는 군주에게 존재 가치는 없다는 뜻이야. 네 역할 따위는 나에게 마핵 위치를 알려주는 것 정도지."

"나…… 나는……."

천자는 한기를 참는 듯이 부들부들 떨었다.

이마를 누르며 일어난다. 마핵 덕에 화상은 나은 모양이다.

"나는…… 국민의 고통이라면 안다……."

네르잔피는 기묘함을 느꼈다.

목숨을 구걸하는 것도 아니고 마핵의 정체를 밝히는 것도 아니고, 무슨 소리를 하는 건지.

"나는 좋아서 이런 생활을 하는 게 아니야……. 실은 명군이라고 불릴 만한 존재가 되고 싶었지……. 하지만 안 됐어. 군자가 될 만한 그릇이 아니다──, 다시 말해 '군자의 그릇이 아니'다. 부제(父帝)에게 자리를 물려받았을 때는 나도 직무에 공을 들였지……. 하지만. 하지만 나는 참을 수가 없었다. 내 정책 하나로 사람이 불행해져 가는 현실을. 누군가를 행복하게 하면 반드시 누군가가 불행해져. 그리고 나에게 원망을 토해내는 거지……. 가끔은 살해하려 하는 자도 있었다…….”

“그래. 하지만 그 괴로움을 감당할 수 있는 자만이 나라의 정점에 군림할 자격을 가져.”

“그러니까 나에게는 자격이 없는 거다! 그렇다면 틀어박혀 있는 수밖에! 나는 아무도 상처 입히고 싶지 않아! 상처 입고 싶지도 않아! 내 방에 틀어박혀 풍류에 몸을 맡기고 있으면 그만이야! 나는 천자 따위 되고 싶지 않았어! 그릇이 아니라고!”

타앙. 네르잔피는 방아쇠를 당겼다.

보로탄이 눈에 보이지조차 않는 속도로 빠르게 천자의 어깨를 관통했다. 피를 흩뿌리면서 몸이 날아간다. 이번에는 신구로 공격했으니 쉽게는 회복되지 않을 것이다. 천자는 침을 흘리며 짐승 같은 포효를 내질렀다. 고통이 너무 심해서인지 말도 제대로 못 하고 있다.

“놀라움도 뭣도 없군. 너는 내가 예상했던 대로 잔챙이였던 모양이야. 네리아 커닝엄이 중증이 되면 이렇게 되려나?”

“아……, 아아앗……, 아아…….”

“죽기 싫으면 마핵이 어디 있는지 말해. 아픈 건 싫지?”

천자의 관자놀이에 총구를 들이민다. 곧 이성을 잃은 천자는 떼쓰는 아이처럼 몸부림치고 있었다. 조금 과했나――, 네르잔피는 반성하며 천자의 머리 옆을 걷어찼다.

“잠시 기다려 주지. 10초 세는 동안 말해.”

작은 동물처럼 눈동자가 흔들렸다. 8을 셌을 때 천자가 오열과 함께 중얼거렸다.

"마…… 마핵…… 은…… ."

"뭐야. 좀 더 큰 소리로 말해야 들리지."

"마핵은……, 요선향의 마핵은…… 없다…… ."

허를 찔린 기분이었다.

"없다? 무슨 소리지?"

"존재하지 않아. 말 그대로다…… . 요선향에…… 마핵은 존재하지 않아…… ."

" …………. "

박진감 있는 표정. 이게 거짓이라면 정말 대배우겠지.

남은 시간은 길지 않다. 천자의 칙령을 위조해 타국의 개입을 막고는 있지만, 꾸물거리다가는 알카 공화국이나 뮬나이트 제국이 진군해 올 가능성도 있었다.

마핵이 존재하지 않을 리 없다. 그럼 천자는 무슨 말을 하는 거지?

네르잔퍼는 새로운 담배에 불을 붙이면서 생각에 잠긴다.

☆

지상은 지상대로 몸이 움츠러드는 듯한 살기가 휘몰아쳤다.

감옥을 탈출한 우리를 맞이한 건 이성을 잃은 인형들의 맹공이었다.

"죽어라, 테라코마리 건데스블러드————————!!"

"그러니까 왜 나를 노리는 거냐고?!"

퍼엉!! ——연기가 주변에 퍼졌다.

빌이 연기 구슬 같은 것을 투척한 것이다. 그녀는 나를 공주님 안기로 안은 채 경사의 거리를 빠져나갔다. 사방팔방에서 마법 공격이 날아든다. 수리 도중이었던 '천축찬점'이 다시 날아갔다. 왠지 또 말려들게 해서 미안한 마음뿐이다.

"이거 큰일이네요. 제7부대가 같이 날뛰기 시작했어요."

"그쪽은 왜 또?!"

"적은 날뛰고 있는데 자기들만 가만히 있는 건 불공평하다——, 라고 주로 특수반 바보들이 주장하고 있습니다. 그들은 폭도를 살해하면서 약탈 행위 중인가 봐요."

그 녀석들은 나와는 다른 논리로 삶을 사는 모양이다.

에스텔은 어디 간 거지. 나 대신 칠홍천이 되어주지 않으려나. 그렇게 생각하는데 목욕탕 간판 쪽에 적갈색 머리카락의 소녀가 서 있는 것을 목격했다. 하반신은 후들후들. 옷은 피투성이. 그녀는 나를 보더니 "각하!"라고 울 듯한 소리로 외쳤다.

"에스텔?! 무사했어?!"

"네……! 쿠야 선생님 덕에……."

나는 놀라서 그녀 옆에 서 있는 경단 머리를 바라봤다.

홍설암에서 내가 본의 아니게 날려버린 요선——, 쿠야 선생이다.

그녀는 겸연쩍은 표정으로 "1달 만이네" 하고 팔짱을 끼었다.

"잘 지내는 것 같아 다행이야, 코마링 각하. 아니, 너무 잘 지내는 것 같은데."

"안 됩니다, 코마리 님! 이 녀석은 적이에요! 제 옷 속에 고개를 파묻고 냄새를 맡으면서 숨어 계세요!"

"눈 가리고 아웅도 정도가 있지?! 네 냄새 따위 맡기——."

"죽어라, 테라코마리 건데스블러드ㅇㅇㅇㅇㅇㅇㅇ!!"

뒤에서 다시 요선이 덤벼들었다.

그러나 사쿠나가 얼음 기둥을 만들어서 꼬치가 되고 말았다.

이렇게 장난칠 때가 아니지. 얼른 이야기를 진행하지 않으면 진짜 죽는다.

"에스텔……, 무슨 일이 있었던 거야? 지금까지 어디 있었어? 그 상처는…….."

"군기대신에게 총을 맞았어요. 이 상처는 쿠야 선생님이 치료해 줘서……, 으음……, 또 성진청이……, 커닝엄 대통령님이……!"

"진정해, 에스텔. 내가 있으니까 괜찮아."

"각하아……!"

에스텔의 눈에 그렁그렁 눈물이 맺혔다. 바로 소매로 쓱쓱 훔치더니 결연한 표정을 띤다. 심호흡하면서 "보고드립니다" 하고 군인 모드로 경례했다.

"……성진청에 침입한 저희는 예정대로 승상의 비밀을 폭로했습니다. 육국 신문의 영상으로 전해드린 대로입니다. 그러나…… 잠복 중이던 자객에게 당해 전멸했습니다."

"전멸?! 네리아는……?!"

"커닝엄 대통령님, 레인즈워스 장군님, 그리고 신문 기자 두 분은 포박당했습니다. 모두 군기대신의 덫이었던 모양입니다. 저는 대통령님 명령으로 간신히 성진청을 탈출한 뒤……, 궁전으로 향하는 길에 군기대신을 만났고. 총을 맞아 무력화되었습니다."

에스텔은 "죄송합니다" 하고 고개를 숙였다.

죄송이고 뭐고 없다. 에스텔의 보고는 당장은 믿기 어려웠다. 그 네리아가 적에게 당하다니 믿기 어렵다──. 하지만 실제로 그녀와는 연락이 안 되고 있다.

아니. 그보다도.

"에스텔은 괜찮아?! 총에 맞은 거지?! 옷에 피가 묻어 있는데……?!"

"그건 내가 치료했으니까 문제없어."

쿠야 선생이 경직된 표정으로 나섰다.

"신구로 당한 공격이라 그냥 두면 죽었겠지. 하지만 나는 그런 환자를 돕기 위해 태어난 의사야. 안정하면 에스텔은 문제없이 쾌차할 거야."

"후유증 같은 게 남진 않겠지? 이제 괜찮은 거지?"

"괜찮아. 그보다도……, 저……."

쿠야 선생이 말을 더듬는다. 나에게 조금 두려움을 느끼는 듯했다.

두려움……이라기보다 긴장하고 있나? 뭐, 사소한 건 아무래도 상관없다.

"고마워! 에스텔을 구해줘서!"

"뭐? 그, 그래⋯⋯."

"모니크 일로는 문제가 있었지만⋯⋯ 하지만 에스텔을 구해준 건 기뻐. 또 쿠야 선생이 무사해서 다행이야. 마법에 날아가 버려서 걱정했어⋯⋯. 그건 너무 심했지⋯⋯, 미안."

"⋯⋯뭐? 아아⋯⋯, 나는 의사니까. 당연한 거야."

"정말 고마워. 쿠야 선생은 대단한 의사 선생님이었구나."

쿠야 선생은 환상이라도 본 것처럼 이상한 표정을 짓고 있었다.

왠지 고개를 돌린다. 눈가를 훔치고 나서 "아니"라고 쉰 듯한 목소리를 냈다.

"대단하진 않아. 네르잔피에게 현혹당해 구해야 할 사람을 상처 입혔지——. 나 같은 인간은 죽어야 마땅한데 어째서인지 살아 있어. 대체 하늘은 왜 나를 살린 걸까."

"감상에 잠겨 있을 때가 아니랍니다. 쿠야 선생님."

빌이 증오스러운 눈길을 보내며 말했다.

"즉 모든 원흉은 로샤 네르잔피 군사기밀 대신이라는 것이죠? 그녀를 죽이면 이 소동은 해결되는 것이군요?"

"아마도⋯⋯ 하지만 네르잔피가 어디 있는지 몰라서."

"아까 멜라콘시 대위의 연락이 있었습니다. 성진청은 흔적도 없이 날아가 버린 것 같습니다. 증거 인멸을 위해서일까요⋯⋯. 이제 단서가 사라져 버렸네요."

성진청에서 적에게 당했다는 네리아는 괜찮은 걸까.

그 녀석이라면 걱정할 필요 없겠지만——, 아니, 안 되겠다.

역시 걱정돼서 가슴이 찢어질 것만 같았다. 빨리 네르잔피가 있는 곳을 밝혀내야만 한다.

"군기대신이 어디 있는지…… 왠지 알 것 같아요."

아직 상처가 아픈 것이겠지. 에스텔이 괴로운 듯 얼굴을 찡그리며 말했다.

"사룡굴이에요. 군기대신이 쓴 '사룡굴에서 결착을'이라는 메모를 발견했어요."

"사룡굴? 그건 천자 일족의 무덤의 통칭인데."

그때까지 다가오는 습격자들을 마법으로 격퇴해 주고 있던 메이파가 중얼거린다.

린즈가 깜짝 놀란 듯 고개를 들었다.

"새 왕조를 창립하는 경우, 전 왕조의 종묘를 모신다는 관례가 있어. 역시 군기대신은 정말로 아이란조를 끝장내려나 봐……."

"그럼 가시죠. 저도 각하와 함께 가겠————, 윽."

달려나가려 한 에스텔이 가슴을 누르며 몸을 웅크린다. 나는 황급히 그녀에게로 달려갔다. 안색이 안 좋다. 역시 안정을 취하지 않으면 큰일 날 것 같았다.

"죄송합니다, 각하……. 이 정도로 약한 소리를 뱉지는 않을 테니까……."

"뱉어! 무리하지 마! 에스텔은 쿠야 선생이랑 기다리고 있어!"

"하지만……."

"괜찮아. 내가 전부 어떻게든 할 테니까."

어떻게든 할 수 있다는 근거 따위는 없다. 하지만 상사로서는 허세를 부릴 수밖에 없다. 나는 지금까지 그렇게 살아왔으니까.

에스텔은 잠시 어안이 벙벙한 듯 그대로 굳어 있었다. 그러나 눈물을 흘리며 "부탁드립니다, 각하" 하고 경례했다.

나는 미소로 대답하고 다시 뛰기 시작했다──, 아니, 빌에게 업힌 채로 옮겨졌다.

꼴이 우스꽝스러운 것은 늘 그러니까 무시하도록 하고.

지금은 어쨌든 네르잔피를 어떻게든 하는 것이 우선이다.

☆

"쿠야 선생! 에스텔을 부탁할게!"

붉은 장군은 그 말만 남기고 떠나갔다.

전혀 위기관리 능력이 없다. 쿠야 선생은 그녀에게는 원수일 텐데. 모니크 클레르를 괴롭혔던 악인일 텐데.

──고마워. 쿠야 선생은 대단한 의사 선생님이었구나.

가식 없는 미소가 쿠야 선생의 가슴을 때렸다.

"저게 테라코마리 건데스블러드인가……."

쿠야 선생은 프레질에서 네르잔피에게 살해당했을 터다.

그러나 왠지 살아 있었다. 제3자가 도와주었던 듯한 기억은 난다.

눈보라로 흐릿해진 기억 속에 누군가의 목소리가 남아 있다.

──네가 여기서 죽으면 곤란하다. 이미 오오미카미의 미래 예지는 쓸모를 잃었지만, 네 '의술'이라는 유일무이한 특기는 반

드시 그녀에게 도움이 되겠지.

어디선가 들어본 적이 있는 듯한 말투였다.

혹은 꿈이었을지도 모른다. 하늘이 '살아라' 하고 속삭였던 건가.

어쨌든 쿠야 선생의 의술은 테라코마리 건데스블러드의 도움이 되었다. 그게 천명이었을지도 모른다. 이렇게 개운한 기분을 느끼는 건 몇 년 만이다.

"쿠야 선생님. 몰래 각하 뒤를 따라가고 싶은데요……."

"당연히 안 되지. 너는 빨리 침대로 돌아가."

"그럴 수가……! 저만 태평하게 누워있으면 제국 군인 실격이에요……!"

"제대로 쉬는 것도 군인의 역할일 텐데."

계속 일하고 싶다고 아우성치는 에스텔을 끌고 방으로 돌아간다.

의사의 영역은 부상자의 치료다. 세계를 구하는 것은 영웅에게 맡겨두자──. 그렇게 생각하면서 쿠야 선생은 환자를 억지로 침대에 묶어놓았다.

☆

안개의 세계에 있었다.

주변은 모든 게 흐릿했다. 가도 가도 빛은 보이지 않는다. 마음속에 남아 있었을 황금의 마력──, 한때 세계를 구한 눈부신 추억도 어디론가 사라져 버렸다.

자신을 이루고 있는 것이 사라져 간다. 남은 것은 세상에서 쏟아붓는 매도뿐이다.

너에게는 대통령 자격이 없다. 매드할트를 쓰러뜨린 것도 테라코마리의 힘이 있었기 때문이다. 스스로는 아무것도 한 게 없다. 재능이 없다. 수도의 정책은 구멍투성이다. 매드할트만 못하다. 너는 국민을 생각하지 않는다. 우리 가족은 너 때문에 뿔뿔이 흩어졌다. 지금 당장 사임해라. 사과해라. 죽어 버려라──.

마음을 방어하는 기능이 상실된 듯했다.

망상 같은 수많은 악담이 그대로 예리한 나이프가 되어 가슴을 상처 입혀 간다. 그러나 통증은 느껴지지 않는다. 아픔을 수용하는 감정마저 빼앗긴 걸지도 모르겠다.

자신은 무엇을 해야 할까.

생각할 수가 없다. 해야 할 일이 있을 텐데 마음이 움직이지 않는다.

안개 속을 계속 걷다 보니 빛이 보였다.

땅거미 속에 떠오른 별처럼 밝은 빛.

도움을 청하는 것처럼 손을 뻗는다. 그러자 누가 머리를 후려쳤다. 공중제비와 함께 땅으로 쓰러졌다. 욱신거리는 통증을 감동 없이 넘기고 있는데 노성이 들려왔다.

"멋대로 움직이지 마. 너는 내 인형이다."

누군가가 머리카락을 잡는다. 그대로 잡아당겨 흔든다.

귓가에 사악한 속삭임이 들렸다.

"자, 가라. 테라코마리 건데스블러드를 죽이는 건 너다."

선악의 판단이 되지 않는다. 뭘 해야 할지 모르겠다.

그렇다면 이 목소리를 따르자──. 부연 안개의 세계에서 희미하게 생각한다.

※

그 능묘는 경사 가장자리에 있었다.

거리의 소란 탓인지 경비를 서는 사람들은 폭도 진압에 동원된 듯했다. 지면에 뻥 뚫린 커다란 구멍은 오는 이 막지 않는다는 듯 우리를 기다리고 있었다.

그것은 말하자면 거대한 맨홀이었다.

벽을 빙 두르는 식으로 놓인 나선 계단을 한 계단씩 밟으면서 나는 아래를 살폈다. 그러나 아무것도 보이지 않았다. 완전한 어둠에 갇혀 있다. 밖에서 모습을 볼 수 없도록 마법 결계를 친 것일지도 모르겠다.

"……린즈는 여기 온 적 있어?"

"아니. 아마 없을 거야."

"여기는 무덤이니까. 선조의 제사는 천자가 할 일이지 공주의 일이 아니야."

천자 일족이 죽음을 맞이하면 이 땅에 묻힌다는 것 같다. 구멍 너머에는 린즈의 선조님이 잠들어 있는 것이다. 그런 곳에 함부로 발을 내디디면 천벌을 받을 것 같다는 느낌도 든다.

구멍 깊은 곳에서 섬뜩한 바람이 불어왔다. 꼭 나를 죽음의 세계로 유혹하고 있는 듯했다.

한동안 걷는데 얇은 막 같은 것을 통과했다. 그 순간——, 파앗! 하고 시야가 밝게 트인다. 역시 결계에 의해 내부가 보이지 않게 되어 있었던 모양이다.

그렇게 해서 내가 보게 된 것은 거대한 지하 유적이었다.

지면을 원형으로 도려낸 듯한 공간. 벽에는 극채색 장식이 곁들여져 있어 반짝반짝 빛나고 있었다. 그리고 여기저기 수많은 문이 설치되어 있었다——. 아마 여기가 사룡굴의 터미널 같은 곳이겠지.

"대단하네요. 문 너머에 시체가 놓여 있는 건가요?"

사쿠나가 흥미진진한 모습으로 근처를 둘러보고 있었다. 왠지 목소리 톤이 높아진 느낌이다. 혹시 이런 걸 좋아하나?

"사룡굴의 구조는 나도 모르겠지만, 일반적으로 생각하면 각 문 너머에 역대 천자의 관이 안치되어 있겠지. 아이란조 600년, 7대 천자들이……."

"설레네요! 혹시 관 속을 견학하면 안 되려나요……?"

안 되지. 무슨 소리를 하는 거야, 너는.

사쿠나의 비뚤어진 감성에 속으로 태클을 날리면서 탁 트인 공간 중앙으로 걸어간다.

네르잔피는 보이지 않는다. 문득 위를 올려다보자 저물어 가는 붉은빛 하늘이 보였다. 경사 중앙부에서는 한창 폭동이 진행 중인 것 같다——. 귀를 기울이니 비명과 폭발음이 들려왔다.

문득 린즈가 벽의 한 곳을 응시하고 있다는 걸 깨닫는다.

뭐라고 형용할 수 없는 표정이었다. 절망, 체념 그 무엇으로도 받아들일 수 없는 신비한 감정이 가득한 눈동자.

"뭘 보는 거야?"

"······아니. 아무것도 아니야."

그녀의 시선 끝에는 하나의 문이 있었다. 다른 것과 비교해 조금 검소한 장식. 문 위의 플레이트를 확인해 보니 '역대담수지묘(歷代擔手之廟)'라고 적혀 있다. 뜻은 전혀 모르겠다.

"코마리 씨······, 나는."

린즈가 머뭇거리며 물어온다.

"나는 천자가 될 수 있을까. 천자로서 잘해 나갈 수 있을까."

"린즈라면 당연히 괜찮겠지."

"······그래. 응."

자신에게 타이르는 듯한 말이었다.

당연히 괜찮을 것이다. 분명 린즈는 중한 병에 걸려 있다. 하지만 낫지 않는다고 정해진 건 아니다. 지금부터 함께 치료법을 찾으면 된다──. 그렇게 생각하고 있었을 때였다.

갑자기 벽의 문 중 하나가 소리를 내며 열렸다.

그 자리에 있는 모두가 흠칫 뒤를 돌아본다. 시체라도 나오나 했지만 아니었다.

문 너머에서 모습을 드러낸 것은 낯익은 소녀들이었다.

"네리아!? 게르트루드까지······!"

네리아 커닝엄과 게르트루드 레인즈워스.

성진청에서 행방불명되었을 두 사람이 말없이 다가온다.

빌이 "응?" 하고 눈썹을 찌푸린다. 그러나 나는 개의치 않고 걸음을 옮겼다. 왜냐하면 두 사람이 무사했다. 이게 기쁜 일이 아니라면 무엇을 기뻐하란 말인가.

"네리아! 다행이야! 어디 다친 곳은——."

"코마리 님!! 떨어지세요!!"

바람을 가르는 듯한 소리가 들렸다. 나는 그대로 네리아에게 다가가려 하고 있었다. 그러나 그럴 수 없었다. 갑자기 빌이 맹렬한 스피드로 나에게 돌격했기 때문이다. 이봐, 늘 하는 변태 짓이라면 때와 장소를 가려줘——, 그렇게 불평하려는 순간.

끈적끈적한 감촉이 느껴졌다.

나를 덮친 빌의 배에서 피가 흘러넘치고 있다.

"어? 빌……?"

"코마리 씨!"

이번에는 사쿠나가 절규했다. 지팡이에서 나온 고드름이 네리아와 게르트루드를 향해 날아간다. 두 사람은 소리 없이 점프해 사쿠나의 공격을 회피했다.

영문을 모르겠다. 어느새 사쿠나가 내 앞에 서서 경계심을 드러내고 있다.

그 시선 끝에 있는 것은—— 네리아와 게르트루드.

나는 이때 처음으로 두 사람의 모습이 이상하다는 걸 깨달았다. 눈에 빛이 없다. 평소에는 의지가 넘치는 보석 같은 눈동자가 심각하게 탁해져 있다. 우리를 인식 못 하고 있다.

그리고── 네리아의 두 손에 쥐어진 쌍검.

끝이 붉게 물들어 있었다.

이건. 이건 설마.

"으윽……, 쿨럭. 코마리 님."

"빌?! 괜찮아……?!"

"괘…… 괜찮습니다. 그보다…… 거리에서 날뛰고 있는 인형과 같은 눈이에요……. 저 두 사람은…… 아마 네르잔피에게 조종당하고 있는 거겠죠……."

새파란 얼굴로 괴로운 듯이 호흡을 하는 빌.

나는 아연실색해서 네리아 쪽으로 시선을 돌렸다. 빌의 말이 옳았다. 그게 아니면 두 사람이 덮쳐들 이유가 없다. 빌이 이렇게 심하게 다칠 이유도 없다. 빨리 빌을 구해야 한다. 여기에는 마핵이 없다. 핵 영역이나 쿠야 선생이 있는 곳으로 데리고 나가야 한다. 빌이 죽는다.

"──드디어 때가 왔군. 테라코마리 건데스블러드."

그늘에서 누군가가 모습을 드러냈다.

군복을 입은 키가 큰 전류. 그 얼굴은 낯설지만, 나는 바로 이해하고 말았다. 그 사악한 살의가 대변하고 있다──, 이 녀석은 네르잔피의 동료다.

"전류라고?! 너 군기대신의 공범이냐?!"

"나는 주범이야. 네르잔피를 이용한 건 나거든."

여자는 천천히 다가온다. 그리고 공허한 눈을 한 네리아 옆에 서더니 그녀의 안면을 주먹으로 후려갈겼다.

작은 몸은 그 자리에서 버티지조차 못하고 날아갔다. 나는 비명 같은 소리를 내질렀다.

"뭐…… 뭘 하는 거야?! 괜찮아, 네리아?!"

네리아는 대답하지 않았다. 비틀비틀 일어서서 다시 같은 장소로 돌아온다. 꼭 꼭두각시 인형 같은 동작이었다. 무표정인 채 코피를 흘리는 그녀의 모습을 보고 나는 확신했다──. 이 두 사람은 역시 조종당하고 있다.

"코마리 님……, 조심하세요. 이 녀석은 과거 팔영장이었던 메어리 프래그먼트입니다."

빌이 품에서 꺼낸 고약의 뚜껑을 연다.

그녀의 부상도 심각했다. 약으로 어떻게 될 수준이 아니다.

여자──, 메어리 프래그먼트는 네리아의 어깨를 붙들며 노려본다.

"그 메이드 말이 맞아. 나는 겔라 알카 공화국의 팔영장. 이 계집아이와 네놈에게 비참하게 패배한 전류다."

"그런 놈이……, 이제 와서 무슨 볼일이야……?!"

"뻔하지." 메어리는 살의를 드러내면서 내뱉었다. "복수야. 나는 너에게 복수하기 위해 네르잔피의 실험에 협력하고 있었어."

"너 무슨 소리를 하는 거야……? 네르잔피는 어디 있어……?"

"네르잔피라면 여기 없다. 그 검은 여자는 네놈들을 여기로 유인해 나에게 처리하게 할 생각이겠지. 감쪽같이 함정에 걸려든 모양이군."

"코마리 씨. 아마 에스텔 씨가 보여준 그거예요……."

사쿠나의 말에 깨닫는다. 에스텔은 메모를 주웠다. 그리고 그녀는 '이용당했을'지도 모른다. 우리를 여기로 유도하기 위한 장치로서.

나는 너무 분해서 주먹을 불끈 쥐었다. 아니——, 함정에 빠져서 다행이다.

아니면 네리아와 재회할 수 없었을 테니까.

"⋯⋯이봐, 메어리 프래그먼트. 네리아와 게르트루드를 돌려줘. 그러면 용서해 주지."

메어리가 코웃음을 쳤다.

"바보냐, 네놈은? 용서해 주겠다고? 대체 무슨 자격으로 그런 말을 하는 거야."

"살육의 패자의 자격이다! 빨리 두 사람을 놓아주지 않으면 엉망으로 만들어 버릴 거야! 1초 만에 숨통을 끊어 주겠어! 그래도 괜찮겠냐?!"

손의 떨림이 가라앉지 않는다. 아마 이 여자는 나의 열핵해방이 어떤 구조로 움직이는지를 알고 있다. 그리고 무엇이 약점인 것도 숙지하고 있다. 그래서 이렇게 내 앞에 나타난 것이다.

"⋯⋯넌 정말 어리석구나. 보기만 해도 신물이 올라와."

"뭐? 무슨 소리야⋯⋯."

"자기 행동을 정의라고 믿어 의심치 않지. 그 무신경함이 마음에 안 들어. 네놈은 과거 황금의 검으로 매드할트 정권을 타도했지. 하지만 그 후 얼마나 많은 사람이 고통받았는지 알아?"

"고통받는 사람이 있어서 나는 네리아와 함께 싸운 거야!"

"아니! 네놈이 겔라 알카를 파괴한 탓에 많은 사람이 불행해졌어! 나의 가족도 정권 붕괴와 함께 뿔뿔이 흩어졌고——, 다들 죽어 버렸지!"

"뭐……?"

"코마리 씨가 위험해!"

네리아가 몸을 뒤집으며 덤벼들었다.

그녀의 쌍검과 사쿠나의 지팡이가 격돌해 불꽃이 튄다.

엄청난 박력에 다리에서 힘이 풀릴 것 같았다. 온기 없는, 심지어는 살의조차 느낄 수 없는 기계적인 눈동자. 네리아가 지금껏 띤 적 없는 표정이 거기 있었다.

"이봐, 테라코마리! 멍하니 있지 마!"

"우왁?!"

옆에서 게르트루드가 장검을 겨누며 돌격해 왔다. 그러나 린즈와 메이파가 간신히 막아준다. 너무 미안했다. 메이파는 그렇다 쳐도 린즈는 병이 있는데.

"네【고홍의 애도】의 유일한 약점은 '무릎'. 동료끼리 원치 않는 살육전을 벌이게 되면 무턱대고 힘을 발휘할 수도 없겠지——. 자, 네리아 커닝엄! 빨리 해치워 버려!"

"너! 이런 비겁한 짓을 하다니……. 절대 용서하지 않겠어!"

"먼저 용서받지 못할 짓을 한 건 너야! 자기 생각만 담은 정의만큼 사악한 것은 없다! 너 때문에 불행해진 사람은 많아! 자책하는 마음은 전혀 안 드나?!"

"그…… 그건……."

"게다가 어리석게도 같은 짓을 되풀이하려 하고 있지! 요선향의 질서를 파괴할 셈이야! 겔라 알카를 파괴하고 수많은 사람을 괴롭힌 것만으로는 만족 못 한 모양이네?! 이로 인해 희생당할 사람 생각은 하지도 않나 봐!"

"하지만! 나는 네르잔피를 그냥 둘 수 없어!"

"네리아 커닝엄은 죄의식을 감당하지 못했어! 그래서 저렇게 된 거고!"

나는 놀라서 네리아를 응시했다.

그녀는 사쿠나와 치열한 공방을 벌이고 있었다. 반짝이는 쌍검의 궤적과 고속으로 사출되는 고드름이 격돌해 돌풍을 일으킨다. 마치 검무라도 추듯이 돌아다니는 네리아의 속내는 알 수 없다. 하지만 눈동자 속은 깊은 절망으로 가득했다.

"알카에는 저 계집을 원망하는 사람이 적지 않아. 지지율 따위는 무관해. 이건 다름 아닌 네놈과 네리아 커닝엄이 멋대로 폭력을 써서 변혁을 가져왔기 때문이야. 이 여자는 자기 권력이 가져온 비극을 참회했어. 그래서 나의 꼭두각시가 되었지."

네리아가 유격(遊擊) 마법을 발사했다. 수많은 참격이 사쿠나를 덮친다.

나는 망연자실한 마음으로 두 사람의 싸움을 바라보고 있었다.

홍설암에서 쿠야 선생님에게도 비슷한 말을 들었다──. '일방적인 정의감 때문에 파멸로 내몰린 자의 처지를 상상해 본 적 있냐'라고.

네리아는 네르잔피 일행에게 마음의 빈틈을 찔린 것이다.

"요선향에서도 같은 일이 발생할 게 뻔해. 아이란 린즈가 천자가 되면 분명 폭동은 다스려지겠지——. 하지만 구도 시카이를 따르고 있던 사람은 어떻게 되지? 구도 시카이의 정책에 의해 안녕을 누리던 사람들은 어떻게 되는데? 저 공작 같은 계집아이는 네르잔피 말로는 잔챙이라던데. 언젠가 아버지처럼 죄책감에 사로잡혀 은둔하게 되겠지."

"으윽……?!"

사쿠나는 공격을 다 막아내지 못했다. 네리아의 쌍검이 그녀의 어깨에 박혀 피가 뿜어져 나온다. 나는 소리 없이 그 절망적인 광경을 바라보고 있었다. 지면에 쓰러진 사쿠나를 무시한 채 네리아가 천천히 다가온다. 공허한 눈동자의 표적이 되어 무심코 몸서리를 쳤다.

"테라코마리 건데스블러드. 네놈은 '세계를 바꿀 영웅'이라고 떠받들어지고 있는 모양이던데. 하지만—— 네놈 같은 인간은 그냥 불행을 뿌리고 다니는 범죄자에 불과해!"

"………………………………………………………………………."

웅크린 사쿠나가 '도망쳐'라고 눈으로 호소한다.

내 옆에 쓰러져 있는 빌은 이미 녹초가 되어 있었다.

게르트루드와 린즈&메이파의 싸움은 치열하기 그지없다. 양쪽 모두 상처투성이가 되어 싸우고 있었다.

그리고 네리아가 쌍검으로 이쪽을 겨누었다.

역시 메어리 프래그먼트가 말했던 대로다. 그녀는 분명 죄책감을 느끼고 있었던 것이다. 눈동자 속에 절망과도, 슬픔과도 비숫한 감정이 어른거리며 엿보인다.

갑작스럽기 짝이 없는 이야기다.

이 타이밍에 과거의 행동을 원망받을 줄은 생각도 못 했다.

나는 네리아와 함께 알카를 바꾸기 위해 싸웠다. 그리고 이번에도 린즈와 함께 요선향을 바꾸기 위해 싸우고 있다. 하지만 눈앞에 있는 여자는 '상처받은 사람도 신경 써라'라고 주장한다.

네리아는 너무 착해서 네르잔피나 이런 녀석에게 현혹당한 것이다.

카루라였다면 어떻게 생각할까. 황제였다면 어떻게 생각할까. 스피카였다면 어떻게 생각할까——. 머릿속에서 남의 의견을 멋대로 상상한다. 그러나 나는 고개를 저으며 잡념을 지운다.

나 자신이 이 상황을 용납할 수 없다.

그것만으로 충분했다.

"알았어."

메어리를 노려보면서 나는 말했다.

"나 때문에 네가 상처 입었다면 사과할게. 나와 네리아는 알카를 위한 일이라는 생각에 싸운 거야……. 하지만 우리 행동에 상처 입을 사람은 전혀 생각하지 않았어. 처음에 너희가 나쁜 짓을 저질렀던 것과는 아무 상관 없어. 힘들게 해서 미안해."

시간이 멈춘 것처럼 메어리가 굳었다.

기묘한 동물이라도 보는 듯한 눈. 그러나 곧 당황이 짙게 묻어나오는 절규를 내뱉는다.

"새…… 새삼 그런 소리를!! 네놈은 바보냐?!"

"그래, 바보야. 그리고 새삼스러워. 이미 저지른 짓은 돌이킬 수 없어. 그러니까 그 후에 어떻게 할지를 생각하는 수밖에 없지."

"무슨⋯⋯."

"나는 세계를 바꾸고 싶어. 눈앞에서 누군가가 다치는 것을 두고 볼 수 없어. 네르잔피의 포학한 행동을 간과할 수 없어."

"헛소리!! 그래서 나 같은 인간이 괴로워하게 되는 거야!!"

"책임은 전부 내가 질게. 상처 입은 사람도 납득해 줄 만한 세계로 만들어 갈게. 그리고 수많은 사람의 마음을 바꾸어 나가고 싶어. 그게 엄마에게 들은 사명이니까."

네리아가 쌍검을 휘두르며 돌진해 왔다.

나 같은 건 그 공격을 받아넘길 수 없다.

그렇다면──.

"코마리 씨!" "테라코마리?!"── 린즈와 메이파가 소리친다. 이미 게르트루드는 두 사람에 의해 기절한 상태다. 저쪽은 이제 문제없을 것이다.

오른손에 든 검이 무서운 속도로 달려든다. 땅의 돌에 걸려 간신히 피하는 데 성공한다. 정말이지 운이 좋다. 요선향에 온 이후로 어째서인지 우연히 목숨을 건지는 일이 잦다.

왼손에 든 검이 즉각 날아들었다.

이번에는 피할 수 없었다.

뺨이 뜨겁다. 피부가 찢어져 새빨간 피가 튀었다.

"웃⋯⋯!"

하지만 치명상은 아니다. 통증을 느끼기 전에 전력을 다해 눌렀다.

얼어붙어 있던 네리아의 표정이 희미하게 움찔한다.

나는 그대로 몸을 기울이면서 그녀에게 매달렸다. 쌍검이 나의 어깨를 찢는다. 격렬한 통증을 느꼈고 이번에야말로 절규가 새어 나온다. 하지만 여기서 놓칠 수는 없었다. 네리아는 어둠 속에서 괴로워하고 있다. 그렇다면 내가 끌어당겨 줘야 한다.

"이봐, 각하! 무리는 하지 마──."

"무리가…… 아니야! 괜찮아, 네리아! 너에게는 내가 있어!"

날뛰는 네리아에게 힘껏 달려들었다.

메어리가 경악에 찬 목소리를 낸다.

나는 그녀의 목덜미── 별 모양으로 난 자국에 이빨을 대고 있었다. 네리아가 절규했다. 버둥거리며 나를 찔러서 떼어내려고 한다. 그러나 질 수는 없었다. 그녀의 부드러운 피부를 꿰뚫는다. 흘러나온 붉은색 액체를 쭉쭉 들이마신다.

네르잔피나 메어리의 폭거를 용서할 수 없었다.

자신은 덮어두고 남의 부정적인 측면만을 거론하다니 비겁한 것도 정도가 있지. 그리고 네리아는 마음이 착해서 감쪽같이 걸려 버린 것이다. 네리아가 한 행동은 그래도 올바르다고──, 그녀에게 알려줄 필요가 있었다.

"코…… 마…… 리……?"

그녀의 눈동자에 '의지력'의 빛이 돌아온다.

그렇게 세계는 황금빛으로 물들어 갔다.

☆

안개의 세계에 있었다.

뭔가 소중한 것이 무너져 가는 감촉. 선생님에게 받은 쌍검을 휘두를 때마다 피가 튀었다. 자기가 무엇을 베고 있는지도 모르겠다. 명령이니까 어쩔 수 없는 일이라고 믿고 있었다.

그래도 마음은 울고 있었다.

이미 아무것도 느낄 수 없게 되어 버렸을 텐데.

무언가를 벨 때마다 가슴속 깊은 곳에 잠들어 있는 이성이 '그만둬'라고 외치는 것이다.

기우뚱 몸이 흔들린다. 뭔가가 몸에 매달려 온다.

명령을 수행해야 한다. 땅거미에 빛나는 별을 위해 장애물을 반토막 내야 한다——. 그렇게 생각하고 검을 치켜들었다. 그러나 누군가가 팔을 붙들었다.

"그만하렴, 네리아."

깜짝 놀라서 고개를 든다. 이 목소리는 귀에 익었다.

어릴 적에 여러 번 들은 목소리——, 네리아가 정말 좋아하는 사람의 목소리였다.

"선생님……?"

"그 쌍검은 이타(利他)의 검. 누군가를 베기 위한 것이 아니야."

정신이 확 드는 듯했다. 자신은 무의식중에 사람을 베고 있었다.

그렇게 기억이 돌아온다. 메어리 프래그먼트에게 패배하고——

네르잔피에게 잡혀 마음을 뽑혔다. 죄책감에 짓눌릴 뻔했다. 자신에게는 리더 자격이 없는 게 아닐까 했다. 그러나 선생님은 부드럽게 고개를 젓더니 타일렀다.

"네리아는 옳아."

"하지만……."

"적의 꾐에 넘어가면 안 돼. 네리아는 가슴을 펴고 살면 돼. 코마리가 있으니까 괜찮아──. 그 아이와 함께 세계를 바꿔나가면 돼. 그게 너의 역할이니까."

"정말로……?"

"그래. 하지만 코마리는 위태롭고 불안한 면이 있으니까. 네가 언니로서…… 혹은 여동생으로서 잘 챙겨주렴."

선생님이 살그머니 끌어안아 준다. 그리운 냄새. 온기. 네리아는 그대로 눈을 감으려다가──, 문득 그것이 선생님이 아닌 다른 인간이었다는 것을 깨닫는다.

빛나는 듯한 금빛 머리카락. 다정함과 살의가 넘치는 붉은 눈동자.

테라코마리 건데스블러드.

"괜찮아."

그녀가 조용히 말했다.

"너의 괴로움은, 이제 절반이야."

☆

군기대신은 말했다.

"놈들은 '다정함'을 무기로 싸우고 있어. 그래서 남을 상처입히는 걸 극단적으로 꺼리고 있지. 본질적으로는 천자 폐하와 비슷해——. 그러니 그 점을 이용하면 돼. 자기 때문에 남이 괴로워하고 있다는 걸 깨닫게 해주면 되는 거야."

그건 명안이라고 메어리는 생각했다.

애초에 메어리 프래그먼트에게 가족 같은 건 없다. 혼자 힘만으로 출세한 고독한 인물이다. 알카의 팔영장으로서 사람을 죽이는 것만을 낙으로 여기며 살아왔다. 매드할트의 권세에 기대면 어떤 불법 행위도 용서받았다. 죄 없는 사람들을 장난으로 없앤 적도 한두 번이 아니다.

그러나 인생의 영화는 오래가지 않았다.

네리아 커닝엄과 테라코마리 건데스블러드가 알카를 바꾼 것이다.

메어리의 악행은 모두 폭로당했다. 감옥에 갇혀 자유를 잃었다. 동료 파스칼 레인즈워스는 개심하고 네리아 커닝엄을 섬기는 듯했다——. 하지만 메어리는 그 정도로 순수한 인간이 아니었다. 혹은 개심한 척을 할 수 있을 만큼 재주 좋은 인간도 아니었다.

복수하자고 생각했다. 어떤 수단을 써서라도 저 계집들을 파멸시키자고 생각했다.

온 힘을 다해 탈옥할 수도 있었다——. 하지만 추격자가 붙으면 불편하기 때문에 자살한 척하고 간수를 속였다. 감옥을 빠져

나간 후에는 알카의 수도를 방황하며 복수의 기회를 살폈다.

"이런. 천명은 너의 편인 모양인데."

그렇게 담배 연기를 뭉게뭉게 내뿜는 검은 여자가 모습을 나타냈다.

"불편하지 않다면 나를 이용해 보지 않을래? 테라코마리 건데스블러드와 네리아 커닝엄에게 복수할 기회를 주지."

어느 종족에도 들어맞지 않는 수수께끼의 유학자.

로샤 네르잔피.

※

황금빛 마력이 사룡굴에 휘몰아친다.

넘치는 살의를 띤 것은 진홍의 흡혈귀── 테라코마리 건데스블러드. 그녀는 네리아 커닝엄의 몸을 부축하면서 이쪽을 노려보고 있었다.

메어리는 이를 악물고 한 걸음 물러났다.

열핵해방을 발동시키지 못하게 하려고 네리아 커닝엄을 끌어내렸다.

테라코마리의 '다정함'을 이용하려고 죄악감을 부추겼다.

그러나 어느 쪽도 효과가 없었다. 테라코마리는 메어리가 생각한 것 이상으로 심지가 곧은 흡혈귀였던 모양이다──. 웃기지 마. 웃기지 마. 웃기지 말라고.

"네리아 커닝엄! 뭐 하고 있어?! 빨리 테라코마리를 죽여!"

그러나 네리아는 움직이지 않았다.

그녀의 눈동자에는 어느새 빛이 돌아와 있었다. 의지로 가득한 눈부신 빛이었다. 네르잔피가 보로로 변환했는데. 의지력이 보로로 변환당한 인간은 꼭두각시가 될 텐데. 어째서인지 월도희는 의지력을 되찾은 것이다.

"잘도 이런 짓을."

분노에 떨리는 목소리가 귓가를 때린다. 붉은 안광이 메어리를 찔렀다.

"용서 못 해. 너는 내 손으로 처리해 주마——!"

황금빛 마력의 서포트를 받으며 월도희의 쌍검이 덮쳐든다.

메어리는 혀를 차며 장검을 들었다. 이미 꼼수에 의지할 단계는 끝난 것 같다. 옆에서 덮쳐드는 분홍빛 검극을 피하면서 열핵해방【심도멸각(心刀滅却)】을 발동한다.

"윽——!!"

네리아의 몸이 휘청거린다.

과거 매드할트 아래에서 익힌 이능이다. 모든 인간은 자신의 장난감이다——. 그런 지배의 사상에서 태어난 정신을 휘젓는 이능. 메어리와 눈을 마주치기만 해도 상대의 뇌는 흔들리고 일시적으로 행동 불능이 된다.

네리아는 한번 이 이능에 패했다. 잘하면 테라코마리 건데스블러드조차 격파할 수 있을지 모른다——. 그렇게 생각하며 힐쭉 입가를 끌어올린 순간.

"으윽……?!"

쌍검이 메어리의 가슴에 박혀 있었다.

격통이 느껴져 이를 악물었다. 팔에서 힘이 빠져 장검이 땅에 떨어져 버린다. 눈앞에는 망설임에서 탈피한 월도희의 늠름한 모습이 있었다. 피보라를 날려버릴 기세로 그녀가 소리쳤다.

"두 번이나── 같은 방법에 당할 것 같아!!"

메어리는 눈치챘다. 이 녀석은 【심도멸각】을 발동하는 순간 【진류의 검화】로 망설임을 양단한 것이다. 그러면서도 직격으로 당한 척하며 적의 방심을 유도한 모양이다──. 건방진 연기에 넘어간 자신의 경솔함을 저주한다.

"네…… 네놈이이이이이이이이이이!!"

일심불란하게 무기를 휘둘렀다. 그러나 다시 격심한 충격을 느끼고 비틀거렸다.

황금의 검이 어깨에 꽂혔다. 게다가 그것만으로 끝나지 않았다. 꽂힌 장소를 축으로 메어리의 몸이 점점 황금으로 변해갔다.

원망스런 기분이 들어 네리아 너머──, 황금의 소용돌이 중심을 흘겨본다.

테라코마리 건데스블러드. 맴도는 수없이 많은 도검 중심에서 살의를 풍기는 흡혈귀. 메어리는 살벌함에 말을 잃었다. 상대하는 것만으로 알 수 있다──. 저건 평범한 사람이 맞설 수 있는 상대가 아니다. 저런 녀석의 죄악감을 유발하려고 한 게 어리석은 행위였던 것이다.

저 계집의 의지력은 너무 강하다. 자신으로서는 도저히 미치지 못한다.

Illustrations copyright © riichu

수많은 도검이 일제히 메어리 쪽을 겨눈다——.

"반성해라."

"코마리, 비켜 줘."

살의의 덩어리 같은 검극이 눈부시게 흩어진다.

메어리의 몸은 네리아가 휘두른 쌍검에 완벽하게 베였다. 넘치는 증오를 억누르지 못하고 메어리는 절규했다. 그러나 몸에 힘이 들어가지 않았다. 겔라 알카의 남은 신하는 복수를 다 하지 못하고 자신의 핏물 위로 쓰러졌다.

☆

마음이 안정된다.

모든 것을 절단하는 【진류의 검화】가 가라앉자 동시에 분홍색의 마력도 사라졌다.

네리아는 퍼뜩 코마리 쪽을 돌아보았다. 그녀는 아직도 황금의 마력을 두르고 서 있었다. 네리아를 안개 속에서 꺼내준 것은 저 흡혈귀인 것이다. 역시 신세만 지는구나——. 걷잡을 수 없는 찝찝함을 안으면서 그녀에게 다가간다.

문득 깨달았다. 땅에는 상처투성이가 된 빌헤이즈, 사쿠나 메모아, 게르트루드가 나뒹굴고 있었다.

"이봐, 커닝엄 대통령! 빨리 모두를 핵 영역으로 옮겨야 해!"

"그…… 그러네. 미안해……."

메이파의 재촉에 네리아는 맥이 빠져 버렸다.

피투성이가 된 동료들. 자기 자신이 검을 휘두른 결과라고 생각하면 미안함과 한심함에 죽고 싶어졌다. 하지만 참회는 나중 일이다. 즉시 이들을 마핵의 영향권으로 데려가야 한다.

갑자기 네리아 뒤에 누가 서는 기척이 났다.

황금으로 빛나는 코마리가 거기 있었다. 네리아는 울상을 지었다. 그녀의 어깨에는 검에 베인 상처가 있었다. 이것도 네리아 탓이다.

"코마리……, 미안……."

"너는. 여동생이니까."

"뭐?"

"걱정하지 마. 네리아는 옳아."

더듬거리는 말이 네리아의 가슴을 직격으로 쳤다.

쓱쓱 눈물을 닦는다. 붉은 눈동자를 똑바로 응시하면서 외쳤다.

"고마워! 당신 덕분에 후련해졌어!"

"…………."

"하지만 내가 언니야! 선생님이 '코마리를 챙겨줘'라고 부탁했거든!"

"………………?"

코마리는 고개를 갸웃거리고 있었다. 그 모습이 사랑스러워서 견딜 수가 없었다.

나라의 톱에 설 거라면 그에 걸맞은 각오가 필요했다. 그 준비는 육국 전쟁 때에 끝마쳤다고 생각했다. 그러나 네르잔피나 메어리가 나무랄 때마다 자신의 미숙함을 깨닫고 절망의 소용돌이에 사로잡혔다.

나에게 어울리지 않는 게 아닐까. 남을 상처입히면서까지 지위에 집착할 필요가 있을까.

네르잔피에 의해 마음의 상처가 증폭되어 옴짝달싹 못 하게 되었다.

하지만 코마리가 말을 걸어 주었다. 이 소녀와 함께라면 괜찮을 거라고 생각했다.

안개 속에서 찬란하게 빛나는 의지의 힘——, 더는 헤맬 일도 없었다.

"이봐, 대통령! 서둘러!"

메이파가 게르트루드를 안고서 외치고 있다.

본래라면 코마리와 함께 싸우고 싶었다. 하지만 아무리 생각해도 모두를 치료하는 것이 우선이다.

네리아는 품에서 【전이】의 마법석을 꺼내며 발길을 되돌린다.

"코마리. 나는 메이파와 함께 핵 영역으로 갈게. 모두가 다친 건 내 책임이니까. 금방 돌아올 거야……. 그러니까 코마리는 네르잔피를 쓰러뜨려. 저기 있는 공주와 함께."

화들짝 놀라며 어깨를 들썩이는 것은 녹색 소녀였다.

그녀는—— 아이란 린즈는.

그야말로 무서운 괴물이라도 보는 듯이 네리아를 바라보고 있었다.

"……왜 그래?"

"아……, 으음……, 아…… 아무것도…… 아니에요……."

네르잔피가 무서운 걸까. 그러나 겁먹을 필요는 없다고 생각한다. 코마리가 있으면 괜찮을 게 분명하니까. 아이란 린즈도 네리아 커닝엄처럼 가슴을 펴고 천자의 자리에 오르면 되니까.

문득 코마리가 쓰러져 있는 메어리 쪽으로 다가갔다.

그대로 그녀의 목덜미를 꽉 붙든다. 담담한 음성으로 조용히 물었다.

"네르잔피는."

"우윽……."

"네르잔피는 어디 있어?"

메어리는 한동안 공허한 눈으로 하늘을 올려다보고 있었다.

이윽고 될 대로 되라는 식으로 쉰 목소리를 낸다.

"놈은 천자의 거처…… 자금궁이다……. 마핵에 관해 묻고 있어……."

"정말?"

"후후……. 크하하하……. 나는 이용당한 거야……. 최대한 괴로워해라, 네르잔피……. 네놈 목에 칼을 들이대 주마……."

그 이후로는 망가진 것처럼 웃을 뿐이었다. 자포자기해서 아군을 판 모양이다. 마지막 순간까지 답이 없는 여자라고 네리아는 생각한다.

머지않아 【전이】의 마법이 발동하기 시작한다. 네리아는 빛에 휩싸이면서 코마리를 돌아보았다. 이미 그녀는 린즈를 끌어안고 공중에 부유하고 있었다.

그 작은 입술이 희미하게 움직인다——. "모두를 부탁해"라고.

네리아는 크게 고개를 끄덕이고 나서 외쳤다.

"미안, 코마리! 요선향은 잠시 부탁할게!"

코마리가 고개를 끄덕인 듯한 느낌이 들었다.

황금색 기둥이 굉장한 속도로 하늘을 향해 뻗어간다. 네리아 는 그 환상적인 광경을 바라보면서 눈을 감았다. 마법석에서 발 사된 빛은 서서히 강해져 간다. 이윽고 네리아 일행의 모습은 홀연히 사라지고 말았다.

그늘에 사는 사람에게 너무 강한 빛은 독 같은 것이다.

월도희. 진홍의 흡혈 공주.

눈부신 인간들 곁에 있으면 자신의 하찮음이 두드러진다.

그녀들과의 차이를 강제로 확인받고 목을 매달고 싶어졌다.

메어리 프래그먼트와 네리아 커닝엄의 싸움——, 그건 아이란 린즈에게 맹독 같은 광경이었다. 의지력을 빼앗기고, 몸이 인형으로 바뀌어 더는 저항할 수조차 없었을 텐데 그럼에도 네리아는 알카 공화국을 위해서 다시 일어섰다.

자신은 그럴 수 없을 것이라고 생각했다.

빛 속에서 반짝이는 테라코마리와 네리아를 본 순간, 지금까지 우유부단의 극치에 있던 아이란 린즈의 마음이 굳어 버렸다. 철저히 깨달은 것이다.

자신과 같은 인간은 그녀들에게 다다를 수 없다는 현실을.

아이란 린즈는 어릴 적부터 '장래의 천자'라고 불리며 자랐다.

형제자매는 없었다. 아버지 뒤를 이어 요선향을 잇는 것은 장녀인 린즈. 그건 태어났을 때부터 정해져 있던 일이다.

조정의 사람은 린즈를 엄격하게 교육했다. 천자가 정치에 흥미와 관심을 보이지 않게 된 시기이다. 위기감을 느낀 아이란조

상층부는 적어도 다음 천자야말로 군주다운 인간이길 바라며 열과 성을 다한 것이다. 린즈는 궁전에 갇혀 아침부터 밤까지 경서를 배웠다. 요선향의 미래는 당신에게 걸려 있어요──, 교육 담당은 어린 공주를 여러 번 타일렀다.

린즈는 그것을 당연하게 생각했다.

사람의 운명을 좌지우지하는 것은 교육이다. 스승이다. 그리고 경서다.

새장 속 새와 같은 나날들은 린즈의 의지력을 일정한 방향으로 이끌어 갔다. 즉── '자신이 태어난 이유는 요선을 이끌기 위해', '천자로서 요선들에게 도움이 되는 행동을 해야 한다', '내 인생의 기쁨은 신선종의 번영뿐'. 그런 사명감이 강제적으로 심어진 것이다.

외부인과 교제하는 것은 일절 금지되었다. 교육 담당이 말하길 '쓸데없는 사상이 섞여들기' 때문이란다.

린즈는 납득하고 있었다. 그것이 요선향을 위한 일이라고 하면 불평할 수도 없었고, 애초에 린즈는 상자 속에서 공부만 하는 일상에 만족하고 있었기 때문이다.

유일하게 접촉을 허락받은 것은 린즈의 시중 담당으로 불려 온 란 메이파였다.

메이파는 후궁에서 일하는 관리라나 보다. 자기랑 동갑인데 훌륭하다고 린즈는 생각했다. 그녀는 총명하고 눈치 빠른 시중이라 린즈가 원하는 것을 민감하게 감지해 주었다. 붓이 없다고 생각하면 가져다주었고, 등이 가렵다고 생각하면 긁어 주었다.

"린즈는 꼭 인형 같아. 꼭두각시 같아. 시키는 것만 담담히 하잖아."

"그런가……?"

"그래. 이 나이대의 여자아이는 좀 더 고집이 센데."

다른 여자를 본 적이 없어서 몰랐다.

하지만 그래도 괜찮았다. 린즈에게는 자금궁이 세계의 전부였다. 그것은 어른이 되어도 변하지 않을 것이다. 궁전에 틀어박혀 요선향을 위해 일하는 나날들. 아버지는 게으름을 피우는 경향이 있어서 천자가 무슨 일을 하는지는 역사서를 통해 상상할 수밖에 없었지만.

메이파는 린즈를 평가하며 "세상 물정을 잘 모르네" 하고 웃었다.

"이렇게 궁전에만 틀어박혀만 있으면 현실이 보이지 않게 돼. 린즈는 밖에 나가는 편이 좋아. 자기가 다스릴 사람들에 대해 알아두는 편이 좋을걸."

"하지만. 밖에 나가면 안 된다고 해서……."

"샛길이라면 얼마든지 알아. 나는 궁전 일을 하기 전에는 경사의 일반 가정에서 살았거든. 린즈를 안내해 줄 수 있어."

"하지만, 하지만……."

"경사에는 재미있는 게 많이 있어. 린즈도 실은 밖으로 나가고 싶잖아?"

밖. 새장 밖. 지금까지는 상상밖에 할 수 없었던 세계.

린즈는 유혹에 넘어가 버렸다.

지금 와서 생각해보면, 메이파는 린즈를 불쌍히 여겼던 걸지도 모른다.

확실히 불행한 처지일지도 모르겠다. 어릴 적부터 방에 갇혀 강제적으로 공부를 강요당한다. 쉬는 시간이면 멍하니 창밖에서 새가 날아가는 것을 바라볼 뿐이다.

책상 앞에서 경서만 읽는 나날. 제왕이 무엇인지를 철저히 주입받기만 하던 나날.

그리고 그것을 비정상이라고 생각하는 일조차 없었다.

반항적인 감정은 들지 않았다. 교묘한 유도로 인해 '공주의 역할을 마다하지 않는 부지런한 아이'로 조교당한 것이다. 그것은 분명히 '평범한' 생활과는 조금 거리가 먼 생활이었다.

"점심 휴식 시간에 탈출하자. 동문 옆에 작은 구멍이 있어. 아이 둘이라면 쉽게 빠져나갈 수 있을걸."

"들키면 어떻게 하지……."

"괜찮다니까. 내가 옆에 있잖아."

──그렇기에, 메이파의 존재는 '공주 아이란 린즈'에게는 독이 되었다.

린즈는 메이파에게 이끌려 자금궁을 탈출했다.

가슴이 두근거려서 어쩔 수가 없었다.

명령을 어긴다는 배덕감. 그리고 미지의 세계에 발을 디디는 호기심. 이대로 심장이 폭발해 죽어버리는 게 아닐까 하는 생각마저 들었다.

구멍을 빠져나오자 한동안은 좁은 길이 이어졌다.

메이파는 움찔움찔 떠는 린즈를 격려하면서 척척 나아갔다.

시야가 트인다. 세계가 빛으로 가득 넘친다.

곧 눈앞에 나타난 것은 떠들썩한 경사의 풍경이었다.

린즈는 처음 '색'이라는 것을 봤다. 너무나도 눈부신 광경이었다.

다양한 사람들이 엇갈린다. 마차나 우차와도 엇갈린다. 근방에 줄지어 선 유약을 칠한 건물은 궁전과는 비교할 필요도 없을 정도로 간소했다──. 하지만 벽에 새겨진 흔적이나 낙서가 생생한 생활감을 연출하고 있다.

즐거워하는 사람의 목소리. 음식 냄새. 향냄새. 여러 색으로 빛나는 가게의 상품. 아이가 달려와 린즈와 부딪쳤다. 아이는 "죄송해요" 하고 고개를 숙이더니 즐거운 듯이 떠나간다. 친구와 술래잡기 중인 모양이다.

린즈는 어마어마한 충격을 받았다.

궁전에 틀어박혀 있으면 절대 볼 수 없는 것들이 거기 있었다.

"자, 가자. 점심 휴식이 끝나기 전에 돌아가야 하니까."

메이파가 웃으며 린즈의 손을 잡아당긴다.

즐거워 보이는 세계. 궁전의 음울한 공기와는 다르다. 도대체 자신은 지금까지 무엇을 한 것일까. 자신이 그들과 같은 생활을 보낼 수 없는 것은 어째서일까.

머지않아 메이파가 뭔가를 사 와 주었다.

"이건 저기서 팔던 꼬치구이야. 가게 아저씨는 구두쇠지만 맛은 나무랄 데 없어. 양고기가 부드러우니까 린즈도 먹어봐."

"응……."

"맛있어? 나도 어렸을 적에는 자주 먹었는데── 왜 그래, 린즈?! 울 정도로 맛이 없었어……?!"

"아니야……. 아니라고……."

눈물이 뚝뚝 흘러나왔다. 참지 못하고 린즈는 오열했다.

"그럼 왜 그래? 배라도 아파……?"

"맛있어. 맛있어서…… 괴로워……."

당황하는 메이파의 모습에도 아랑곳하지 않고 린즈는 엉엉 울었다. 지나가는 사람들이 걱정스레 이쪽을 응시한다. 그중에는 "괜찮니? 엄마는 어딨어?" 하고 말을 걸어 주는 사람까지 있었다.

그 상냥함이 날카로운 송곳처럼 린즈의 가슴을 찔렀다.

자기 안의 뭔가가 망가져 버렸다.

그건 파멸적인 '반동'이었을지도 모른다.

이날을 기점으로 아이란 린즈는 병을 앓게 되었다.

※

로샤 네르잔피는 자금궁 집회실에 있었다.

발밑에는 천자가 나뒹굴고 있다. 그때 이후 몇 번 정도 나이프로 후벼파 주었다. 처음에는 일국의 군주로서 버티는 모습을 보였던 듯하다──. 그러나 곧 한계에 도달한 모양이다. 천자는 부끄러움도 체면도 모두 벗어던지고 마핵에 관해 술술 불었다.

네르잔피는 솔직히 놀랐다. 그게 사실이라면 요선향은 사악하기 짝이 없는 나라다.

"나를…… 나를 놓아다오……. 이제 됐잖냐……."

천자가 신음한다. 꾸물거리며 네르잔피의 발목을 붙든다.

그 매달리는 듯한 눈을 보고 그만 웃음을 터뜨릴 뻔했다. 요선향의 비극은 이런 남자가 일국의 정점에 서 있다는 점이다. 역시 세습제의 군주 따윈 변변한 게 못 된다.

"네가 알고 싶은 것은 알려줬어……. 이제 나한테 볼일은 없잖냐……."

"그럼 편하게 해주지."

가차 없이 방아쇠를 당겼다. 총성과 동시에 천자의 몸이 날아갔다.

네르잔피는 하얀 입김을 내쉬고 천장을 올려다봤다.

이로써 여섯 마핵 중 두 개의 정보를 알아냈다.

요선향의 마핵. 그리고 알카의 마핵.

전자는 천자의 입을 통해. 후자는 꼭두각시로 만든 네리아 커닝엄의 입을 통해.

3분의 1. 야망을 이루기 위한 준비는 갖춰져 가고 있었다.

유세이는 자기들 집단을 '성채'라고 부르고 있다.

성채는 과거의 뒤집힌 달과는 달리 작은 그룹이다. 스피카처럼 많은 인원을 안고 조직적인 테러 활동에 힘을 쓰는 짓은 하지 않는다. 각국에 지부를 두고 포교 활동을 하지도 않는다. 사람이 늘어나면 사상이 불순해진다——. 유세이는 그것을 꺼려

소수 정예의 조직을 만들어낸 것이다.

"과연 누가 세계를 손에 넣을까. 결과는 하늘만이 알고 있으려나."

세계를 지배할 소질을 가진 인간은 셋이라고 네르잔피는 생각하고 있다.

진홍의 흡혈 공주 '테라코마리'.
뒤집힌 달의 정점 '스피카'.
성채의 톱 '유세이'.

테라코마리는 모든 인간의 마음을 바꾸기 위해 노력하고 있다.

스피카는 마음이 깨끗한 자를 선별해 이상향을 만들기 위해 노력하고 있다.

그리고 유세이는 일단 모든 인간을 멸망시켜 마음을 리셋하기 위해 노력하고 있다.

이 중에서 가장 올바른 것은 유세이라고 네르잔피는 생각한다. 인간처럼 더러운 색을 띤 생물은 멸망해 버리면 그만이다. 마핵이 여섯 개 있으면 세계를 리셋하는 것도 어렵지는 않다.

"……이런."

세계가 시끄러워진 걸 깨닫는다.

귀를 기울이니 경사 곳곳에서 코마링 콜이 들려왔다. 이어서 몸이 움츠러들 만한 마력이 사방을 가득 메운다. 모든 것을 파괴할 듯한 힘. 유세이와 어깨를 나란히 할 만큼 압도적인 마력.

의지력. 그리고 무한한 다정함.

머리 위에서 삐걱거리며 뭔가가 무너지는 듯한 소리가 들렸다.

다음 순간——, 귀를 뚫는 파괴음과 함께 천장이 날아갔다.

빗발치듯 쏟아지는 잔해를 피하면서 네르잔피는 시선을 위로 돌렸다.

황금빛 마력. 공중을 맴도는 수많은 도검.

그리고 적을 쏘아 죽일듯한 살의.

"용서 못 해."

테라코마리 건데스블러드.

예상은 하고 있었다. 메어리 프래그먼트는 그녀를 처리하는 데 실패한 모양이다.

문득 테라코마리에게 매달려 있는 공주 아이란 린즈의 모습도 보였다. 나라를 빼앗으려는 악당에게 어느 정도는 정의감을 발휘한 듯했다. 참 애 많이 썼다.

"날아가라."

막대한 마력이 휘몰아친다.

그녀 뒤에 전개된 도검들이 폭풍우 같은 기세로 다가온다.

알카의 전류들은 저 열핵해방에 속수무책으로 패배한 것이다.

제대로 당하면 네르잔피라고 해도 목숨을 부지할 수는 없다.

제대로 당하지 않으면 된다.

"인자(仁者)는 조용하다. 가만히 있어."

네르잔피는 도검이 날아오는 것보다도 빠르게 방아쇠를 당겼다.

보로에서 변환된 의지력의 탄환이 고속으로 날아간다.

황금 검에 튕겨 나가기 직전에—— 희미하게 주문을 외워 탄도를 왜곡했다.

테라코마리가 희미하게 숨을 삼켰다.

보로탄은 그대로 그녀의 옆구리에 명중했다.

"코마리 씨?!"

피가 튄다. 아이란 린즈가 비통한 비명을 질렀다.

황금빛 마력이 순식간에 흩어져 버린다. 도검들이 힘을 잃고 후둑후둑 바닥으로 떨어졌다. 테라코마리는 믿기지 않는다는 표정으로 자세를 무너뜨렸다. 열핵해방을 바로 정면에서 돌파할 줄은 꿈에도 몰랐을 것이다.

"이런……. 급소는 피했나. 여전히 운이 좋네."

작은 입에서 피가 흘렀다.

흡혈 공주는 그대로 중력에 따라 낙하한다.

네르잔피는 장전되어 있는 보로탄을 다섯 발 연속으로 발사했다. 린즈가 황급히 【장벽】 마법을 전개한다. 다섯 발 중 두 발은 막히고 말았다. 그러나 아직 세 발이 남아 있었다. 보로탄은 그대로 테라코마리의 안면으로 날아갔다. 그때 문득 이상한 현상이 일어났다.

황금빛 마력이 사라진다. 이번에는 무지개빛 마력이 휘몰아친다.

테라코마리의 몸을 무지개빛 우의(羽衣)가 감쌌다——. 하지만 그건 잠깐에 불과했다. 어느새 그녀는 단순히 무력한 여자아이로 돌아와 있었다.

마치 촛불의 불이 꺼지는 순간에 화르륵 타오르는 듯한 현상 같다.

그때였다.

천장의 잔해가 기적적인 타이밍으로 쏟아져 내렸다.

나머지 세 발의 보로탄은 모두 잔해에 가로막혀 튕겨 나갔다. 공간 마법【소환】을 발동하여 새로운 보로를 가져온다. 그것을 탄환으로 변환해 총에 장전하며 겨눈다——. 그러나 이미 테라코마리의 몸은 잔해에 가려진 상태였다.

운이 좋다. 부자연스러울 정도로.

네르잔피는 시니컬하게 웃으며 총을 내린다.

의식을 되찾자 격렬한 통증이 나를 맞이했다.

나는 신음하며 바닥 위를 뒹굴었다.

"으……. 윽……. 으으……!"

아프다. 피가 흘러넘치고 있다. 배가 폭발해 버릴 듯한 느낌이다. 마핵이 없어서 이대로 두면 죽을 것이다. 무섭다. 하지만 질 수는 없다. 나는 린즈를 위해 싸우겠다고 마음먹었으니까. 동료들을 괴롭힌 네르잔피를 그냥 둘 수 없으니까.

"코마리 씨! 괜찮아?! 아니……, 안 괜찮겠지……. 이렇게 피가……."

"괜…… 찮아……. 나는 안 죽어……."

자세히 보니 배의 상처는 크지 않았다. 살짝 파인 정도다.

예를 들어 제7부대 대원들은 일상적으로 폭발하거나 두 동강이 나고 있다. 그에 비하면 아무것도 아니다. 아니, 그 녀석들이 이상한 걸지도 모르지만.

"코마리 씨……. 무리하지 마……."

"무리하는 거 아니야."

이를 악물며 몸을 일으킨다.

격통에 정신이 어떻게 될 것 같았다. 하지만 그럴 때가 아니다.

"네르잔피는 내가 어떻게든 할게. 저딴 녀석이 요선향을 망쳐 놓게 둘 거 같아? 마핵도 절대 넘기지 않을 거야. 뭐, 마핵이 어디 있는지는 모르겠지만……. 아무튼! 린즈가 정식으로 다음 천자가 될 수 있도록 협력할게! 그건 처음과 하나도 변한 게 없어!"

그러니까 안심해. 그런 마음을 담아 그녀를 바라본다.

녹색 공주는. 아이란 린즈는── 어째서인지 당장이라도 울 듯한 표정을 짓고 있었다.

"? 왜 그래, 린즈?"

"나는…… 나는……, 왜…… 이렇게 되어버린 걸까……."

잘 모르겠다. 내 상처를 걱정해 주는 걸까?

그러나 분명히 그뿐만이 아니었다. 그녀의 눈동자에는 어렴풋이 회한이 엿보였다. 도대체 무슨 생각을 하는 거지──. 의아함에 물으려고 한 순간.

잔해 너머에서 누군가가 움직이는 기척이 났다.

빨리 네르잔피를 쓰러뜨리러 가야 한다.

그걸 위해서는 빼놓을 수 없는 것이 있었다.

"린즈, 미안……. 잠깐 부탁할 게 있는데. 내 열핵해방을 발동하기 위해서는 피가 필요해. 조금이라도 좋으니까 나누어 준다면——."

"콜록."

린즈가 기침을 했다.

나는 배의 통증도 잊고 굳어버렸다.

대량의 혈액이 흘러넘치고 있었다. 바닥에 붉은 액체가 퍼져 간다. 내 양말과 스커트를 적셔 간다. 린즈 입에서 분수처럼 피가 흘러넘치고 있다——. 게다가 전혀 멈출 기색이 없었다. 기침할 때마다 침과 함께 피가 뚝뚝 떨어졌다.

이렇게 많이 나누어 줄 필요는 없는데.

"린즈?! 괜찮아?! 많이 아파……?!"

"……으……, 아파……."

나는 등을 쓸어주는 것밖에 할 수 없었다.

눈앞이 어두워져 가는 듯한 기분이다.

그래. 네르잔피를 쓰러뜨려도 모든 게 해결됐다고 할 수는 없다. 금단을 찾아내 선약을 만들지 않으면 린즈에게 미래는 없다. 이 정도면—— 그녀의 생명은 얼마 남지 않은 것 같다.

왜 마핵은 린즈를 구해주지 않을까.

손발이 날아가거나 심장이 폭발해도 차별 없이 치료해 주는데.

어째서 이 소녀의 병만은 치료해 주지 않는 걸까? ——속상한 마음에 떨면서 린즈의 몸을 끌어안고 있었을 때였다.

"──그게 요선향의 저주야. 불쌍해라."

갑자기 사신 같은 목소리가 들렸다.

어느새 뒤에 검은 여자가 서 있었다.

로샤 네르잔피. 나는 눈물을 흘리면서 그녀를 노려봤다.

"너…… 뭔가 알고 있는 거야?"

"천자에게 들었어. 요선향의 마핵은 600년 전부터 망가져 있었다나 봐."

네르잔피는 잔해에 등을 기대며 담배에 불을 붙였다.

곧바로 덮쳐 올 생각은 없는 것 같다. 상대가 열핵해방을 발동하지 않았으니까 방심하고 있는 걸까. 나는 최대한 경계하면서 네르잔피의 말에 귀를 기울였다. 지금은 그녀의 입에서 정보를 끌어내야 한다고 생각했기 때문이다.

"정확히 말해 '망가졌다'라기보다는 '책임을 다할 수 없게 되었다'라고 표현하는 게 적절하려나. 왜 그런 일이 벌어진 건지 나로서는 모르겠군. 천자도 모르는 눈치였어. 아무튼 요선향의 마핵은 그것만으로는 '무한 회복'의 역할을 다할 수 없다나 봐."

"무슨 말도 안 되는……. 하지만 요선은 다쳐도 낫잖아. 천자도 사쿠나에게 살해당했지만 되살아났고. 린즈가 특별할 뿐이지……."

"그래, 아이란 린즈는 예외 중의 예외야."

린즈가 괴로운 듯 숨을 쉬고 있다.

나는 안타까운 마음에 그녀의 등을 쓸어주고 있었다.

"망가진 마핵을 정상적으로 동작시키기 위해서는 보조 기능이 필요했지. 그러나 마핵을 정상적으로 동작시키는 마법 따위는 존재하지 않아. 왜냐하면 마핵이 바로 마력의 원천이기 때문이지. 만일 그런 마법이 존재한다고 해도 영구적으로 발동하는 건 평범한 사람에게는 불가능해. 그러므로 마법과는 다른 기술의 힘을 빌릴 필요가 있었지."

"다른 기술……?"

"의지의 빛. 운명의 속삭임. 즉 열핵해방이야."

네르잔피는 권총을 빙글빙글 돌리면서 웃는다.

"당신은 아이란 린즈가 항상 열핵해방을 발동하고 있는 것을 눈치채고 있지 않았나?"

"윽……?!"

내가 아니다. 린즈가 경악하며 숨을 집어삼킨 것이다.

네르잔피의 말대로였다. 나는 린즈의 눈동자가 항상 붉은 빛을 뿜어내고 있다는 것을 눈치채고 있었다. 그건 열핵해방을 발동하고 있다는 증거. 항상 의지력을 불태우고 있다는 증거.

"아냐……. 이건……, 원래부터 붉어서……."

"말하지 마, 린즈. 무리하지 않아도 돼."

"그래. 무리하면 안 돼, 린즈 전하. 당신 병의 원인은 늘 의지력을 소비하는 것. 그리고 병 때문에 생긴 상처가 회복할 기색을 보이지 않는 것은 늘 열핵해방을 발동시키고 있기 때문. 나도 천자에게서 듣고 놀랐어──. 설마 국가 전체가 한 소녀에게 부담을 떠넘기고 있었을 줄이야."

린즈는 눈물을 흘리며 "아니, 아니야"라고 속삭이고 있었다.

네르잔피는 가차 없이 말을 이어나갔다.

"린즈 전하의 열핵해방은 【선왕의 인도】라나 보군. 물질을 '본연의 모습'으로 되감아 고정하는 힘. 이 나라답게 경학적인 상고(尙古) 사상에서 발생한 능력이지. 그 덕에 요선향의 마핵은 망가지기 전의 모습을 유지하고 있는 거야. 그러니까 언뜻 보면 정상적으로 움직이고 있는 것처럼 보이지."

"하지만 마핵은 망가지고 600년 후까지 정상적으로 작동한 거잖아. 린즈가 600년이나 살고 있는 것도 아니고……."

"【선왕의 인도】는 아이란 린즈의 의지에서 발생한 힘이 아니야. 일찍이 겔라 매드할트가 운영했던 몽상낙원의 실험과 같지. 불쌍한 공주님에게 분에 넘치는 이능이 강제적으로 심어진 거야. 그녀는 아이란조에서 마핵을 수호하는 '담당자'라는 중요 인물이야."

린즈의 표정이 절망으로 물들어 간다.

그녀의 반응을 보아 알 수 있다――. 네르잔피의 말은 전부 진실일 것이다.

"원래 【선왕의 인도】는 600년 전의 인간에게 발생한 일개 열핵해방에 불과했어. 그렇기에 그 사람이 죽어버리면 마핵은 완전히 기능을 정지해 버릴 터였지. 그렇게 만들지 않기 위해서 아이란 일족은 열핵해방을 계승해 온 거야. 열핵해방이란 마음의 힘. 마음의 모양이 비슷하면 비슷한 힘이 깃들게 되지. 역대 담당자들은 '초대와 비슷한 마음'을 품도록 억지로 교정되어 왔어."

"뭐야, 그게……. 의미를 모르겠어……."

"평범한 사람은 이해할 수 없는 이야기다. 나같이 어리석은 인간이라면 더더욱 모르겠지. 하지만 아이란조는 영리했지. 담당자로 선택되는 것은 아이란 일족의 딸로 정해져 있는 모양이야. 딸은 어렸을 적부터 궁전에 갇혀 철저한 교육을 받아. 정상적으로 발달해야 할 자아를 억누르고 초대 담당자와 비슷한 인격이 되게끔 마음을 왜곡하는 거야. 린즈 전하는 차기 천자로서 자라온 게 아냐──. 쓰고 버릴 담당자로서 자라온 거라고."

"그럴 수가……."

"화촉 전쟁에서 아이란 린즈의 개인정보가 여러 가지 확인됐지. 취미는 분재. 좋아하는 음식은 배추. 회중시계를 아낀다. 그리고 어렸을 적에는 고양이를 키웠다──. 이건 모두 초대의 취미와 기호야. 아이란 린즈 자신에게서 비롯된 게 아니라."

이야기가 너무 어려워서 나는 전혀 이해하지 못했다.

만들어진 인격. 강요당하는 열핵해방. 상처 입어 가는 몸.

600년이라는 유구의 역사가 그녀의 작은 몸에 얹혀 있었다.

린즈는 고통으로 표정을 일그러뜨린 채 어깨를 들썩이고 있다. 이 아이는 도대체 얼마나 큰 비극을 짊어지고 있는 걸까. 얼마나 큰 괴로움을 혼자 끌어안아 왔을까.

"역대 담당자들은 모두 요절해 왔다. 열핵해방의 부담으로 반드시 중병에 걸리기 때문이지. 참고로 신선종이 '요선(夭仙)'이라고 불리는 것은 일찍 요절하는 담당자를 기리는 오랜 관습이라나. ──아이란조 천자들은 담당자를 연명시키기 위해 여러 방법을 모색해 온 모양이야. 그중 하나가 '불로불사의 선약'이고."

"윽……, 맞아! 선약! 금단인지 뭔지 하는 걸 찾으면 린즈는 살아나는 거지?!"

"금단이란 아마 마핵일 거야."

어——? 린즈 입에서 목소리가 새어 나온다.

"마핵은 각각 독자적인 형상을 취하고 있을 거야. 뒤집힌 달 녀석들이 쉽게 찾아낼 수 없었던 이유지. 하지만 본래의 마핵은 반짝반짝 빛나는 별 같은 구체의 모습을 하고 있어——. 그게 유세이의 말이야. 즉 금단은 보로가 아니야. 마핵일 가능성이 크지. 그리고 조합해서 약으로 만들기 위해서는 물론 마핵 그 자체를 '소비'할 필요가 있어."

린즈가 새파래져 간다. 공포로 덜덜 떤다.

마핵을 소비하지 않으면 린즈의 병은 낫지 않는다.

그 말은 즉——.

"린즈 전하는 선택해야만 해."

네르잔피가 저벅저벅 다가온다.

그녀는 사악한 미소를 지으며 이렇게 말했다.

"자신의 목숨인지. 아니면 국민의 목숨인지."

"＿＿＿＿＿＿＿＿."

그런 바보 같은 이야기가 있다니.

현대는 마핵의 재생력에 의해 세워진 사회다. 마핵을 잃으면 많은 인간이 죽게 되겠지. 하지만 마핵으로 약을 만들지 않으면 린즈가 죽게 된다.

선택할 수가 없었다.

네르잔피가 옷 안쪽에서 칼을 꺼냈다.

오싹했다. 나는 린즈를 지키기 위해서 막아섰다. 그러나 눈에 보이지조차 않는 속도로 배를 걷어차여 날아가 버렸다. 총탄을 맞은 상처가 아까처럼 통증을 주장해 온다. 그러나 아파할 때가 아니다. 네르잔피를 막아야 한다——.

"——그만해! 더 이상 린즈를 상처 입히지 마!"

린즈가 공포에 물든 표정을 짓는다.

네르잔피는 나의 목소리를 무시하고 나이프를 휘둘렀다. 나는 통증을 참으며 몸을 일으켰다. 이런 녀석이 멋대로 하게 놔둘 거 같아? ——불퇴의 각오로 돌격하려고 했을 때.

린즈의 가슴팍이 갈가리 찢어져 나갔다.

그러나 피는 나지 않았다. 솜씨 좋게 옷만 찢었다는 것을 뒤늦게 깨닫는다.

린즈의 가슴팍이 바깥 공기에 노출되었다. 그녀의 맨살은 병적일 정도로 하얗다. 영양이 부족한 것은 아닐까? ——그런 엉뚱한 생각을 한 것은 머리가 현실을 받아들이지 않았기 때문임이 분명하다.

"봐. 이게 요선향의 어리석음을 상징하는 것이야."

"어……"

린즈의 가슴에는 검이 꽂혀 있었다.

작디작은 칼. 그러나 깊숙이 그녀의 피와 살을 도려내고 있다.

숨을 쉬는 탓에 가슴이 들썩일 때마다 손잡이 부분도 움직이고 있었다.

꼭 눈앞의 소녀에게 기생하는 것처럼.

린즈가 작은 목소리로 "보지 마"라고 간청했다. 그러나 내 눈은 그녀의 가슴팍에 고정되어 버렸다. 너무나도 괴이한 광경. 그리고 그 칼의 정체는 짐작이 갔다.

네르잔피가 담담하게 답했다.

"요선향의 마핵《유화도(柳華刀)》다."

"아니야……! 이건…… 마핵이 아니라…….”

린즈는 입장상 '아니다'라고 할 수밖에 없을 것이다. 인정해 버리면 적에게 마핵의 정체를 가르쳐주는 꼴이니 말이다.

하지만 일반인인 나조차도 알 수 있었다.

저 칼은 린즈의 목숨을 빨아들여 살아가고 있다.

즉──【선왕의 인도】의 대상인 게 분명하다.

"아프지? 괴롭지? 당신의 운명은 태어났을 때부터 정해져 있었어. 잔혹한 이야기지. 하지만 인간이라는 생물은 언제나 잔혹하다. 당신 같은 순진한 소녀를 희생하면서 아무것도 모른다는 얼굴로 살아가고 있다. 멸망해야 한다고 생각하지 않나."

"아냐……, 아냐…….”

"이것이 현실. 당신은 괴로워하면서 죽어간다. 요선향의 악당들에게 이용되면서 절명하는 거야. 그러고 보니 천자는 차세대 담당자를 준비하지 않은 모양이네. 적절한 아이란 일족의 자녀가 없는 모양이야──. 그렇다면 당신이 죽으면 요선향의 마핵은 완전히 기능을 정지하는 셈이지."

"………………."

"이런 세계는 잘못되었어. 당신도 그렇게 생각할 텐데. 당신은 평범한 소녀처럼 살고 싶었겠지. 하지만 신분 때문에 불가능했어. 천자도 하늘을 우러러보며 한탄했지──. '아아! 왜 저 아이는 천자의 딸로 태어나 버렸을까!'라고 말이야. 그러니까 오늘로 끝내 주지. 내가 보내 줄게. 뭐 장례식은 제대로 치러 줄 테니까 안심해."

네르잔피가 천천히 총을 들어 올린다.

나는 현실에 충격을 받아 꼼짝하지 못했다.

린즈를 둘러싼 저주는 너무 무겁다. 내가 노력해서 어떻게든 되는 범주를 뛰어넘은 게 아닐까. 경사의 폭동을 진압하여도 해결되지 않는다. 네르잔피를 쓰러뜨려도 린즈의 목숨을 살릴 수 없다. 이 소녀는 너무나도 큰 것을 짊어지고 있다. 내가 절반을 짊어져 줄 수 있다면 좋을 텐데. 하지만 불가능하다. 이렇게 부당할 데가. 어떻게 하면 좋지──.

"자, 죽어라."

나는 퍼뜩 정신이 들었다.

린즈가 살해당하려고 하고 있다. 공포로 얼굴을 일그러뜨린 채 굳어 있다. 네르잔피의 손가락이 투박한 총의 방아쇠에 올려져 있다.

지칠 대로 지친 붉은 눈동자가 일순간 내 쪽을 향했다.

도움을 요청하는 어린아이 같은 눈이었다.

"그── 그만해애애애애애!!"

나는 튕겨 나가는 것처럼 뛰쳐나갔다. 일심불란하게 네르잔피에 매달린다. 그녀는 꿈쩍도 하지 않았다. 어이가 없다는 듯이 한숨을 내쉰다.

"이봐, 농담은 그만해. 건데스블러드 장군. 이대로 살려 두면 불쌍하지 않나? 괜히 괴로움을 겪게 하는 것보다 단번에 죽여주는 편이 자비롭지 않겠냐고."

"린즈를 상처입히는 건 용서 못 해! 왜냐하면 린즈는 살고 싶어 하고 있으니까!"

"그야 누구도 죽고 싶지는 않겠지. 하지만 죽는 게 더 나은 경우도 있지 않나? 실제로 그녀는 살아 있기에 괴로워하고 있어."

"시끄러워, 시끄러워! 린즈는…… 내가 구할 거야!"

"이런."

나는 네르잔피를 있는 힘껏 냅다 밀쳤다.

배에서 피가 흘러넘쳐 잠깐 의식이 날아갈 뻔했다. 그러나 나는 꾹 참고 외쳤다.

"정신 차려, 린즈! 쿠야 선생님에게로 가자! 그 사람이라면 치료해 줄지도 모르니까……!"

"으…… 응……, 고마워. 코마리 씨……."

린즈를 부축해서 일으킨다. 둘이서 병자 같은 발걸음으로 밖으로 향한다. 그러나 네르잔피가 그걸 그냥 둘 리 없었다. 가차 없이 쏘아져 나온 탄환이 나의 옆구리를 다시 도려냈다. 더는 버틸 수조차 없다. 나는 린즈를 감싸 안는 형태로 바닥에 쓰러졌다.

그녀는 얼굴이 창백해져서 나를 바라보고 있었다.

그렇게 슬퍼하는 표정 지을 필요 없어. 내가 전부 어떻게든 해 줄게.

"괜찮아, 린즈……. 너는 아무것도 걱정하지 않아도 돼."

"그만해. 코마리 씨. 죽을 거야……."

콜록.

다시 린즈가 피를 토했다. 그녀도 한계인 듯했다.

이런 결말이 있어서 되겠냐고 생각했다. '힘들어하는 사람을 도우렴'이라는 엄마의 말을 들은 지 얼마나 됐다고. 모처럼 은둔하는 버릇을 약간 고치고 내 의지로 밖에 나왔는데. 나는 나를 의지하는 소녀 하나도 구할 수 없는 건가?

"코마리 씨. 이제 됐어."

갑자기 린즈가 웃으며 말했다. 나락 밑바닥에 떨어진 듯한 기분이었다.

"무…… 무슨 소릴 하는 거야. 네 병은 꼭 치료해 줄게. 무슨 방법이 있겠지. 건강해지면……, 네가 천자가 되어 요선향을 이끌어 가는 거야."

"미안, 코마리 씨. 나는 거짓말을 하고 있었어."

뜻밖의 반응이라 굳어 버렸다.

희망도 뭣도 없다. 자신의 죄를 참회하는 듯한 표정이 거기 있었다. 린즈는 숨을 들이쉬고 나서 조용히 고백했다.

"천자 따위 되고 싶지 않아. 요선향은 아무래도 좋아."

저녁놀이 비친다.

피와 석양 때문에 새빨갛게 물든 공주는 더듬더듬 말한다.

"나에게 누군가를 이끌어 갈 힘은 없어. 아이란 린즈에게는 아무런 재능도 없거든."

"무슨 소리를 하는 거야……. 린즈는 그랬잖아……. '승상의 악행을 막고 싶다'라고. 그건 요선향을 생각해서 한 일이지……?"

"아니. 그건 공주의 역할. 해야만 하는 일. 의무감을 따랐을 뿐이지……. 나는 사실 요선향의 미래에 대해선 생각하고 있지 않아. 생각할 수 없어. 왜냐하면 나는 천자의 그릇이 아니니까. 코마리 씨, 네리아 씨를 보고 생각했어. 나는 당신들처럼은 될 수 없다고. 그렇게 다정한 사람은 될 수 없어. 왜냐하면 나는 나 자신만으로도 벅차니까……."

눈물이 뚝뚝 흘러넘친다. 피와 섞인 물방울이 바닥에 떨어졌다.

"나는 평범하게 살고 싶었어."

"평범하게……?"

"메이파에게 이끌려 새장 밖으로 나간 그날 이후로……. 나는 평범하게 살고 싶다고 생각했어. 가슴을 칼에 찔리는 일도 없고, 이상한 병에 걸리는 일도 없고, 나라를 위해 자신을 희생하는 일도 없는……그런 인생이 좋았을 텐데."

"…………."

"경사 구석에 가게를 열고 싶었어. 원예점이 좋으려나. 계절마다 꽃을 모아 손님에게 전하는 거지……. 죽는지 사는지는 생각하지 않아도 돼……. 그런 평화로운 생활을 하고 싶었어. 평범한 인간답게 불행과 행복을 안고 하루하루를 보내고 싶었어. 그리고 당신같이 다정한 사람과 결혼하고 싶었어. 나에게 걸맞은 일생을 보내고 싶었어……."

"………………………………………."

"정말 미안해."

린즈가 미동했다.

"나는 정말 답 없는 잔챙이야."

체념으로 찌든 미소.

"이런 비겁하고 거짓말쟁이인 인간을 위해 코마리 씨가 다칠 거 없어. 왜냐하면 코마리 씨는 세상을 바꾸는 영웅이니까."

그 말에는 나에게 보내는 결별의 의미가 포함되어 있었을지도 모른다.

그녀의 옷 안에서 무언가가 미끄러져 떨어졌다. 데이트 때 산 이름을 새긴 기선석이 피 웅덩이에 가라앉는다. 그 절망적인 광경을 바라보면서 나는 자신의 어리석음을 저주했다.

──나는 천자가 될 수 있을까. 천자로서 잘해 나갈 수 있을까.

사룡굴에서 린즈가 한 질문. 나는 주저 없이 '괜찮다'라고 답하고 말았다. 그러나 그녀가 원했던 것은 무책임한 격려가 아니다. 다정한 부정이야말로 진정 필요했던 것이다.

나는 세계에 오염되어 있었다.

예컨대 네리아는 속으로 알카를 바꾸고 싶다고 생각하고 있었다. 그녀는 처음부터 반짝이는 의지가 넘치는 월도희였다.

카루라도 그렇다. 말로는 '장군 따위 하고 싶지 않다'라고 하면서도 카렌이나 후야오의 악행을 용서하지 못하는 사람이었다. 최종적으로는 스스로 싸우는 것을 결의했다.

하지만 린즈는 다르다.

기합으로 어떻게든 될 이야기가 아니다.

네리아나 카루라처럼 난관을 스스로 타파하고자 분발할 수 없다.

분에 넘치는 대우를 그대로 받아들이며 괴로움에 허덕이고 있다.

주어진 사명에 짓눌려 버린 사람도 산더미만큼 있다──. 그 사실을 새삼 깨닫게 되었다. 아이란 린즈는 무거운 운명을 짊어진 평범한 소녀. 그것을 스스로 튕겨낼 만한 의지력도 없다. 그녀는 지극히 평범한 마음을 가진 지극히 평범한 아이였던 것이다.

눈물이 흘러넘친다.

나는 피투성이가 된 기선석을 도로 그녀의 안주머니에 넣었다.

"린즈……, 미안. 나는 너를 전혀 모르고 있었어……."

"아니야. 나야말로."

린즈가 천천히 몸을 일으킨다. 마핵이 꽂힌 부분에서 피가 흘러나왔다. 이제 그 몸도 한계일지 모른다. 나는 소리 없이 그녀의 모습을 바라보고 있었다.

"코마리 씨가 상처 입은 것은 내 탓. 내가 어중간한 의무감으로 당신을 말려들게 한 탓이야. 그러니까…… 책임은 전부 질게."

"무슨 말을……."

"당신을 구할 수만 있다면. 나는 기꺼이 죽을 거야."

공포에 굳은 미소.

린즈의 시선 끝에는 사신이 서 있었다.

담배 연기를 내뿜으며 악마처럼 웃는다.

"——내가 당신을 깔보고 있던 것 같네. 그야말로 용사인걸. 두려움을 잊고 맞서려고?"

"당신의 목적은 나잖아. 코마리 씨에게는 손을 대지 마."

"물론 우리의 목적은 당신이다——, 하지만 괜찮겠어? 그랬다간 요선향의 마핵은 망가져. 많은 사람이 상처 입게 될 거라고. 당신은 그 책임을 질 수 있겠어? 천자 폐하는 죄책감을 감당하지 못했던 것 같은데 말이지."

"윽······!"

린즈가 당황한다. 그것은 네리아마저도 한 번은 넘어간 악마의 속삭임이다.

그러나 그녀가 주저한 것은 정말 잠깐이었다.

"나······ 나는······ 나는! 나 말고는 생각하지 않아!"

입에서 피가 흘러넘친다. 그래도 그녀는 멈추지 않았다.

열핵해방 때문에 새빨개진 눈동자로 네르잔피를 노려보면서 소리친다.

"어쩔 수 없는 잔챙이니까! 눈앞에 있는 코마리 씨만 지켜낼 수 있다면 족해! 애당초······ 마핵이 사라진다고 사람이 죽는 건 아니야! 엔터테인먼트 전쟁을 못 할 뿐이지! 그러니까! 나는! 신선종 따위는 아무래도 좋아······. 코마리 씨만 지켜낼 수 있다면 그걸로 족해!"

이미 무슨 말을 하는지조차 모르겠다.

하지만 린즈가 나를 걱정해 주고 있다는 건 알겠다.

상처투성이인데. 당장에라도 죽을 것 같은데. 이런 나를 위해 몸을 내던지고 있다는 것만은 알겠다. 그녀는 똑바로 네르잔피를 바라보며 외쳤다.

"자, 군기대신! 지금 바로 나를 죽여라!"

"무리할 거 없어!"

나는 무심코 린즈에 매달렸다. 몇 걸음 비틀거리다 고꾸라질 뻔했다. 나는 고통을 억누르고 그녀의 몸을 지탱했다. 그녀가 가까이서 크게 당황한 시선을 보낸다.

"린즈의 마음은 알겠어. 그거면 충분해. 너는 최선을 다했어. 앞으로는 공주니 장군이니 담당자 같은 귀찮은 일은 전부 잊고 살면 돼."

"하지만…… 내 목숨은…….."

"그것도 어떻게든 할게! 나는 천하최강의 칠홍천 대장군이야! 새끼손가락으로 5조 명을 죽일 수 있을 만큼 살육의 패자라고! 린즈의 병을 날려버리는 것 정도는 일도 아니야!"

"………."

뭐 이렇게 무책임할까. 꼭 현실을 모르는 아이의 외침 같았다.

그러나 린즈의 몸에서 서서히 힘이 빠져나갔다.

한동안 뭔가를 음미하듯이 움직임을 멈춘다.

이윽고 붉은 눈동자에서 눈물이 떨어졌다. 그녀는 어깨를 떨면서——, 그러나 어색한 미소를 지으며 "고마워"라고 중얼거린다.

"……코마리 씨는 영웅이네. 나는 그런 코마리 씨가 좋아."

"그래? 이제 자기 목숨을 함부로 하지 말아줘."

"바쁜 와중에 미안한데."

네르잔피가 틈을 보고 있었던 듯 말을 걸어온다.

"슬슬 죽을 준비는 되었니?"

"됐을 리가 없잖아! 린즈는 내가 지킨다!"

"그거 훌륭한걸. 하지만 나한테도 사정은 있어. 내가 요선향의 마핵을 회수하지 않으면 유세이가 토라져 버리거든."

총이 천천히 들어 올려진다.

품 안의 린즈가 몸을 떤다. 나는 참을 수 없는 분노를 느끼며 이를 악물었다. 린즈는 필사적으로 살아가려 하고 있다. 그것을 눈앞의 여자가 엉망으로 망치려 하고 있다.

어떻게 용납하겠는가.

네르잔피를 여기서 막아야 한다.

그녀 때문에 많은 사람이 상처 입었다. 네리아도. 사쿠나도. 게르트루드도. 빌도. 에스텔도. 메이파도. 쿠야 선생도. 천자도, 시카이도, 요선향의 신선종들도──. 그리고 무엇보다 린즈가 괴로움에 허덕이고 있다.

"린즈! 미안! 피 좀 마실게……!"

"뭐……?"

나는 각오를 다지고 린즈에게로 돌아섰다. 당황스러움이 가득한 시선을 무시하고 그녀의 목덜미에 이빨을 세우려 한다.

그러나 적이 조용히 기다려 줄 리 없었다.

"흩어져라."

총성이 울려 퍼진다.

가차 없이 방아쇠가 당겨졌다.

반짝반짝 빛나는 탄환이 무서운 스피드로 다가온다.

나는 멍하니 네르잔피 쪽으로 시선을 돌렸다. 죽기 직전이 되면 의식이 가속해 세계가 느려진다. 그러나 몸은 꼼짝하지 않았다. 이대로 린즈와 함께 살해당하는 것 아닐까 했다.

하지만 떨고 있을 때가 아니다.

린즈를 죽게 해서는 안 된다.

이 소녀는 부당한 운명을 충분히 감당해 왔다.

앞으로는 원하는 대로 '평범하게' 살 자격이 있으니까——. 그렇게 비장한 각오를 다지며 탄환을 노려보고 있었을 때.

"윽——?!"

네르잔피의 거짓스러운 표정에 처음으로 경악이 담긴 경련이 퍼진다.

옆에서 눈에도 보이지 않는 속도로 날아온 파편이 총탄을 튕겨내고 있었다. 네르잔피의 재기동은 빨랐다. 회전식 권총에 장전되어 있는 탄환을 연달아 발사한다——. 그러나 곧 수수께끼의 충격에 의해 전부 떨어져 버렸다.

깨닫는다. 궁전 벽이 파괴됐다.

그 벽 너머에서 두 그림자를 발견했다.

"——테라코마리! 빨리 열핵해방을 발동해!"

"저놈이 모든 악의 근원? 그럼 죽여야겠네."

방한복을 입은 창옥과 고양이 귀 장군이 이쪽을 응시하고 있었다.

프로헤리야 스타즈타스키와 리오나 플랫. 프로헤리야가 든 총에서는 모락모락 연기가 피어오르고 있다. 그리고 리오나는 작은 돌 같은 것을 만지작거리며 살의를 품고 있었다. 두 사람이 네르잔피의 공격을 막아 준 것 같다──. 구원받은 듯한 기분으로 환희에 떨고 있었을 때였다.

콰아아아아아아앙!! ──거짓말 같은 폭발이 뒤에서 일어났다.

나와 린즈는 놀라서 뒤돌아본다. 파괴된 방 입구를 통해 수많은 흡혈귀가 우르르 몰려들어 왔다.

"각하! 저 녀석을 죽이면 되는 건가요?!" "각하가 피투성이인데……?! 용서 못 해, 저 녀석……!!" "요선향을 정복하는 김에 테러리스트를 죽이자고!!" "살육을 개시합니다. 살육을 개시합니다. 표적은 검은 여자." "피의 축제다아아──────!!"

제7부대 녀석들이 어째선지 돌격해 온 것이다.

평소라면 악몽 같은 광경. 그러나 나는 눈시울이 뜨거워져 버렸다.

이 테러리스트들이 이렇게 믿음직하게 보였던 순간이 있었을까.

"너……너희들! 뭐 하는 거야!"

나는 눈물을 닦으며 외치고 있었다.

"여기에는 마핵이 없거든?! 너무 무리하지 말라고!!"

"무리하는 게 아닙니다."

어느샌가 내 옆에 고목 같은 남자——, 카오스텔이 서 있었다. 공간 마법 같은 걸로 워프해 왔겠지. 그는 여전히 범죄자에 어울리는 웃음을 지으며 말했다.

"저희 제7부대는 각하 아래서 싸우는 것이 일입니다. 마핵의 존재나 요한의 생사는 아무 상관 없죠——. 아아! 그나저나 각하! 대체 어떻게 된 건가요?! 몸이 상처투성이 아닙니까!"

"어?! 이건…… 그거다! 핸디캡! 일방적인 학살은 재미없으니까!"

흡혈귀들이 "오오." "과연 각하셔……!" 하고 술렁였다.

아니, 너희 눈은 옹이구멍이냐. 아무리 봐도 만신창이인데.

"이봐, 테라코마리! 너는 쉬어! 내가 녀석을 불덩어리로 만들어 줄 테니까."

"관둬, 망할 꼬맹이. 네놈이 나서 봐야 파리처럼 죽을 뿐이야."

"이봐, 뭐라고?! 네놈을 먼저 개 통구이로 만들어서 먹어줄까?! 지금이니까 하는 말인데 테라코마리는 허세 하나로 살아온 약소 흡혈귀거든?! 우리가 정신 차리지 않으면 죽잖아!"

"뭐? 너는 바보냐?"

"바보는 네놈이고! 내가 저 녀석을 죽여주겠어!"

"예! 늘 먼저 죽는 것은 요한. 이것은 절대적인 예언. 불꽃과 함께 GOGO 특공. 반격과 함께 GOGO 개죽음. 우리가 보는 가운데서 아멘 최고."

"네놈부터 죽여버린다!!"

요한과 멜라콘시가 싸움을 시작했다.

화염을 휘감은 주먹이 멜라콘시를 덮친다. 그러나 반격으로 날린 걷어차기가 요한의 턱에 깔끔하게 먹혔고, 그는 그대로 "끄에엑" 하고 기묘한 비명을 지르며 기절해 버렸다.

이봐, 바보. 상황을 알고나 있는 거냐, 너희는? 린즈가 기겁하고 있잖아.

미안, 린즈. 이 녀석들은 항상 이래.

"뭐 해, 테라코마리! 군기대신은 내가 막을 테니까 어서【고홍의 애도】를 써!"

"그…… 그래!"

프로헤리야의 말에 정신이 들었다.

이 기회를 놓칠 수는 없다. 나는 다시 린즈를 돌아보며 웃어 보인다.

"……네 피가 필요해. 조금만 마셔도 될까."

"저기……, 흡혈귀의 흡혈은. 소중한 사람에게만 한다고 들었는데……."

"린즈는 소중해. 너는 꼭 내가 지켜줄 거야."

린즈가 딱딱해져서 얼굴을 붉혔다.

나는 그녀의 승낙을 기다리지 않고 이빨을 세운다. 짧은 한숨과 함께 목소리가 새어나갔다. 린즈가 불편하다는 듯이 매달린다. 그녀의 피부에서 미지근한 혈액이 흘러넘친다——. 그리고 나의 입 속에 끈적끈적한 감촉이 퍼진다.

"기고만장하지 말도록."

총성이 울린다.

장전을 마친 네르잔피가 방아쇠를 당긴 것 같다.

"센스가 없군요. 흡혈귀의 흡혈을 방해하다니."

카오스텔이 공간 마법을 발동시킨다. 나와 네르잔피를 잇는 직선 모양으로 【전송】을 위한 문이 열리더니 탄환은 그대로 빨려들어 사라져 버렸다.

이제 아무 걱정할 필요 없다.

린즈가 "저기……, 코마리 씨……"라고 신음하면서 굳어 있다.

열핵해방은 마음의 힘. 린즈의 피가 나의 몸에 녹아듦에 따라 그녀의 마음까지 흘러들어 온다. 그녀는 사는 것을 포기하지는 않았다. 그러니까 나는 전력으로 응원하겠다고 생각했다.

"코마리 씨……."

"걱정하지 마. 전부 나에게 맡겨."

입가에서 피가 흐른다.

당혹감으로 흔들리는 붉은 눈동자가 나를 바라본다.

그렇게 세계는 다시 무지갯빛으로 물들어 갔다.

폭발적인 마력이 용솟음쳤다.

세계를 바꾸는 무지갯빛의 분류. 그 중심에 서 있는 것은 붉은 눈동자를 빛내는 흡혈 공주—— 테라코마리 건데스블러드. 마력을 감당하지 못한 궁전의 벽이 삐걱삐걱 비명을 지르며 쓰러졌다. 흔들리는 대기의 영향으로 궁전의 나무들이 술렁이고 있다.

흡혈귀들이 아이처럼 뛰면서 "코마링! 코마링! 코마링!"거리며 소리치기 시작했다.

테라코마리 주위에는 무지개색 옷이 떠올라 있었다.

요선과도 비슷한 천녀풍 의상── 그것을 마력으로 표현한 것이겠지.

"네르잔피. 나는 너를 용서하지 않아."

살의가 담긴 시선에 네르잔피는 쓴웃음을 짓는다.

이것만은 피해야 한다고 생각하고 있었다.

【고홍의 애도】에는 불분명한 점이 많다.

특히 마신 피의 소유자에 따라 능력이 바뀐다고 하는 특성이 공략을 어렵게 만들었다.

흡혈귀의 피를 마시면 파격적인 마력과 신체 능력을. 창옥종의 피를 마시면 단단한 육체를. 전류종의 피를 마시면 도검을 조종하는 황금빛 힘을. 화혼종의 피를 마시면 시간을 가속시키는 이능을.

그럼 신선종의 피는 어떤 능력을 가져올까──. 이왕이면 '천축찬점'에서 만났을 때 전류가 아니라 요선의 피를 마시게 할 걸 그랬다고 후회한다.

"슬슬 때가 왔나."

미지의 상대와 정면으로 맞설 만큼 네르잔피는 바보가 아니었다. 아니, 능력의 상세는 큰 문제가 되지 않는다. 【고홍의 애도】에 단신으로 도전하는 것 자체가 어리석은 것이다.

게다가 상황이 너무 안 좋다.

네르잔피 주변에는 적이 너무 많았다.

프로헤리야 즈타즈타스키. 리오나 플랫. 그리고 제7부대의 강인한 흡혈귀들. 게다가 궁전 밖에서는 【동자곡학】에서 해방된 인형들이 다가오는 기척도 느껴졌다. 테라코마리의 막대한 의지력에 의해 세뇌가 풀려 버렸겠지.

"각오해라! 네르잔피!"

무지갯빛 마력을 두르면서 테라코마리가 달려온다.

꼭 아이가 달리는 것처럼 사랑스러운 모습이다. 보로로 변환해 집에 장식하고 싶을 정도로 사랑스러웠다. 그러나 건드리면 뼈 아픈 꼴을 당하리라는 걸 충분히 알고 있었다.

"──후후후. 제대로 싸울 리가 없지."

품에 넣어둔 마법석을 꺼낸다.

【전이】가 봉인된 물건이다.

지금은 일단 물러나도록 하자. 요선향 마핵의 정체를 안 것만이라도 만족이다. 빼앗아 갈 기회는 나중에 얼마든지 찾아올 테니까──. 네르잔피는 내심 사악하게 웃으며 마법석에 마력을 담았다.

"──?"

하지만 【전이】는 발동하지 않았다.

자세히 보니 마법석에 금이 가 있다. 회로가 맛이 간 모양이다. 아무리 마력을 쏟아도 반응하지 않았다. 아까 천장의 파편과 부딪쳐서 깨진 걸지도 모른다──.

"바보 같은……."

"반성해라!!"

정신을 차리고 보니 눈앞에 테라코마리의 주먹이 다가와 있었다.

피할 수조차 없었다. 타이밍이 너무 완벽하다.

마력을 띤 빈약한 일격이 네르잔피의 안면을 힘껏 때렸다.

자세가 무너진다. 게다가 바닥에 흩뿌려져 있던 아이란 린즈의 피에 발이 미끄러졌다. 네르잔피는 버티지조차 못하고 팽이처럼 돌다 넘어져 버렸다.

우오오오오오오오오오오!! 코마링!! 코마링!! 코마링!! ——고막을 찢을 듯한 코마링 콜이 자금궁에 울려 퍼지고 있다.

네르잔피의 몸이 회전하면서 날아갔다.

조금 전에 매달렸을 때는 꿈쩍도 하지 않았는데. 열핵해방 덕에 마력적인 보조가 들어가고 있나? ——거기까지 생각하다 문득 깨달았다.

평소보다 의식이 또렷하다.

근데 방에서 빈둥거릴 때의 나와 전혀 다를 게 없다.

내 몸에서는 분명히 【고홍의 애도】에 의한 무지갯빛 마력이 흘러넘치기 시작하고 있는데.

이것이 신선종의 힘일지도 모르겠다.

"후…… 후후후. 놀라운걸, 건데스블러드 장군."

네르잔피가 이마를 누르면서 비틀비틀 일어난다.

잔해 모서리에 머리를 부딪힌 모양이다. 그녀의 얼굴은 피로 새빨갛게 물들어 있었다.

"의도치 않게 퇴로는 끊겼어. 남은 보로탄도 적어. 그리고 주위는 적뿐인 사면초가――. 눈물이 날 정도로 따뜻한 환영이로군. 나처럼 하찮은 악당에게는 과분한 영광이야."

"쓸데없는 발악은 그만둬! 너는 내가 여기서 잡는다!"

"웃기는군."

네르잔피가 웃으면서 총탄을 발사했다.

나는 린즈의 손을 잡고 필사적으로 회피했다. 저걸 맞으면 죽겠지. 사쿠나의 피를 마셨을 때처럼 몸이 단단해진 게 아니니까.

"우왁?!"

"꺄――."

턱에 걸려 넘어지고 만다.

그 직후, 내 머리 위로 아슬아슬하게 빛나는 탄환이 스쳐 지나갔다. 뒤에 있던 돌기둥에 명중해 폭음이 울린다. 순식간에 돌기둥은 부서져 버린 모양이다.

구사일생한 것을 기뻐할 틈도 없었다.

이번은 네르잔피가 닌자 같은 발걸음으로 거리를 좁혀 왔다.

"끈질기군. 건데스블러드 장군."

그녀의 수중에는 마술처럼 나이프가 출현하고 있었다.

신속한 일격이 내 목으로 날아든다.

그러나 린즈가 팔을 휙 잡아당겨서 간발의 차로 회피하는 데 성공했다.

"어째서 그렇게까지 아이란 린즈를 생각하는 거지?"

"린즈는 나의 친구이기 때문이야! 그리고 나를 의지해 줬어! 이런 린즈를 어떻게 버리겠어!"

"기특한걸. 당신 같은 인간을 인자라고 하겠지."

나이프가 이번에는 옆에서 날아들었다.

운 좋게 엉덩방아를 찧으면서 위험을 피한다. 게다가 네르잔피가 내 몸에 걸려서 앞으로 푹 고꾸라졌다. 이대로는 깔린다──, 순간적으로 일어나서 도망치려고 한 순간.

"커헉."

내 머리가 네르잔피의 안면에 직격한 모양이다.

그녀가 코를 누르고 비틀거리며 뒤로 물러난다. 손가락과 손가락의 사이에서 코피가 뚝뚝 흘러넘치고 있었다. 제7부대 흡혈귀들이 "우오오오오오오!! 코마링!! 코마링!!" 하고 소리친다. 아니, 이런 건 그냥 우연이잖아.

"후. 후후후⋯⋯. 그래. 이거 재밌네."

"뭐가 재밌다는 거야! 나는 너를 용서하지 않아! 엉망으로 때려주겠어!"

"코마리 씨⋯⋯! 무리하지 마!"

"린즈는 거기서 보고 있어! 나는 최강의 칠홍천 대장군이야! 이런 정체 모를 비겁한 녀석 따위에게 지지 않겠어!"

나는 함성을 내지르며 네르잔피에게 덤벼들었다.

평소의 나라면 절대로 이런 짓을 하지 않는다. 하지만 이때의 나는 전능감에 휩싸여 있었다. 린즈를 생각하면 어떠한 상처도 아프지 않다. 무모한 돌격도 두렵지 않았다.

어떻게든 네르잔피를 쓰러뜨려야 했다.

"그런 어린애 같은 공격으로——, 으윽?!"

나의 주먹은 어째선지 네르잔피의 턱에 꽂혔다.

다시 환성이 일었다.

뒤늦게 깨닫는다. 네르잔피의 뒤에 거대한 돌이 떨어져 있었던 것이다. 기적적으로 그녀의 도망갈 길을 막은 모양이다. 이 기회를 놓칠 수는 없었다.

"모두에게 심한 짓만 하고! 마핵은 무슨! 보로는 무슨! 그딴 것 때문에 남을 상처 입히다니 내가 용서 못 해! 반성해! 모두에게 사과해, 바보!!"

투닥투닥, 네르잔피의 몸을 마구잡이로 때렸다.

그때마다 "우오오오오오!! 코마링!! 코마링!!" 하고 흡혈귀들이 소리친다.

이미 뭐가 뭔지 알 수 없었다. 눈앞의 적을 향한 분노와 증오로 이성을 잃은 것이다. 전투 초보의 공격 따위가 먹힐 리 없는데.

"——그만 좀 해."

"으윽?!"

네르잔피가 갑자기 나의 목을 졸랐다.

아프다. 괴롭다. 하지만 무지갯빛 마력은 가라앉지 않았다. 아직 괜찮아.

"놔⋯⋯! 린즈는 내가 구할 거야⋯⋯!"

"헛소리 마라. 그런 상냥함은 독이 될 뿐이야. 당신은 린즈 전하가 괴로움에 허덕이고 있는 것을 알고 있을 텐데. 이제 죽을 수밖에 없다는 걸 알고 있을 텐데. 어설프게 희망의 빛을 보여 주면 파멸했을 때의 절망은 더 커질 뿐이야."

"파멸하지 않아! 병은 내가 어떻게든 할 테니까!"

"학습 능력이 없군. 그 제멋대로인 정의감이 메어리 프래그먼트 같은 인간을 만들어 내는 건데. 당신은 자기 행동을 책임질 수 있어? 질 수 없겠지."

"당연히 질 수 있지!!"

"그래. 당신은 나나 유세이보다 질이 나쁘네."

네르잔피는 나의 몸을 힘껏 던졌다. 바닥에 등을 맞고 잠깐 의식이 날아간다. 그러나 다행히 잘 떨어진 것인지 큰 대미지는 없었다.

린즈가 비통한 목소리로 내 이름을 외쳤다. 누군가가 "각하 위험해!"라고 소리쳤다.

네르잔피가 총구를 이쪽으로 겨누고 있다는 걸 깨닫는다.

"끝이다. 편히 가기를——."

"와하하하하! 적은 테라코마리뿐만이 아니라고!"

그 순간이다.

지금까지 잠자코 보고 있던 프로헤리야가 총탄을 쏘았다.

네르잔피는 혀를 차더니 뭔지 모를 마법을 발동. 그녀의 오른손이 희미한 빛을 발했다. 그리고 그대로 주먹을 휘둘렀고——, 맨손으로 탄환을 튕겨내고 말았다.

"뭐……."

"일반 마력 탄환 같은 건 아무 효과 없어."

프로헤리야가 놀란 듯 경직된다. 그 틈에 네르잔피가 나이프를 투척했다. 프로헤리야가 위험해! ──그렇게 생각하며 달리기 시작한 순간, 어째서인지 나이프는 천장에서 떨어진 잔해에 깔려 부서졌다.

"이게 무슨……."

"군기대신! 한눈팔 여유가 있어?!"

이번에는 상공에서 리오나가 유성 같은 발차기를 날렸다. 네르잔피는 순간적으로 피하지 못했다. 그녀가 서 있는 바닥이 기우뚱 기운 것이다. 아까 잔해가 떨어진 충격으로 바닥이 나간 것 같다──. 고양이 귀 소녀의 발차기는 아주 쉽게 적의 머리를 날려버렸다.

네르잔피의 몸이 날아간다.

날아간 끝에는 운 나쁘게 제7부대의 흡혈귀들이 기다리고 있었다.

"죽어라."

벨리우스가 도끼를 휘둘렀다.

네르잔피는 【장벽】 마법을 발동. 도끼와 마력의 벽이 충돌했고 어마어마한 충격이 궁전을 뒤흔들었다. 그러나 그로 인해 그녀의 움직임은 제지당했다. 다른 흡혈귀들이 무기를 들고 네르잔피에게 몰려든다.

"죽어라──────!!"

"히히히힛!! 잠잘 시간이야, 아가씨————!!"

누가 봐도 당하는 측의 대사다.

네르잔피는 총을 쥐고 응전하려고 했다.

타앙!! ——보로의 탄환이 흡혈귀들을 덮친다. 그러나 명중하는 일은 없었다. 녀석들이 적당히 쏘아대던 마탄과 충돌한 것이다. 무서운 우연. 그리고 우연이 겹쳤다. 마침 총알이 다 떨어진 것 같다. 방아쇠를 당겨도 철컥거리는 소리가 날 뿐이다. 네르잔피는 혀를 차면서【소환】으로 새로운 보로를 꺼내려 했다.

그러나 모든 것이 늦었다.

"예——! 폭사해라."

멜라콘시가 날린 폭발 마법이 보로를 폭발시켰다.

죽은 사람 같은 표정이 희미하게 일그러진다. 흡혈귀들이 포효와 함께 검이나 망치를 치켜들었다. 네르잔피는 백스텝으로 회피하려고 했지만—— 할 수 없었다.

허공에서 나타난 '손목'이 그녀의 발목을 꽉 잡고 있던 것이다.

"——이런 군기대신. 도망치는 건 바람직하지 않네요."

카오스텔이었다.

카오스텔이 원격으로 자신의 양팔만을【전이】시킨 것이다.

그리고 네르잔피가 처음으로 고통의 목소리를 흘렸다.

"이봐. 이건 아무리 그래도 너무한 거 아닌가? 여럿이서 한 명을 괴롭히다니——."

"상관없습니다! 당신은 코마리 대에 싸움을 건 대역 죄인이니까요."

"그래, 맞아. 이 바보야————!!"

"각하에게 반항한 것을 후회하면서 죽어라앗————!!"

제7부대 녀석들이 가차 없이 공격을 날렸다.

무수한 참격이 직격으로 명중해서 피가 사방으로 튀었다.

네르잔피는 그대로 뒤로 날아갔다.

데굴데굴 바닥을 구른다. 이윽고 잔해더미에 뒤통수를 얻어맞고 정지한다.

그것이 방아쇠가 된 것이겠지——. 그 잔해더미가 우르르 무너지기 시작했다. 네르잔피는 몹시 당황하며 일어선다. 그러나 다시 피로 미끄러져 넘어졌다.

"기다려……, 너무 비겁하잖아……. 이런 건……."

네르잔피가 멍하니 무너져 내리는 잔해더미를 올려다보고 있었다.

그녀는 결국 저항할 수 없었다. 뱀 앞에 선 개구리 같은 꼴이다.

곧—— 쿠구우우우웅!! 지진과 같은 충격이 주변에 울려 퍼졌다.

그렇게 검은 여자는 붕괴하는 석재 속으로 모습을 감췄다.

프로헤리야가 "피해, 피해!"라고 외치며 후퇴한다.

나도 린즈의 손을 잡아당겨 그 자리에서 이탈했다. 붕괴는 잔해더미만으로 그치지 않았다. 마치 파문처럼 파괴는 연쇄했다. 이번에는 엉망진창이 된 자금궁 자체가 장렬한 소리를 내며 무너져 내리기 시작한다.

"코마리 씨……!"

"일단 밖으로 나가자! 이봐, 너희도 도망쳐! 말려들고 싶은 거냐?!"

제7부대의 흡혈귀들이 코마링 콜을 외치면서 궁전에서 뛰쳐나간다. 나는 고통을 참으면서 전력으로 발을 움직였다. 이것으로 마무리되었을 것이다. 역시 궁전의 잔해에 깔리면 네르잔피도 무사하지는 않을 테니까──.

그때였다.

린즈가 뭔가를 눈치챈 듯이 눈을 동그랗게 떴다.

"기다려. 마력이."

"왜 그래?! 걸을 수 없다면 내가 업고 갈 테니까……."

"아니야. 아래에서…… 무엇인가가 움직이고 있어."

"뭐……?"

린즈가 나에게 매달려 왔다.

뭐가 뭔지 모르는 사이에 땅에 넘어져 버렸다.

정신을 차리고 보니 프로헤리야나 리오나도 새파래진 채 서 있다. 카오스텔과 멜라콘시도 웬일로 당황하고 있는 듯했다. 도대체 무슨 일이 벌어진 걸까──, 이상하게 생각하면서도 꼼짝도 못하고 있었을 때.

세계를 뒤흔드는 충격이 덮쳤다.

시야가 대번에 하얘져 간다.

★

날아오르는 새는 뒤를 어지럽히지 않는다.

요선향의 마핵을 회수한 뒤에는 모든 흔적을 삭제하려고 생각하고 있었다.

그래서 네르잔피는 장치를 설치해 둔 것이다. 자금궁 지하에 묻어 두었던 마력 폭탄──, 이것만 기동시키면 자신이 군기대신으로서 활동한 기록은 대부분 사라진다. 그리고 아이란조는 쇠퇴해 유세이의 천하가 될 것이었다.

"후후후…… 아까워하고 있을 때가 아니지……."

잔해에 묻히면서 네르잔피는 중얼거린다.

온몸은 상처투성이. 이 정도 대미지를 입은 게 몇 년 만일까. 방심하고 있었다는 것은 부정하지 않겠다──. 하지만 여기서 비참하게 패배를 인정할 만큼 로샤 네르잔피는 깨끗하지 않았다.

테라코마리 건데스블러드의 능력은 왠지 모르게 알겠다.

저것을 타파하는 데 필요한 무기는 최대한의 '불행'이다.

그렇다면 마력 폭탄을 작동할 수밖에 없었다.

"장례식은 누군가가 치러 주겠지. 죽어라, 건데스블러드 장군."

네르잔피는 품에서 통신용 광석을 꺼냈다.

신관에 마력을 보내는 용도로 쓰는 것이다. 이건 조금 전의 마법석처럼 망가지지 않았다. 마지막의 마지막만은 하늘도 내 편인 모양이군──. 네르잔피는 자신의 운을 칭송하면서 조용히 마력을 담았다.

지하에서 무언가가 움직이는 기척이 났다.

그렇게 해서 자금궁은 마력의 불꽃에 휩싸였다.

★

순간적으로 의식을 잃은 듯했다.

통증에 억지로 눈을 떴다. 괴로움에 헐떡이면서 천천히 눈을 떴다.

처음으로 본 것은 막연하게 땅거미가 진 하늘. 이미 태양은 지평선으로 가라앉아 있었다. 보랏빛 하늘에는 빛나는 별들이 얼굴을 내비치고 있었다.

정말이지 아름답다.

요선향의 저녁 하늘은 뮬나이트보다 맑은 느낌이었다.

"코마리…… 씨……, 다행이다……."

옆에서 목소리가 들렸다. 나는 튕겨 나가듯이 일어났다.

바로 거기 녹색 소녀가 쓰러져 있었다.

"린즈?! 괜찮──."

아──, 라는 말까지는 나오지 않았다.

옷은 원래의 디자인을 모를 정도로 너덜너덜하다. 신체의 모든 부위에 참혹한 상처가 생겨 있었다. 그러면서도 가슴에 박힌 마핵만이 존재감을 주장하고 있다. 아무래도 아직 망가지지는 않은 것 같다. 린즈의 생명을 영양으로 삼아 아직 살아 있는 것 같다.

린즈가 쿨럭, 하고 피를 토했다.

희미하게 웃으면서 말을 짜낸다.

"다행이다. 코마리 씨는…… 무사했던 것 같네."

무엇이 일어났는지 이제야 이해했다.

궁전에는 폭탄이 설치되어 있었다. 네르잔피가 그것을 폭발시킨 것이다. 근방은 보기에도 끔찍한 평지로 변해있었다. 동료들이 신음을 지르면서 땅에 쓰러져 있다. 곳곳에서 피가 흘러넘치고 있다.

머리가 어떻게 될 것 같았다.

절규하며 현실 도피하고 싶어졌다.

이것은 환상임이 분명하다. 은둔형 외톨이 시절에 보고 있던 악몽의 연속임이 분명하다.

그러나 린즈가 "괜찮아"라며 나의 손을 잡아줬다.

"모두 무사해. 마핵이 있는 곳으로 가면…… 살 수 있어."

"린즈……, 린즈……!"

"나 말고는…… 모두 무사해. 코마리 씨의 열핵해방은……, 아마…… 그런 힘일 거야."

나 이외는 무슨. 린즈가 죽으면 의미가 없지 않은가.

이 아이는 나를 감쌌겠지. 아니라면 내가 이 정도로 경상인 게 설명이 안 된다. 내가 도와줘야 하는데—— 반대로 도움을 받은 것이다.

"린즈……, 미안……. 나는……."

"울지 마. 코마리 씨를 도울 수 있어서 다행이야."

"그런 소리 하지 마……. 너는 살 수 있어……. 병도 나을 거야……."

"아니. 됐어."

린즈가 무리한 미소를 지었다.

그건 눈을 돌리고 싶어질 정도로 애처로운 미소였다.

"코마리 씨가 살아남는다면. 그걸로 족하니까."

아아. 나는.

"코마리 씨는. 내가 좋아하는 사람이니까."

나는 얼마나 어리석은 것일까.

빌 때도. 사쿠나 때도. 네리아 때도. 카루라 때도. 모니크 때도.

나는 그저 무모하게 달려왔다.

그러면 어떻게든 될 거라고 생각하고 있었다.

마음속 깊은 곳에서 노력은 보답받을 거라고 생각하고 있었다.

열핵해방만 발동하면 어떻게든 된다고 믿고 있었다.

"코마리 씨는……, 나에게 힘을 빌려주었어. 만신창이가 되면서까지 구해주었어."

"이봐……, 린즈……."

"나를 친구라고 해 주었어……. 이런 비겁한 잔챙이를. ……사실은, 친구가 아니라, 코마리 씨 신부가 더 좋았는데……."

온기가 사라져 간다.

린즈 몸에서 힘이 빠져 간다.

붉은 눈물이 그녀의 눈동자에서 흘러내린다.

"그러니까. 나는 코마리 씨를 도운 것만으로도 만족해."

"마…… 만족하지 마……. 앞으로 더 즐거운 일이 있을 거야……. 린즈는 평범한 여자아이처럼 살면 돼……. 포기하지 마……."

"아니야."

"포기하지 마!! 쿠야 선생이 있는 곳으로 가자!! 괜찮아…….
내가 업어서 데리고 가면 되니까……."

그리고 나는 아연실색했다.

그녀의 눈동자 색이 변했다.

지금까지 선명하던 붉은색이 점차 연해져 가고 있었다.

이게 본래 아이란 린즈의 모습임이 분명했다.

"괜찮아. 나 같은 건 신경 쓰지 마."

그녀의 가슴팍에 꽂힌 칼에 쩌적, 하고 금이 갔다.

마핵이 망가지기 시작했다. 열핵해방을 유지할 힘도 남지 않
은 것이다.

"무슨 소리를 하는 거야……."

"코마리 씨는 다른 힘들어하는 사람을 위해 힘을 사용해 줘."

"그런…… 그런 소리 하지 마……. 린즈는 내가 지켜줄게…….
평범하게 살 수 있도록 도와줄게……. 그러니까 그런 말 하지
마……."

"마음만으로 충분해. 하지만…… 평범하게 사는 건…… 역시
힘드네."

"_____."

결국, 나는 아무 각오도 없는 외톨이 흡혈 공주였던 것이다.

남을 구할 만한 힘은 없다.

엄마의 분부도 지킬 수 없다.

이런 내가 세상을 바꿀 수 있을 리 없다.

내 손바닥에서 흘러넘치는 생명조차 주워 담을 수 없다.

칠홍천 대장군은 무슨. 세계를 구한 영웅은 무슨.

평범한 소녀 하나 못 구하는 쓸모없는 잔챙이 아닌가.

"고마워, 코마리 씨."

린즈는 웃는다.

웃으면서 이별의 말을 고했다.

"짧은 시간이었지만, 즐거웠어."

퍼엉.

풍선이 파열하는 소리가 들렸다.

어느새 린즈의 옷 안쪽에서 피가 흘러넘치고 있었다.

콸콸 흘러넘치는 붉은빛이 내 치마를 더럽혀 간다.

린즈는 굳은 채 꼼짝하지 않는다.

망가진 인형처럼 침묵한 채 꼼짝하지 않는다.

"──해피엔드. 겨우 담당자의 역할에서 해방된 모양이네."

뒤에서 사신이 웃고 있다.

마음이 죽어가는 것을 느낀다.

대신에 정체 모를 감정이 솟구쳐 온다.

나는 돌아본다.

로샤 네르잔피가 총을 겨누고 서 있었다.

녀석은 불이 붙은 담배를 피우며 만족스럽게 미소를 띠고 있
었다.

무엇이 일어났는지 죽어가는 마음으로도 충분히 이해할 수 있

었다.

이 녀석은 린즈의 꿈을 빼앗았다. 신분에 사로잡히는 일 없이 평범한 생활을 보내고 싶다──, 고작 그런 자그마한 바람을, 아무 자비도 없이 파괴했다.

아이란 린즈로부터 모든 것을 빼앗아 갔다.

"이봐, 건데스블러드 장군. 착각하면 곤란해. 린즈 전하는 살아날 가능성이 없었어. 내가 손을 쓰지 않아도 곧 죽었겠지."

"．．．．．．．．．．．．．．．．．．．．．．．．．．．"

"여러 번 말했잖아. 섣불리 괴로워하는 것보다도 빠르게 끝내주는 게 린즈 전하를 위하는 길이야. 왜냐면 그녀는 괴로워 보였으니까."

"．．．．．．．．．．．．．．．．．．．．．．．．．．．"

"현실은 대부분 쓸모가 없어. 천명은 잔혹해. 발버둥 치는 것보다 흐름에 몸을 맡기는 편이 편하고 좋지. 꼭 물이 위에서 아래로 떨어지는 것처럼 말이야."

"．．．．．．．．．．．．．．．．．．．．．．．．．．．"

"물러나 줘, 건데스블러드 장군. 그 시체에서 마핵을 뽑아야 하니까. 보아하니 뼈에 고정되어 있나 보군. 이걸 뽑는 건 분명 뼈를 깎는 고통이겠어."

키득거리며 네르잔피가 웃는다.

뭐가 웃긴 건지 모르겠다.

이성도 이치도 없었다. 이 여자가 린즈를 죽였다──, 그 사실 하나면 충분했다.

나는 정말 아무것도 못하는 구제 불능 흡혈귀다. 결국 린즈를 구할 수 없었다.

그래도 이 녀석을 막아야 한다.

더 이상 슬퍼할 사람을 늘려서는 안 된다.

"……멈춰."

마력이 터진다. 의지력이 타오른다.

나는 어느새 일어서고 있었다.

"네르잔피."

"응? 더 해보려고? 당신의 운은 다했을 텐데——."

쿠웅!! ——폭풍우와 같은 마력이 휘몰아쳤다.

무지갯빛 옷이 나의 몸에 달라붙었다.

저녁 하늘을 가르듯 오색의 기둥이 하늘을 향해 뻗는다.

나는 진동하는 대지를 밟으면서 눈앞의 검은 여자를 노려보고 있었다.

"용서 못 해."

"크으윽."

순간적으로 네르잔피가 주춤했다.

그래. 일격이면 된다. 일격으로 끝을 낸다. 린즈의 꿈을 빼앗은 놈은 용서할 수 없다. 내가 처벌해주마. 한번 사과하는 정도로는 안 돼. 이 녀석은 거짓말을 하니까. 진심으로 참회하게 해야 한다.

"뭐야……, 설마."

"날아가라."

★

　요선향에서는 천자가 탄생하면 오색 기둥이 하늘을 꿰뚫는다는 전설이 있었다.

　눈앞의 장렬한 광경은 그야말로 그 전설의 재현과 다르지 않았다.

　저녁 하늘의 저편에서 밤의 빛이 비친다.

　뚝뚝 떨어지는 비가 머리를 적셨다.

　아니——, 이건 비가 아니다. 천자의 덕을 기리며 쏟아졌다는 길조. '감로(甘露)'.

　달콤하고 매끄러운 액체가 피의 흔적을 씻어 나간다. 세계를 정화해 나간다. 경사의 사람들이 하늘에 걸린 무지개를 올려다보고 환호성을 지르고 있다.

　"……아직 운이 남아 있었나. 끈질긴 흡혈귀로군."

　네르잔피는 혀를 차며 중얼거린다.

　신선종은 장수하는 종족이다.

　특수한 호흡법에 의해 다른 종족보다 약 3배의 시간을 살 수 있다. 그런 종잡을 수 없는 특징을 어떻게 표현할지 신기하게 생각했는데, 설마 운을 조작함으로써 유사적인 장수를 연출할 줄이야. 예상 밖이었다.

　천 년에 한 번이라 일컬어지는 궁극의 열핵해방【고홍의 애도】. 신선의 피에 의해 실현된 기적의 이능은, 운명을 조종해 천의(天意)를 자기 것으로 삼는 수색신채(秀色神彩)의 절대 오의였다.

"그래. 이제야 이해가 되는군."

무지갯빛 【고홍의 애도】는 행운의 옷을 입는 힘이겠지.

마력이 폭발하는 것은 옷의 '시작'과 '끝'을 뜻함이 분명했다.

발동한 순간 세계가 무지갯빛으로 물들며 옷을 형성한다. 그리고 이성을 되찾고도 한동안 행운이 계속된다(이 상태는 아마 열핵해방을 발동하지 않은 '일반 상태'일 것이다──. 왜냐하면 그녀는 그 사이에도 황금의 【고홍의 애도】를 발동하고 있었으니까). 그리고 닥쳐드는 악운이 허용 범위를 넘으면 옷이 풀리며, 다시 세계가 무지갯빛으로 물들고 '마지막 행운'이 발동한다.

그녀는 요선향에 올 때 신선종의 피를 섭취한 것으로 보인다. 때문에 경사 관광이나 화촉 전쟁 동안에 상식을 벗어난 행운을 맞은 것이다. 그 후 자금궁에서 네르잔피에게 총격당한 시점에서 악운을 받아들이지 못하고 옷이 파괴되었고, '마지막 행운'이 발동됐다. 잔해가 부자연스럽게 떨어지며 총탄을 막은 것은 이것 때문일 것이다.

하지만 조금 전 아이란 린즈의 피를 마시고 다시 【고홍의 애도】를 발동. 운의 힘을 입어 네르잔피를 상처투성이로 만든 건 좋다──. 그러나 마지막의 마지막에 지뢰가 폭발해서 행운이 바닥나 버린 것 같다.

그리고 현재, 끝을 고하는 마력이 폭발했다.

즉 앞으로 '마지막 행운', 천명을 왜곡시키는 무언가가 엄청난 규모로 찾아올 것이다.

테라코마리가 천천히 손을 내밀었다.

그러나 네르잔피는 이해하지 못했다. 대폭발 때문에 허허벌판이 된 자금궁. 네르잔피와 테라코마리 주변에 대단한 장애물은 보이지 않는다.

이 빈터에서 판세를 뒤집을 만한 행운을 끌어오기는 불가능할 것이다.

"후후후. 끝을 내볼까?"

네르잔피는 총에 보로탄을 장전한다. 네리아 커닝엄에게서 뽑아낸 비장의 탄이다.

이쪽도 폭발로 상처투성이. 빨리 마핵을 회수해 쉬고 싶다——.
그렇게 생각하면서 총구를 들어 올린 순간.

갑자기 뭔가가 다가오는 기척이 났다.

사람이 아니다. 마법도 아니다. 공격조차 아니었다.

"운석."

테라코마리가 살의를 담아 중얼거렸다.

네르잔피는 흠칫하며 하늘을 우러러봤다.

무지갯빛 하늘을 가르듯이 뭔가가 접근해 오고 있었다.

"————윽?!"

별이.

별이 떨어진다.

빛나는 무지갯빛 하늘을 배경으로 거대한 운석이 내려온다.

공기가 갈라진다. 누군가가 비명을 지른다.

빛의 입자가 뿌려지며 타닥타닥, 장렬한 마찰음이 울리고 있다.

천망회회소이불실*――, 그것은 지상의 큰 악을 멸하기 위해 하늘이 내린 벌임이 분명했다.

"으……."

대지를 훑는 듯한 돌풍이 일었다.

주변에 떨어져 있던 잔해들이 종잇조각처럼 날아간다.

의식을 되찾은 흡혈귀들이 멍하니 하늘을 올려다보며 "아아" 하고 중얼거렸다.

네르잔피는 움직일 수 없다.

몸이 움츠러들어서 손발에 힘이 들어가지 않았다.

"이것이."

입에서 담배가 툭 떨어진다.

"이것이…… 천명인가……. 아니……, 천명조차 왜곡하는 것인가……. 너는 대체 얼마나 강대한 의지를 가지고 있길래……."

"짓눌려라."

테라코마리가 무자비한 선고를 날렸다.

운석은 검은 악인을 향해 급강하했다. 충격파에 몸이 날아갈 뻔했다. 보로탄으로 마구 쏘지만 효과는 없었다. 이런 건 막아낼 수 없다. 이대로는 죽을 것이다――. 그런 공포의 감정을 품는 것보다도 빨랐다.

운석이 덮쳐온다.

"으――, 으윽."

――――――

* 하늘의 그물은 넓어서 엉성해 보이지만, 인간의 선악을 조금도 빠뜨리지 않고 상벌한다.

고막이 찢어져 소리를 들을 수 없었다. 온몸의 뼈가 찌부러져 통증조차 느낄 수 없었다. 그래도 네르잔피는 포기하지 않은 채 저항하고 있었다. 그러나 무슨 짓을 해도 의미는 없었다. 의미가 없게끔 천명이 조작되고 있었다. 네르잔피는 소리 없이 원수의 이름을 외치면서 의식을 빼앗겨 갔다.

극심한 충격.

요선향을 무지개색 빛이 가득 메운다.

아무리 노력해도 뒤집을 수 없는 운명이 있었다.

나는 우쭐해 있었을지도 모른다.

세계를 구한 영웅. 살육의 패자. 최강의 칠홍천 대장군.

그런 요란한 별명을 받을 가치도 없다. 돕고 싶은 사람도 만족스레 도울 수 없는 구제 불능 장군을 어느 누가 따라준다는 말인가.

"린즈……."

운석에 의해 엉망이 된 궁전의 한가운데.

나는 지면에 쓰러진 린즈를 바라보면서 울고 있었다.

녹색 소녀는 편안한 표정을 띠고 있다.

그러나 안색은 새하얗다. 몸은 축 늘어진 채 움직이지 않는다. 가슴에서는 아직도 피가 흘러나오고 있었다.

이 소녀는 ──네르잔피의 탄환에 의해 목숨을 잃은 것이다.

나는 그녀의 머리카락을 만져 보았다.

이제 적은 사라졌는데.

린즈를 괴롭히는 놈은 어디에도 없는데.

"눈을 떠 줘……."

그녀의 눈동자가 다시 뜨이는 일은 없었다.

머릿속에 재생되는 것은 아이란 린즈와 보낸 짧은 나날이었다. 놀랄 만큼 접점은 없었다. 그래도 그녀가 평범한 여자아이답게 상냥한 마음을 가지고 있다는 걸 알았다.

경사의 데이트. 화촉 전쟁. 웨딩드레스를 입은 린즈. 평범하게 살고 싶다고 토로하는 모습——. 모든 게 내 머릿속에 새겨져 사라지지 않는다.

이 얼마나 부당한 일인가.

린즈는 평범한 소녀였다. 이런 아이가 운명에 농락당하다 죽는 세상 따위는 망가져 버려도 좋다——. 그렇게 절망하며 오열하고 있었을 때의 일이다.

"꼴이 심각하네. 성채 녀석들은 정도껏이라는 것을 모르거든."

뒤에 누가 서 있었다.

팔랑거리는 전통식 복장. 칼날처럼 날카로운 시선.

카루라의 오라버니——, 아마츠 카쿠메이가 있었다.

그는 천천히 내 쪽으로 다가온다.

"괜찮아? 빨리 뮬나이트나 핵 영역으로 돌아가는 게 좋을걸."

"뭘…… 하러 온 거야……."

"단순 확인이야. 아가씨가 부탁해서."

아가씨가 누구지.

그때 나는 문득 깨달았다.

카루라라면.

시간을 되감는 아마츠 카루라라면 린즈도 구할 수 있지 않을까? ──그러나 아마츠는 나의 생각을 부정하듯이 고개를 저었다.

"【역류의 찰나】는 시간을 되감을 뿐이야. 아이란 린즈의 병이 낫는 것이 아니지. 그 소녀는 태어났을 때부터 마핵의 저주에 침식되어 있었다──. 즉, 시간 조작으로는 죽음의 운명을 왜곡할 수 없다."

"하지만……."

"아니면 저주가 발생하기 전까지 거슬러 올라가게 하려고? 600년이나 되돌리면 카루라가 죽을걸. 그런 건 내가 용납 못 해."

사면초가였다.

깊은 절망이 마음을 감싼다.

"아이란 린즈를 도울 수 없어서 분해?"

"나…… 나는……."

나는 눈물을 흘리며 외쳤다.

"당연…… 하지……! 린즈는 살아야 했는데……, 어떻게 이런……."

"첫 좌절인 셈인가……. 하지만 좌절을 맛봐 두는 건 중요해."

아마츠는 하늘을 우러러본다.

이미 밤의 장막이 내려오고 있었다.

"너는 지금까지 너무 편하게 살고 있었어. 잃는 공포를 알아야 사람은 강해질 수 있지."

"윽……!!"

머리로 피가 솟구치면서 주먹을 쥐었다. 그러나 곧바로 온몸에서 힘이 빠져나갔다. 뭐라고 대꾸할 기력도 남아 있지 않았다.

아마츠가 불쾌한 듯 한숨을 내쉬고 말했다.

"조금 효과가 과한가. 그런 상태로는 유세이나 신을 죽이는 사악과도 싸울 수 없어."

"…………."

"안심해, 미스 건데스블러드. 너의 의지력은 너 자신이 생각하는 것 이상으로 훌륭한 것이었나 봐."

뭐? ――나는 고개를 든다.

아마츠는 여전히 무뚝뚝한 얼굴이었다.

"너의 펜던트에 피가 묻어 있어."

나는 말하는 대로 내 가슴을 내려다봤다.

엄마에게 받은 펜던트가 붉게 물들어 있었다.

린즈가 토해낸 피가 묻은 것이다.

"자, 핵 영역으로 가라. 아이란 린즈는 역사에 이름을 남길 만한 인간은 아니야――. 즉 살려 둘 가치는 그다지 없는 일반인이지만, 네 마음을 회복시키기 위해서는 필요한 일이야."

"무슨 소리야……?"

"가면 알 거야. 그 계집은 아직 살 수 있다는 거지."

누가 머릿속을 휘저은 듯한 기분이었다.

굳어버린 나에게 아마츠가 마법석을 내밀어왔다. 이미 마법이 발동되고 있는 것 같다. 이건 아마 【전이】겠지——. 눈부신 빛이 흘러넘쳐 나와 린즈의 몸을 감싼다.

핵 영역으로 가면 살릴 수 있다.

그것이 의미하는 것은——, 즉.

"아마츠……!"

나는 고동이 빨라지는 것을 느끼며 고개를 들었다.

그러나 그의 모습은 홀연히 사라지고 없었다.

시야가 빛에 둘러싸였다. 아마츠 말대로 하겠다고 생각했다. 나는 차갑게 식어가는 린즈의 몸을 껴안았다. 눈물을 닦으면서 "괜찮아. 괜찮아"라고 빌듯이 중얼거린다.

머지않아 나와 린즈는 핵 영역으로 전송되었다.

★

아이란 린즈는 어떠한 각오도 없는 일반인이었다.

천자의 그릇이 아니다. 그뿐만 아니라 공주나 장군의 그릇조차 아니다.

마을에서 사는 평범한 여자아이처럼 살고 싶다고 생각하고 있었다.

하지만 아이란조의 저주에 속박되어 꼼짝할 수가 없다. 자신은 이대로 나라를 위해 죽어가는 것이겠지——. 불로불사의 선약을 찾으면서도 속으로는 포기하고 있었다.

결여된 의지력. 사람을 이끌기에 적합하지 않은 무른 마음.

테라코마리 건데스블러드는 이런 겁쟁이를 진지하게 마주해 주었다.

그 흡혈귀와 보낸 시간은 즐거웠다. 형편없는 인생이었지만, 마지막 순간 그 사람의 방패가 될 수 있어 기뻤다.

이제 남은 후회는 없다.

코마리 씨를 무덤 속에서 지켜보도록 하자.

하지만―― 역시.

조금 더 살아 있고 싶었는데.

"메이파……, 코마리 씨……, 아바마마……, 죄송합니다……."

눈시울이 뜨거워진다. 린즈는 눈물을 흘리고 있었다. 어쩔 수 없는 일이다. 누구라도 죽는 것은 무서울 테니까――. 하지만 뭔가가 이상하다는 걸 깨달았다.

어째서 울 수 있는 거지.

죽으면 인간은 영혼만 남아 현세에 머무른다.

몸을 잃어도 눈물을 흘릴 수 있는 방법이 있나?

"――――!"

누가 이름을 부른 듯한 느낌이 들었다.

희미한 빛이 보였다.

땅거미가 진 세계 속에서 별처럼 빛나는 빛.

"――――! ――――!"

한 사람이 아니다. 여러 사람이 아이란 린즈의 이름을 부르고 있다.

린즈는 굳어버린 몸을 천천히 움직인다.

빛을 향해 손을 뻗는다──, 그 순간이다.

"린즈!! 깨어났구나?!"

"어……?"

누가 손을 잡고 있었다.

린즈는 경악하며 눈을 부릅떴다.

그리고 시야에 들어온 것은 감격한 듯 눈물을 글썽이는 테라코마리 건데스블러드의 얼굴이었다. 그녀는 엉엉 울면서 린즈의 손을 잡고 있었다.

"다행이다……. 다행이야……! 죽은 줄 알았어……!"

"린즈, 괜찮아?! 어디 아픈 곳은 없어?!"

"코마리 씨? 메이파……? 게다가 모두들……."

자신은 사체 안치소에 잠들어 있었던 모양이다.

병실에는 아는 얼굴이 여럿 있었다. 테라코마리 건데스블러드. 랸 메이파. 빌헤이즈. 에스텔 클레르. 사쿠나 메모아. 네리아 커닝엄. 게르트루드 레인즈워스. 프로헤리야 스타즈타스키나 리오나 플랫까지 모두 모여 있었다.

게다가 모두 하나같이 안도의 한숨을 내쉬고 있었다.

상황이 이해되지 않았다. 나는 살해당한 거 아니었나.

메이파가 눈물을 쓱쓱 닦고 말했다.

"미안, 린즈. 나는 린즈의 종자인데……, 바로 달려가야 했는데……. 그 탓에 괴롭게 했지……."

"무슨 소리야? ──아얏."

상반신을 일으키려던 순간, 옆구리에 격한 통증을 느꼈다.

린즈는 그대로 침대에 쓰러졌다. 코마리가 " 빨리 쿠야 선생을 불러와!!" 하고 크게 당황하며 두리번두리번 주변을 둘러보았다. 메이파로 말할 것 같으면 "죽지 마, 린즈!!" 하고 세상의 종말이라도 맞은 듯한 얼굴로 절규하고 있었다.

"린즈 님. 무리하지 마세요."

메이드 빌헤이즈가 나무라듯이 말한다.

"으음……, 무리는 하지 않았어. 조금 아플 뿐이야."

"아픈 건 당연한 일이죠. 당신은 네르잔피의 신구에 배를 관통당했습니다. 다행히도 치명상은 입지 않았지만요."

"그래! 나와 함께 산 기선석을 가지고 있었지? 그게 총탄을 대신 맞고 린즈를 살렸어."

코마리가 산산조각으로 부서진 돌 조각을 넘겨주었다.

하지만 아직도 이해가 안 가는 일투성이였다. 왜 나는 살아 있을까? 네르잔피는 어떻게 됐을까? 그리고 무엇보다――, 지금까지 늘 자신을 따라다니던 병의 권태감이 깔끔하게 사라진 건 어째서일까?

"코마리 씨……, 나……."

"사소한 건 아무래도 좋아!"

갑자기 코마리가 껴안아 왔다. 린즈는 심장이 두근두근하는 것을 자각하면서 그녀의 온기를 맛본다. 살포시 좋은 냄새가 나고 머리가 어질어질하다. 코마리는 "다행이다……. 다행이다……" 라고 여러 번 주문처럼 되뇌고 있었다.

"정말 다행이야. 린즈의 병은 나았어. 앞으로 점점 회복해 갈 거라고."

"나은 거야……? 그러고 보니 마핵은……?"

"마핵은 저기 있습니다. 앞으로 일주일 후면 망가질 거라나 봐요."

빌헤이즈가 침대 옆 테이블로 시선을 돌렸다.

지갑을 방치하는 듯한 가벼운 느낌으로 요선향의 마핵《유화도》가 놓여 있었다.

깜짝 놀라 자기 가슴으로 의식을 돌린다. 코마리의 가슴과 밀착하고 있는 부분——, 이 자세라면 뼈를 울리는 듯한 거친 금속의 감촉이 느껴질 텐데. 하지만 지금은 아무것도 없었다. 직접적으로 코마리의 부드러움을 느낄 수가 있다. 몸이 가벼운 느낌이 드는 것은 마핵이 빠져 버렸기 때문이겠지.

코마리가 울면서 꼬옥 매달려 온다.

"이제 괜찮아. 앞으로는 아무것도 걱정하지 않아도 돼."

"응……."

린즈는 뺨을 붉히며 가만히 있었다.

눈물이 폭포처럼 흘러 코마리의 옷에 흘러 내린다.

그녀의 상냥함이 마음 깊은 곳까지 천천히 스며들었다.

물론 코마리만이 아니다. 여기에 있는 사람들은 모두 린즈를 걱정해 주고 있었던 것이다. 가슴이 벅차올랐고——, 동시에 죄책감도 솟구쳤다.

"미안해. 나 같은 걸 위해서……나는 코마리 씨에게 도움받을 가치도 없는 잔챙이인데."

"사과할 필요 없어. 린즈는 잔챙이가 아니니까. 목숨을 걸고 나를 구한 대단한 사람이야."

"윽……."

"그러니까 자신을 비하하지 말아줘. 너는 정말로 대단하다. 나 따위와는 비교도 안 될 만큼 깨끗한 마음을 가졌어. 그런 린즈의 꿈은 실현되어야 한다고 나는 생각해."

조용히 코마리가 떨어졌다.

맑은 미소가 바로 거기에 있었다.

"지금까지는 힘든 일뿐이었을지도 모르지만, 이제부터 린즈는 자유롭게 살면 돼. 장군이나 공주, 천자 같은 건 상관없어. 하고 싶은 일을 해도 돼."

"저기……?"

"내가 이야기해 놨어."

메이파가 미안하다는 듯 말했다.

"나는 지금까지 린즈의 마음을 존중해 주지 못했어. 정말로 미안하게 생각해. 늦었지만── 내가 천자를 때려서 설득했어. 린즈를 무리하게 하지 말라고, 하고 싶은 대로 하게 해 주라고."

"때린 거야……?"

"아니, 뭐. 그래. 대화가 메인이었어. 어쨌든 천자도 납득했어. 린즈는 이제 아이란조의 저주에 사로잡힐 필요 없어. 천자도 그랬거든──. '지금까지 강요해서 미안하다'라고 말이지. 직접 전하라고 하고 싶지만……."

"…………."

칼날이 빠져 가벼워진 가슴에 상쾌한 바람이 불어온다.

그렇게 흘러넘치는 눈물의 양이 왈칵 배로 늘어났다.

다른 사람들이 "괜찮아?!" 하고 걱정스레 말을 건다.

린즈는 격정을 참지 못하고 고개를 숙였다.

한동안 심호흡을 하니 차분함이 돌아온다.

동시에 따뜻한 무언가가 북받쳤다.

"……고마워. 다들."

린즈는 어색하게 웃으며 인사했다.

다른 사람들도 순진한 미소로 응해 주었다.

네리아가 "회복 기념 파티라도 열자!" 하고 손뼉을 쳤다.

프로헤리야가 "그럼 바로 요리를 준비하자고" 하더니 어째서인지 총을 겨누었다.

"잠시만요. 린즈 님은 완전히 회복한 건 아니에요." "축하는 생각날 때 하는 게 제일이야! 그렇지? 게르트루드!" "네? 네! 네리아 님이 말이 맞습니다!" "이 메이드, 말에 영혼이 없네요." "기왕이면 내가 백극연방의 요리를 대접하지! 고양이 내장 전골이야." "냥?! 뭐야, 그 요리는?! 너무 까불면 확 할퀴어서 죽여 버린다?!" "와하하하하! 할 수 있다면 해 보시지!" "이봐, 갑자기 싸우지 마!! 죽잖아, 내가!!" "코마리 님도 참전하시죠. 지면 국의 재료가 되는 거예요." "당연히 싫지!!" "괜찮아요! 각하는 제가 지킬 테니까!" "그럼 저도 코마리 씨를 지킬래요!" "둘이서만 포인트를 따다니 치사하네요. 저는 고양이의 고기를 획득하기 위해서 대활약하겠습니다." "대활약하지 마, 이봐아아아!!" "여기는 병실이야! 린즈의 상처가 덧나면 어쩔 거야!" "메이파 말이 맞아. 반성해, 다들!!"——.

영문을 모르겠다.

그러나 떠들썩하게 떠드는 동료들의 모습을 보고 린즈는 만감이 교차했다.

아아. 나는 뭐 이렇게 행복한 사람일까.

지금까지는 이러지도 저러지도 못하는 자기 처지를 한탄하고 있었다. 하지만 전혀 불행하지 않았다. 왜냐하면 아이란 린즈를 지탱해주는 사람은 이렇게나 많으니까.

코마리가 "정말" 하고 한숨을 내쉬더니 린즈 쪽을 돌아봤다.

"……미안, 린즈. 이 녀석들도 딱히 진지하게 싸우려는 건 아니야. 그냥 장난치는 거지."

"아니야. 즐거우니까 괜찮아."

"그, 그래? 그럼 다행이지만……."

코마리가 걱정스레 린즈를 바라보고 있었다.

무한한 다정함으로 가득한 눈빛. 이 은혜는 반드시 갚아야 한다——. 그렇게 결의하면서 린즈는 진심 어린 미소를 짓는 것이었다.

(끝)

육국 신문 3월 23일 조간

[건데스블러드 각하 천자 즉위.

요선향 천자 폐하는 22일, 뮬나이트 제국 칠홍천 대장군 테라코마리 건데스블러드 각하에게 천자의 지위를 선양하는 조칙을 발표했다. 건데스블러드 씨는 21일에 있었던 화촉 전쟁의 승자이며, 더 나아가 로샤 네르잔피 군기대신이 일으킨 폭동을 신속하게 진압한 공로자이기도 하다. "요선향 신선종들의 지지도 두터워 천자로서 더할 나위가 없다. 린즈의 파트너로서, 또 나의 후계자로서 이 이상 적합한 인재는 없다." 천자 폐하는 기자 회견 자리에서 그렇게 단언했다. 건데스블러드 씨는 세 번 거절한 뒤 이것을 수락. 이로 인해 왕조 교체, '역성혁명'이 성립되었고 요선향은 아이란조에서 건데스블러드조로 변경되었다. 건데스블러드 씨는 전 왕조의 공주인 린즈 전하를 반려로 맞이해 새로운 왕조의 창시자가 되었다. 요선향 각처에서는 오색 무지개 기둥이 길조로 나타나, 그녀의 즉위를 축복하고 있다. 코마링 각하의 눈부신 미래를 기대하고 싶다.]

※

"흐음. 재미있어졌네!"

다 읽은 신문을 내던지면서 스피카 라 제미니는 웃는다.

요선향 경사. 중심가에 우뚝 선 거대 누각——, 지상에서 50m에 있는 카페테라스에서 혈액이 들어간 커피를 우아하게 홀짝인다.

멀리서 축포가 발사되었다. '빛의 도시'는 어딜 가나 온통 떠들썩했다.

지금까지 천자로 일해 온 아이란 이쥬가 은퇴하는 것이다. 게다가 뒤를 잇는 것은 흡혈귀 소녀 테라코마리 건데스블러드. 이미 경사만의 문제가 아니었다. 여섯 나라의 모두가 청천벽력 같은 사건에 기겁하고 있을 것이다.

"테라코마리가 또 새로운 나라를 아군으로 끌어들였다는 거네. 우리도 질 수 없다는 생각은 안 들어?"

"이기고 지는 문제가 아니야. 뒤집힌 달은 목적을 달성하면 그걸로 족해."

"일리 있네! 내가 이기고 있으니까 아무 걱정할 것 없어!"

"…………."

스피카 정면에는 전통 복식의 남자가 미묘한 표정으로 앉아 있다.

아마츠 카쿠메이. 뒤집힌 달의 간부 '삭월'에 이름을 올린 화혼이다.

"그나저나 요선향은 좋은 곳이네! 과거가 떠올랐어! 이 근처는 옛날에는 엄청난 전장이었어. 너의 30대 전 선조님이 살아 있을 정도의 시대지만."

"흥. 600살 아이가 하는 말은 다르네."

"그래, 그래! 나는 너보다 600살이나 연상이야! 응석 부리고 싶으면 누나한테 말해. 머리 쓰다듬어 줄게."

"누나보다는 노파겠지——, 쿨럭."

아마츠는 마시던 커피를 뿜어 버렸다.

쿨럭쿨럭 기침을 한다. 흘러넘친 커피가 식탁보를 적신다.

스피카는 만면의 미소를 지으며 "걸렸네!"라고 소리친다.

"나의 피를 섞어놨어. 역시 아마츠도 피는 싫은 모양이네."

"피가 싫지 않은 화혼은 없어."

아마츠는 손수건으로 입가를 닦더니 한숨을 내쉬었다.

"……그런데. 아가씨는 요선향 구석까지 뭐 하러 온 거야?"

"성진청을 조사하러 왔어."

"구도 시카이의 악행을 용서할 수 없어서? 의외로 정의감이 두둑하네."

"재미있는 농담을 하네. 나중에 사탕을 줄게."

스피카는 웃으면서 【소환】으로 뭔가를 꺼냈다. 투웅, 하고 테이블 위에 떨어진 것은 기묘한 물체다. 그것은 거대한 팔찌……, 아니, 목걸이일까.

언뜻 보기에는 금속제의 링이다. 남색으로 빛나는 거대한 구체가 여섯 개 박혀 있었다.

"그게 뭐야. 큰 염주인가?"

"이렇게 큰 염주를 들고 경문을 읊는 승려가 있어? 있으면 재

믿겠네! 만나보고 싶어——. 하지만 유감이네. 이건 성진청에서 훔쳐 온 신구야. 각각의 구체는 천구의. 별의 운행을 알기 위한 아티팩트지."

스피카는 기쁜 듯이 하나의 구체를 쓰다듬으며 말을 이어나 갔다.

"그거 알아? 성진청의 표면은 '별의 운행을 조사하는 조직'. 이면은 '제2의 몽상낙원'. 진정한 모습은 '보로를 만들기 위한 공 장'. 그중 본래의 모습은 '별의 운행을 조사하는 조직'이야."

"돌아왔군."

"만물의 근본은 원환이야——. 뭐 요컨대 구도 시카이가 내용 을 왜곡한 거지. 그래도 역대 성진대신은 빠짐없이 별을 조사해 왔어. 그리고 이 신구 《야천륜(夜天輪)》을 수호해 왔지. 600년 정 도 전부터 말이야. 이건 요선향만이 아니라 여섯 나라 전체를 놓고 봐도 찾아보기 힘든 보물이야."

"도대체 어디 쓰는 건데."

"천구의의 역할이야 뻔하지? 연인과 밤하늘을 바라볼 때, 별 의 이름을 말할 수 있도록 연습하기 위해 쓰는 거야."

스피카는 깔깔거리며 웃는다. 변함없이 맥없는 농담만을 지껄 이는 흡혈 공주다.

여섯 개의 천구의에는 각각 다른 별자리가 새겨져 있는 것처 럼 보였다.

그리고—— 아마츠가 본 적 있는 것은 두 개뿐.

이 세상의 밤하늘. 그리고 저세상의 밤하늘. 나머지 넷은 본

적도 없었다.

"좀 더 자세하게 설명하자면 말이지, 이것은 커다란 여정을 위한 지도야. 뒤집힌 달의 목적을 달성하기 위한 이정표. 랸 메이파나 네리아 커닝엄이 성진청에 대해 폭로해 준 덕분에 당당히 훔칠 수 있었어. 구도 시카이나 로샤 네르잔피, 테라코마리 건데스블러드 모두 내 손바닥 위에 있는 셈이지. 그들은 자신이 이용당한 것도 모르고 슬퍼하거나 기뻐하고 있어——. 정말로 귀엽지 않아?! 피를 마시고 싶어질 만큼."

"네르잔피의 조직은 조심하는 편이 좋을걸. 방심하면 반대로 우리가 이용당할 테니까."

"그래, 그래. 내가 요선향에 온 또 하나의 이유는 별 녀석들을 만나기 위한 거였어."

스피카가 커피에 각설탕을 넣으면서 말한다.

"하지만 만날 수 없었어. 그 군기대신은 뮬나이트 제국에 잡혀 버린 거지? 한 번 더 제도를 침공하기는 힘드니까 포기할 수밖에 없겠네."

"네르잔피 이외의 기척은 있었나?"

"없어. 저녁 별이 떠오르는 방향을 따라 걸어 보았지만 아무도 만날 수 없었지. 여기 온 건 네르잔피 뿐인 것 같아."

"아가씨. 너는 성채를 어떻게 생각하고 있는 거야?"

"죽여야지!"

스피카는 들뜬 목소리로 말을 이었다.

"놈들은 우리의 이상향을 파괴하는 악당. 모든 인간을 멸망시키려 하고 있어. 선택받아야 할 아름다운 마음을 가진 사람들—— '은둔형 외톨이'마저도 멸망시키려 하고 있어! 물론 나는 살인을 부정하지 않아. 무언가를 완수하려 하면 희생되는 사람은 반드시 나오는 법. 그러니까 사람을 죽일 경우에는 대상을 확실히 선별해야 해! 하지만 성채는 그걸 모르고 있어! 이런 놈들이 함부로 설치고 다니면 내 비원은 이룰 수 없어."

"그래. 그것도 그러네."

"유세이 본체는 저세상에서 나의 상자 정원을 어지럽히고 있어. 한시라도 빨리 죽여야 해. 그래서 마핵을 부숴서 저세상의 문을 열어야 하는데——. 혹시 아마츠."

스피카는 시험하는 듯한 눈초리로 정면에 있는 남자를 바라보았다.

"요선향의 마핵의 정체는 알아냈어?"

"몰라. 아이란조가 교묘하게 숨기고 있어."

"거짓말."

다시 축포가 하늘로 발사되었다.

테라코마리 건데스블러드의 즉위를 축하하고 있는 것이다.

"너의 역할은 요선향에 잠입해서 마핵의 비밀을 알아내는 것. 아마츠 카쿠메이라는 인간이 꼬리조차 못 잡을 리 없잖아?"

"과대평가야."

"정당한 평가야! 그래도 당신은 살금살금 교활한 짓만 하고 있지! 그러니까 트리폰이 싫어하는 거야. 뭐—, 나는 그런 스파이 같은 캐릭터를 좋아하지만."

"…………."

"당신을 미행해서 많은 것을 봤어. 요선향의 마핵은 깨져가는 유화도. 지금은 아이란 린즈의 가슴에서 뽑혀 나간 것 같네."

"……설마."

"나는 아무 짓도 하지 않을 건데? 굳이 손을 쓸 필요도 없으니까."

아마츠의 표정이 흐려진다. 대조적으로 스피카는 별처럼 눈동자를 빛냈다. 주머니에서 꺼낸 혈액 사탕을 입에 물면서 "그럼 무슨 일이 벌어지려나~" 하고서 아이처럼 웃는다.

신구 《야천륜》의 별이 그녀의 마음에 호응하듯 빛을 발하고 있었다.

☆

린즈는 어째서 살 수 있었나.

하나 말할 수 있는 것은 '아이란 린즈가 뮬나이트 제국의 마핵에 등록됐다'라는 사실이다. 그녀의 병이 핵 영역에서 회복되어 간 것은 뮬나이트의 마핵이 마력을 공급해 주었기 때문이다. 차근차근 생각해 보면 하나의 마핵은 반드시 한 종족에 대응하는 게 아니다. 벨리우스도 개인데 흡혈귀의 마핵으로 여러 번 되살아났으니까──. 뭐 나로선 자세한 구조를 잘 모르겠다. 어쨌든 기적에 가까운 것이 일어난 것이다. 그리고 린즈의 상처가 회복되었다는 것은 그녀의 열핵해방이 10년 만에 거둬졌다는 것을 뜻하기도 한다.

【선왕의 인도】의 보호를 잃은 마핵은 점점 무너져 갔다.

자금궁 요선의 말에 따르면 '앞으로 일주일 정도면 완전히 파괴될 것'이라고 한다. 이 일주일간의 유예는 린즈가 10년 동안 열핵해방을 발동함으로써 축적된 저금 이자 같은 것인 모양이다.

하지만 이 이자야말로 하늘의 은혜임이 분명했다.

린즈는 이 일주일간 병을 모두 치료했고──. 그리고 다시 담당자로서 【선왕의 인도】를 발동하는 길을 선택했다.

"나밖에 못 하는 일이니까. 내가 해야만 하는 일이니까."

마핵이 사라지는 것은 여러 의미로 위험했다. 천자를 비롯한 요선향 상층부는 복잡한 표정을 짓고 있었다. 담당자의 일을 계속하면 다시 병마가 린즈의 몸을 침범할 것이다. 그리고 무엇보다 그녀를 다시 매어두기에는 너무 불쌍하다고 모두가 생각했다.

그러나 린즈는 의외로 유연성을 발휘했다.

마핵을 보유하는 역할 말고 아이란조에는 일절 관여하지 않는다. 린즈는 자신이 하고 싶은 것을 우선시한다.

그리고 병도 그렇게 비관적으로 생각할 필요는 없다고 그녀는 말했다. 일정 기간 【선왕의 인도】를 발동하고 '유예'가 쌓이기를 기다린다. 쌓이면 열핵해방을 멈추고 뮬나이트의 마핵으로 지금까지의 상처를 회복한다──. 그걸 반복해《유화도》를 존속시킬 셈인 듯하다.

물론 담당자는 그녀 이외에는 존재하지 않는다.

천자 아이란 이쥬도 차기 담당자를 육성할 생각은 없다고 한다. 즉 요선향의 마핵은 언젠가 망가져 버린다. 그동안 무슨 대책을 생각해야 하는데——, 아직은 그때가 아니었다.

린즈는 자유를 찾았다. 앞으로는 귀찮은 속박을 신경 쓸 필요도 없다. 자기 생각대로 살면 된다. 그리고 이건 린즈가 자신의 의지로 얻어낸 미래이기도 하다.

그녀에게 의지력이 없다는 건 거짓말이다. 그녀의 의지는 천자가 아닌 '평범한 생활'에 향해 있었을 뿐. 그 강한 의지는 네리아나 카루라에 필적하겠지.

이 얼마나 훌륭하단 말인가.

나도 굳은 의지로 '일을 관두고 싶다'라고 주장하면 관둘 수 있을 것 같단 생각이 드는걸.

아무튼 린즈를 응원하도록 하자.

．．．．．．．．．．．．．．．．．．．．．．．

．．．．．．．．．．．．

……아니. 잠시만.

몇 가지 신경 쓰이는 일이 있는데?

"축하드립니다, 코마리 님. 코마리 님은 천자로 즉위하셨어요."

"어째서?!?!?!?!"

"이게 아이란조에 전해지는 천자의 증거 '전국(傳國)의 옥새'라고 합니다."

"그런 건 받아도 곤란해!"

천자의 거처 자금궁. 파괴를 면한 건물의 일실에서 나는 머리를 싸매고 있었다.

앞으로 '즉위식'이라는 의미를 알 수 없는 행사가 개최되는 것 같다. 천자 왈 '다음 천자가 되는 것이니까 당연하다'라고 한다. 뭐가 당연한 건지 전혀 이해할 수 없다. 그보다 왜 내가 다음 천자가 되는 건지 전혀 이해할 수 없다.

"이상하잖아?! 나는 흡혈귀인데?! 요선향의 톱이 될 수 있을 것 같아?!"

"뭐든 해보지 않으면 모릅니다. 게다가 육국 신문이 길거리에서 조사한 결과를 봐주세요——. 만 명 중 만 명이 코마리 님의 즉위에 찬성하고 있습니다. 지지율 100%예요."

"대놓고 날조야!!"

밖에서는 제7부대의 사람들이 "코마링!! 코마링!!" 하고 소란을 피우고 있었다.

내 즉위를 축복해주고 있는 것 같다. 아까 카오스텔이 "마침내 요선향을 지배할 준비가 갖춰졌군요" 하고 악랄한 미소를 띠었던 게 아직도 눈에 선하다.

"코마리 씨……, 미안해. 일이 이렇게 돼 버려서……."

미안하다는 듯 입을 연 것은 아이란 린즈다.

그녀는 머뭇머뭇 뺨을 붉히며 나를 응시해 왔다.

"저기……, 아바마마 말로는 코마리 씨가 즉위하는 게 법적으로 당연한 귀결이래."

"뭐야, 그 엉망인 법률은……."

메이파가 "엉망이 아니야"라고 한숨을 내쉬며 말했다.

"각하가 천자의 지위를 계승하는 것은 엉뚱한 일이 아니다. 왜냐하면 당신은 린즈와 서류상으로는 결혼한 관계니까."

"잠시만요, 메이파 님. 그 발칙한 서류는 어디 있죠? 제가 숯으로 만들어 버리겠습니다."

"이봐, 성냥개비에 불붙이지 마! 얌전히 있어!"

"그래도! 코마리 님이 명목상이라고 하나 저 이외의 인간과 결혼하는 것은 천지가 뒤집혀도 받아들일 수 없어요! 저의【판도라 포이즌】에 따르면 코마리 님은 저와 결혼해서 행복한 가정을 만들 것이니까요! 그런 이유로 바로 맹세의 키스를 하죠."

"달라붙지 마!! 저리 가!!"

나는 빌을 밀치며 거리를 취했다.

오늘도 휙휙 날아가는 메이드다. 하지만 이 녀석의 혼란스러운 마음도 이해할 수 있었다.

왜냐하면 나도 자신이 언제 린즈와 결혼했는지 알지 못했기 때문이다.

그러나 메이파 왈 '화촉 전쟁에서 승리한 시점에서 린즈와 결혼한 게 되었어. 그건 법적 효력을 가진 싸움이니까'라는 것 같다. 어느새 나는 돌이킬 수 없는 영역에 발을 내디딘 걸지도 모르겠다.

"괘…… 괜찮아, 코마리 씨. 요선향의 법률이 마음대로 결정한 거니까. 뮬나이트 제국상으로 코마리 씨는 아직 미혼이야."

"그거참 아리송하네……. 그럼 천자 즉위는 어떻게 할 거야?"

"그건…… 국민과 아바마마와 법률을 설득하면 어쩌면…….'"

설득할 상대가 너무 많잖아.

"린즈 님. 진지하게 이야기하죠."

빌이 헛기침을 하더니 차가운 시선을 보낸다.

"결혼은 완전히 무시하기로 하겠습니다. 왜냐하면 코마리 님은 저와 맺어질 운명이기 때문이죠. 오늘 밤도 함께 밤하늘을 바라보면서 사랑을 속삭일 예정입니다."

"진지하게 얘기해."

"그래서 즉위에 대해서 묻겠는데요——. 코마리 님이 정말 요선향의 천자가 되는 건가요? 아직 뮬나이트 제국의 황제도 되지 못했는데."

"'아직'이라니 뭐야. 나는 황제가 될 생각도 없어."

"안심해, 코마리 씨. 얼떨결에 즉위식이 열리게 됐지만……. 하지만 아직 정식으로 즉위한 것은 아니니까. 떼를 쓰면 어떻게든 될 거라고 봐……."

그런 원시적인 수단밖에 없는 거냐고.

떼를 써서 어떻게든 된 경험이 없으니까 기대는 할 수 없겠지만……. 뭐 있는 힘껏 '아, 천자 따위 하기 싫다고!'라고 외치자. 린즈는 그렇게 자유를 얻었으니까. 나도 계속 상황에 휩쓸릴 수만은 없다.

나는 조금은 안심하고 있었다.

이번 일로 한 걸음 목표로 다가간 느낌이 든다.

힘들어하는 사람을 돕는 것. 그리고—— 세계를 하나로 통일하는 것.

엄마의 부탁이라는 이유도 있다. 그러나 나는 진심으로 세계를 하나로 통일하고 싶다고 생각했다. 린즈처럼 힘들어하는 사람에게 힘이 되어주고 싶다고 생각했다. 은둔해 살던 시절의 나처럼 힘든 사람들을 격려해주고 싶다고 생각했다. 그러면 가슴을 펴고 엄마와 만날 수 있을 테니까.

뮬나이트 제국. 알카 공화국. 천조낙토. 요선향.

남겨진 조각은 백극연방과 라페리코 왕국일까. 아니 뭐, 딱히 그 두 나라와 사이가 나쁜 건 아니지만――, 왠지 그런 느낌이다. 이럴 때의 직감은 잘 맞는 것 같다.

나는 한숨을 내쉬며 린즈와 빌을 돌아보았다.

"아―, 정말 알았어. 그럼 천자를 만나고 올게."

"응. 나도 같이 갈게."

"그럼 저도 협력하죠. 코마리 님이 얼마나 은둔형 외톨이인지를 설명해서 천자 폐하를 실망시킬게요. 예를 들면 아직도 피망을 남긴다거나요. 일을 쉬기 위해 '꾀병용 병명 리스트'를 작성해 돌려 쓰고 있다거나. 밤중에 화장실에 갔다가 창문 밖의 나무를 귀신으로 착각해서 대성통곡했다는 것도 있죠."

"너는 입 다물고 있어!!"

태클을 날리고 나서 나는 걷기 시작한다.

사건 해결. 이제 천자 즉위만 저지하면 안녕한 은둔형 외톨이라이프가 돌아오겠지――. 이 시점에서는 모든 것이 원만히 수습될 거라고 믿고 있었다.

"응……? 린즈 님."

빌이 놀라워하며 소리친다. 이어서 메이파가 숨을 삼켰다.

하늘의 이치는 인간이 헤아릴 수 없으니.

부서질 때까지 '유예'는 일주일? 그 누가 그런 일을 정할 수 있단 말인가.

린즈의 가슴팍이 빛을 발하고 있었다.

그녀는 황급히 옷에 손을 넣고 꺼내 본다. 요선향의 마핵《유화도》는 이미 엉망이 되어 있었다. 이것은 아마 파멸을 시사하는 최후의 빛일 것이다.

린즈가 울 듯한 표정을 지었다.

"아아……, 마핵이……."

모두가 방심하고 있었다.

유리가 깨지는듯한 소리가 울려 퍼진다.

《유화도》가 산산조각 난 상태로 흩어졌다.

파편이 빛의 알갱이가 되어 린즈의 손바닥에서 흘러내린다. 나나 빌이나 소동을 멍하니 지켜볼 수밖에 없었다. 망가진 마핵 중심부에서 엄청난 섬광이 내뿜어졌다.

마침내 여섯 개 중 하나가 사라지고 말았다──. 그런 절망은 1초도 가지 못했다.

흡혈 소란 때와 같을지도 모른다.

저세상으로 가는 문이 열렸다.

몸이 끌려가는 듯한 감각.

"잠깐……."

"코마리 님! 저에게 기대세요! 아뇨, 제가 잡겠습니다!"

"혼란한 틈에 어딜 주무르는 거야?! 아니, 그게 문제가——,
와아아아아아?!"

나머지는 백극연방과 라페리코 왕국——, 그런 것을 자랑스럽
게 생각하고 있던 자신이 한심하다. 학원 테스트에서 찍어서 감
으로 맞혔던 적은 한 번도 없지 않았는가.

저항은 무의미했다. 눈치챘을 때는 빛 속으로 빨려들고 있었다.

나는 그대로 다른 장소로 강제 전이되어 버렸다.

작가 후기

늘 감사합니다. 코바야시 코테이입니다.

눈치채셨을 수도 있지만 본 작품에 등장하는 나라들에는 각각 모델이 있습니다.

그렇다고 해도 꽤 느슨~한 무대 설정이라 이미지 정도입니다. 각각 문화 풍속은 그다지 재현되지 않았습니다. 어디까지나 '왠지 모르게 그런 분위기'가 난다는 이야기입니다.

알기 쉬운 곳은 천조낙토려나요. 또 백극연방도.

그리고 이번 요선향은 말할 것도 없이 전근대의 중국입니다. 시대적으로 따지면 명나라~청나라를 섞어둔 느낌 아닐까 합니다. 코마링 일행의 동양틱한 모험담을 즐겨 주세요.

늦었지만 감사 인사드립니다.

섬세하고 아름답게 코마링 일행의 활약을 그려주신 일러스트 담당 리이츄 님. 이야기를 선명하게 물들여 주신 장정 담당 히이라기 료 님. 세세하게 이것저것 지적해 주신 편집 담당자 스기우라 요텐 님. 기타 판매, 발간에 도움을 주신 많은 분. 그리고 이 책을 구매해 주신 독자 여러분. 모든 분께 깊은 감사를 표합니다──. 감사합니다!!!

7권은 외톨이 흡혈 공주 시리즈 중반전의 도입이기도 했는데요. 생각 이상으로 전투가 시리어스해졌습니다. 8권은 외톨이 흡혈 공주에 걸맞게 편안한 로드 무비 in 저세상…… 이 되면 좋겠는데, 과연 어떠려나요?

그리고 공지 겸 선전입니다.

월간 빅 간간에서 '외톨이 흡혈 공주의 고뇌' 만화판을 연재 중입니다. 작화를 맡으신 건 리이츄 선생님. 원작의 분위기로 코마리 씨의 활약을 즐길 수 있어서 저도 매우 기대하고 있습니다. 소설판에서는 그려지지 않은 캐릭터, 신도 있으니 꼭 읽어 봐 주세요. 잘 부탁드립니다.

코바야시 코테이

HIKIKOMARI KYUKETSUKI NO MONMON 7
Copyright © 2022 Kotei Kobayashi
Illustrations copyright © 2022 riichu
Original Japanese edition published in 2022 by SB Creative Corp.
Korean translation rights arranged with SB Creative Corp.
through Japan UNI Agency, Inc., Tokyo

외톨이 흡혈 공주의 고뇌 7

2023년 12월 15일 1판 1쇄 발행

저　　　　자	코바야시 코테이
일 러 스 트	리이츄
옮 긴 이	고나현
발 행 인	유재옥
총 괄 이 사	조병권
출판본부장	박광운
담 당 편 집	박치우
편 집 1 팀	박광운
편 집 2 팀	정영길 조찬희 박치우 정지원
편 집 3 팀	오준영 이해빈 이소의
디자인랩팀	김보라 박민솔
디지털사업팀	박상섭 김지연 윤희진
라이츠사업팀	김정미 맹미영 이윤서
영업마케팅팀	최원석 박수진 박소연
물 류 팀	허석용 백철기
경영지원팀	최정연
인쇄제작처	㈜코리아피엔피
발 행 처	㈜소미미디어
등　　　　록	제2015-000008호
주　　　　소	서울시 마포구 토정로222, 403호 (신수동, 한국출판콘텐츠센터)
판매 및 마케팅	(070) 8822-2301

ISBN 979-11-384-8111-3
ISBN 979-11-384-1037-3 (세트)